Jochen Bender

Der GinKönig muss sterben

Schwabenkrimi

Oertel+Spörer

Jeder Mensch will sich ununterbrochen über irgendetwas hinwegtäuschen. Dazu sollen ihm die anderen behilflich sein. Die es nicht tun, sind dann unliebsame Naturen!

Peter Altenberg (1858–1919)

Gedankenversunken öffne ich die Glastür. Brennende Hitze schlägt mir entgegen, während zwei tiefe Stimmen verstummen. Hinter ungewöhnlich dichten Dampfwolken zeichnet sich schemenhaft ein gedrungener Körper ab. Ich schließe die Tür hinter mir und nehme neben dem Mann Platz. Viel mehr als sein Oberarm ist nicht zu sehen. Auf einem beeindruckenden Bizeps ist ein rotes Herz tätowiert, dekoriert mit einer halben Zitronenscheibe und einer Krone. Eine Banderole mit der Aufschrift »Gin« zieht sich quer über das Herz. Ich schüttle den Kopf. Erst in diesem Augenblick sehe ich, dass von oben eine Hand mit einem schwarzen Dolch auf das Herz zielt, sowie die darunter tätowierten Worte »never again«. Der Gin scheint nicht länger seine königliche Liebe zu sein. Warum lässt man sich eine solche Bildergeschichte in die eigene Haut stechen?

In diesem Augenblick setzt die Dampfmaschine aus. Die Schwaden verziehen sich. Zwei gedrungene Männer, mit muskulösen, durch gewaltaffine Tattoos verunzierten Körpern, starren mich finster an. Die Situation riecht nach Stress und Gewalt. Ich bin kein Feigling, aber der Klügere gibt nach.

»Jedenfalls habe ich schon lange keine Dose mehr aufgemacht«, setzt in diesem Augenblick mein Nachbar die durch mein Eintreten unterbrochene Unterhaltung fort.

»Meine bekommt nur noch Trockenfutter.«

»Ich koche für meine nur noch Geflügel und frisches Gemüse. So können wir gemeinsam Abendessen, sie aus ihrem Napf und ich am Tisch.«

»Apropos Napf, bei Liebestier habe ich neulich einen total süßen gesehen. Er ist hellrosa und ringsum sind kleine Mäuschen aufgedruckt. Da konnte ich nicht widerstehen. Muschi liebt ihn total.«

»Bei Liebestier? Da hab ich meiner ein total süßes Halsband in Pink erstanden! Ich meine, sie mag eigentlich keine Halsbänder, aber ab und zu bringe ich sie doch dazu, es zu tragen.«

Ich erhebe mich.

»Oh… stört es Sie, wenn wir uns unterhalten? Dann sind wir selbstverständlich ruhig!«

»Nein, schon gut, mir ist es hier nur zu heiß«, verabschiede ich mich.

Draußen schüttle ich mich. Was zum Teufel war das? Die Typen sehen aus wie Schläger und tratschen wie Kaffeetanten jenseits des Klimakteriums. Ich versuche zu grinsen, aber es will mir nicht so recht gelingen. In letzter Zeit fühle ich mich einfach zu oft im falschen Film.

Hier im Mineralbad Cannstatt wird es heute nichts mehr werden. Daher beschließe ich, mich stattdessen ins Stuttgarter Nachtleben zu stürzen. Mit meinem alten, laut nagelnden und herrlich qualmenden Daimler überquere ich mit dem Ziel Bohnenviertel den Neckar. Durch den Schwanentunnel gelange ich zur Mooswand. Wie immer spreche ich dort ein Stoßgebet, dass diese schwäbische Innovation mir die Trennung von meinem alten Diesel ersparen möge. Das zunehmend trostloser werdende Äußere der Mooswand lässt mich am Sinn meiner Worte zweifeln.

Auf dem Rest der Fahrt geht mir das Tattoo aus dem Dampfbad nicht mehr aus dem Sinn. Es fühlt sich fremd und verstörend an, neige ich doch absolut nicht zur Esoterik. Dennoch spüre ich die absolute Gewissheit, dass ein Mord passiert ist, einer bei dem Gin und die Krone des Königs eine Rolle spielen und bei dem die Dinge nicht so sind, wie sie scheinen.

Im Paul & George drängen sich Männer und Frauen auf der Jagd nach Unterhaltung, Aufmerksamkeit und einem Zipfelchen Glück. Letzteres werden die meisten auch in dieser Nacht nicht finden. Sie suchen Liebe und bekommen bestenfalls Sex. Ich bin des Jagens müde, nicht nur nach Liebe, sondern auch nach Mördern. Letzteres wäre kein Problem, arbeitete ich nicht in der Mordkommission. Lana, die Leiterin des Morddezernats, weiß um meine Müdigkeit. Nein, wirklich wissen kann sie es nicht, aber sie ahnt es. Daher versucht sie seit einiger Zeit, mich ins Innenministerium abzuschieben.

Genauso altmodisch wie ich selbst es bin, ist meine Vorliebe für schwere Rotweine aus Spanien. Dem Hype um Gin widerstand ich bisher mühelos. Ein Kellner beugt sich zu mir hinab.

»Gin!«, brülle ich ihm ins Ohr.

»Welchen?«

»Keine Ahnung!«

»Einen lokalen?«

»Okay.«

»Monkey 47, GINSTR oder Don't call me?«

»Was ist der Unterschied?«

Sein Blick verrät, dass er mich für einen Banausen hält.

»Nun, zunächst einmal die Herbals. Dann …«

»Ginster!«

Da ich mit Affen nichts am Hut habe und das Ausmaß an Anglizismen als Pest empfinde, erscheint er mir am passendsten.

»Welches Tonic?«

Fassungslos starre ich ihn an.

»Oder wollen Sie ihn lieber …«

»Mann! Das hier soll ein gepflegtes Besäufnis mit Schnaps werden! Machen Sie daraus bitte keine Doktorarbeit! Mischen Sie irgendetwas zusammen und gut ist es!«

Beleidigt zieht der Kellner ab. Vielleicht streckt er meinen Schnaps jetzt mit Wasser aus der Toilettenschüssel. Aber letztendlich wäre mir selbst das egal, schließlich desinfiziert Alkohol.

Zwei Frauen betreten das Paul & George. Meine Blicke folgen ihren Kurven auf dem Weg zur Theke. Beide sind jung und heiß. Die weniger Heiße checkt mit einem kurzen Rundblick das Angebot an Kerlen. Ihre Augen gleiten über mich hinweg. Für sie bin ich nicht mehr als ein bedeutungsloser Teil der Requisite auf der Bühne ihres Lebens. Ich seufze.

Mein Gin kommt. Ich stürze ihn hinunter. Angewidert verziehe ich das Gesicht. Trotzdem halte ich dem Kellner das leere Glas hin.

»Noch einen!«

Er sieht mich an, als sei ich etwas Glibbriges oder sonst wie Ekliges. Ein falsches Wort und er landet unsanft auf dem Boden. Er ist klug genug zu schweigen. Wir wiederholen den Vorgang dreimal, entwickeln nahezu unser eigenes kleines Ritual. Zwischendurch sehe ich den Kurven und Rundungen nach, auch wenn ich nicht mehr auf der Jagd sein will. Warum besitze ich keinen Schalter, der meine Augen unempfänglich für weibliche Reize macht? Endlich stellt sich die Wirkung des Alkohols ein. Ich lehne mich zurück und grinse entspannt ins Nirwana.

Mein Handy vibriert in der Jackentasche. Um diese Zeit kann es nur Lana sein. Ruft sie so schnell schon wegen des Mordes am GinKönig an? Mit einem Grinsen stelle ich fest, dass ich den König des Schnapses rächte, indem ich vier Gins killte.

Der Alkohol und die Enge im Raum gestalten es mühsam, an das Gerät zu kommen. Leise fluchend versuche ich mit zwei Fingern, es nach oben aus der Tasche zu ziehen. Das blöde Ding entgleitet mir und verschwindet unter dem Tisch. Laut fluchend beuge ich mich hinab, was sich als keine gute Idee erweist, drängt doch umgehend der konsumierte Alkohol wieder nach oben. Stöhnend richte ich mich wieder auf. Mit geschlossenen Augen gebe ich meinem Körper die Gelegenheit, alle Funktionen in den Normalzustand zu bringen. Angesichts des vielen Gins in meinem Magen kein leichtes Unterfangen. Ich war schon einmal besser beieinander. Einmal mehr nehme ich mir vor, das Saufen zurückzufahren.

»Gehört das Ihnen?«

Durch die Kakofonie der Laute zu vieler Gäste dringt eine Frauenstimme. Ich öffne die Augen. Eine Frau meines Alters steht vor mir. Ihre grauen Augen blicken freundlich auf mich hinab. Ein Lächeln zum Anbeißen umspielt ihre Lippen. In der Hand hält sie mein Telefon. Sie muss ein Engel sein.

»Darf ich Sie zum Dank auf einen Drink einladen?«

Ich weise auf den freien Stuhl an meinem winzigen Tisch.

»Stört es Lana nicht, wenn Sie mich einladen?«

»Lana?«

Woher zum Teufel kennt sie meine Chefin? Sie sieht mir meine Verwirrung an.

»Als ich Ihr Telefon aufhob, stand auf dem Display *Anruf von Lana.*«

»Ach so! Lana Lansik ist nicht meine Frau und auch nicht meine Freundin.«

»Sondern?«

»Meine Chefin.«

»Ihre Chefin?« Sie verbarg ihre Skepsis nicht. »Ruft die Sie oft um diese Uhrzeit an?«

»Nur bei Mord.«

»Bei Mord?«

Ihre Skepsis macht Erstaunen Platz.

»Ja ich …«

Das Telefon in meiner Hand vibriert erneut. So leicht gibt Lana nicht auf.

»Bitte setzen Sie sich, dann erkläre ich Ihnen gleich alles in Ruhe.«

Der Engel zaudert kurz, dann setzt er sich.

»Ja, Chefin!«, spreche ich betont laut ins Gerät.

»Seit wann nennst du mich Chefin?«

»Was gibt's?«

»Du fliegst morgen nach Mallorca.«

»Nach Mallorca?«

Ich musste meinem Erstaunen ziemlich laut Ausdruck verliehen haben. Trotz des immensen Geräuschpegels drehen sich etliche Gäste zu mir um.

»Ja.«

»Was zum Teufel soll ich da?«

Reicht es ihr nicht mehr, mich ins Innenministerium abzuschieben? Muss es jetzt das Ausland sein?

»Du wirst als Verbindungsbeamter zur spanischen Polizei fungieren.«

»Für wie lange?«

»Bis wir dich dort nicht mehr brauchen.«

Ich schweige. Ihre Worte wirken wie eine Drohung. Vermutlich kann man nicht vielen Deutschen durch einen Aufenthalt unbestimmter Länge auf Mallorca drohen, mir leider schon.

»Was ist passiert?«

»Ein Dreifachmord, alle Opfer sind Deutsche, zwei davon aus dem Ländle. Alle drei wurden mit Kopfschüssen hingerichtet. Sieht nach Mafia aus.«

»Warum ich?«

»Weil du Spanisch sprichst.«

Ich glaube ihr nicht. Meine Spanischkenntnisse sind vorgeschoben. Lana will mich loswerden. Meine Vorgesetzte teilt mir in knapper Form noch einige Details mit, dann beenden wir das Gespräch. Zum Glück hat der Engel gewartet. Neugierig sieht sie mich an.

»Musst du jetzt los?«

»Nein, ein paar Stunden bleiben uns noch.«

»Bist du wirklich bei der Mordkommission?«

»Ja, sogar als Kommissar.«

»Und du darfst dienstlich nach Mallorca fliegen?«

»Dürfen? Ich muss!«

Alessandro legte normalerweise Wert auf eine lässige Attitüde. Heute war er zu nervös dafür. In Hannover wechselte er vom Intercity in den Nachtzug von Hamburg nach Stuttgart. Angesichts seines schmalen Budgets hatte es ihn viel Überwindung gekostet, den Aufpreis für ein Bett im Nachtzug lockerzumachen. Für den Rest des Monats wären nicht einmal mehr Bierchen in billigen Studentenkneipen drin. Aber eine Fahrt am Tag hätte eine Hotelübernachtung notwendig gemacht und wäre ihn noch teurer gekommen.

Mit dem Koffer in der Hand suchte er sein Abteil. Die Tür stand offen. Im engen Gang davor standen zwei finstere Typen. Er nickte ihnen zu, sie starrten grimmig zurück. In den Händen hielten sie Wassergläser, auf dem Boden stand eine Flasche billigen Wodkas. Das konnte ja lustig werden. Alessandro zwängte sich an ihnen vorbei in den winzigen Kabuff. Schweigend sahen die Männer ihm zu. Die obere Pritsche war bereits zerwühlt, ein Pyjama und eine abgewetzte Reisetasche signalisierten Besitzanspruch. Laut Fahrschein stand sie eigentlich ihm zu. Er blickte in Richtung der beiden Männer. Der kleinere, ein grobschlächtiger Typ in fleckiger Jeansjacke, starrte ihn finster an. Der größere, dessen abgewetzte Lederjacke in Kontrast zu seinen sorgfältig manikürten Händen stand, sah weg. Alessandro entschied, es lohne sich nicht, sich wegen der Pritsche zu streiten. Er richtete sich die untere Pritsche, dann schloss er die Tür des Abteils. Die Männer ließen es geschehen. Drohend lastete sein Termin in Stuttgart auf ihm und hielt ihn vom Schlafen ab. Voller Sorge spielte er in Gedanken wieder und wieder durch, was ihn bei den Schwaben erwartete. Vergeblich sehnte er den Schlaf herbei, er kam einfach nicht. Dabei musste er unbedingt schlafen, um für den Termin fit zu sein! Die Tür öffnete sich. Der grobschlächtige Typ wankte ins Abteil. Offensichtlich war er sturzbetrunken. Zumindest schaffte er es nicht mehr, die Tür hinter sich wieder zu schließen. Sein Saufkumpan übernahm es für ihn. Alessandro hörte das Klackern einer Flasche, die über den Boden kullerten. Hoffentlich kotzte der Betrunkene nicht ins Abteil! Im Dunkeln nahm Alessandro die Versuche des Mannes wahr, die obere Pritsche zu erklimmen. Ärger wallte in Alessandro auf. Erst hatte der Typ ihm die obere Pritsche weggenommen, jetzt war er zu besoffen, um hochzukommen! Der Typ brach zusammen, polterte auf den Boden. Gebannt lauschte Alessandro in die Dunkelheit. Nichts rührte sich, außer den Geräuschen des Zuges war nichts zu hören. Selbst der schwere Atem seines Mitreisenden war verstummt. Lebte der überhaupt noch? Alessandro wollte soeben das Licht einschalten, als ihn bleierne Müdigkeit befiel.

Der Engel begleitet mich in meine Wohnung. An großspurigen Tagen bezeichne ich sie als mein Penthouse, aber eigentlich ist es eine schäbige Dachwohnung in einem heruntergekommenen Gewerbebau an der Mercedesstraße. Ihr größter Vorzug besteht aus dem Blick über Cannstatter Wasen und Neckar hinweg aufs Mineralbad Leuze und den Stuttgarter Osten, den sie bei Tag bietet. Bei VfB-Spielen und zu Wasenzeiten wimmelt es vor meiner Tür von Besoffenen, die laut grölen und die Gegend vollkotzen. Dennoch fühle ich mich hier wohl und will ich nicht weg, was nicht nur daran liegt, dass ich in Cannstatt aufgewachsen bin.

»Ich mach uns mal zwei Drinks.«

»Hast du noch nicht genug?«

»Nur um den Kräutergeschmack des Gins loszuwerden. Gin und ich, das passt einfach nicht.«

»Okay, aber wozu brauchst du das Ding?«

»Das?«

Ich hebe den Spätzlesschwoab aus Gussaluminium. Sie nickt.

»Um Eis zu crushen. Komm mit.«

Sie folgt mir in die Küche. Ich wickle Eiswürfel in ein Handtuch, lege es auf den Boden und schlage mit dem Spätzlesschwoab darauf ein. Das der damit verbundene Lärm mitten in der Nacht niemanden stört, ist ein weiterer Vorzug der Wohnung.

»Du hast echt 'ne Meise«, meint sie kopfschüttelnd.

Von ihren Worten lasse ich mich nicht irritieren. Routiniert mixe ich zwei Caipirinhas und reiche ihr einen. Sie setzt sich auf mein Ledersofa, dessen beste Tage einige Zeit zurück liegen. Sicherheitshalber nehme ich im Sessel gegenüber Platz. Christina sieht mich irritiert an.

»Hast du etwa Angst vor mir?«

»Jetzt bilde dir nur nichts ein! Ich mach halt gern langsam.«

Wir nuckeln an unseren Drinks.

»Langsam machen ist gut«, meint sie.

Den Rest der Nacht erzählt sie von ihren Enttäuschungen in der Liebe. Ich höre schweigend zu, stelle nur gelegentlich eine Frage, wenn ihr Redefluss zu versiegen droht. Zur Belohnung fährt sie mich, als es Zeit dafür wird, in meinem Daimler hoch zum Flughafen. Erneut spreche ich beim Passieren der Mooswand ein kurzes Stoßgebet. Mein alter Diesel nagelt laut vor sich hin, aus dem Auspuff qualmen schwarze Rußwolken. Seit einfach denkende

Moralisten den Diesel zum Feindbild erkoren haben, hänge ich noch stärker an ihm.

Christina kurvt geschickt die Neue Weinsteige hoch. Mein Blick hängt hypnotisch an ihren schlanken Händen auf dem Lenkrad.

»Glaubst du wirklich, du kriegst die Maschine noch?«

»Klar, schließlich habe ich kein Gepäck.«

»Allein die Sicherheitskontrolle ...«

»Kein Problem für mich!«

Sie schweigt, wirft mir aber einen skeptischen Seitenblick zu. Die erste Maschine des Tages fliegt von Stuttgart aus um zehn vor sechs nach Mallorca. Mir fällt kein Ziel ein, das passender wäre, den Tagesbetrieb eines deutschen Provinzflughafens zu eröffnen.

»Kommst du am Wochenende nach?«

Ein wunderbares Lächeln macht sie noch hübscher. Vielleicht habe ich das Ding mit der Liebe zu einer anderen Frau doch zu voreilig abgeschrieben. Das Leben nach meiner Scheidung ist schließlich nie zu der erhofften Orgie an Eroberungen geworden.

»Willst du wirklich, dass ich komme?«

»Klar, du hast mit deiner Beschreibung des Trockenmauernweges meine Neugierde geweckt.«

»Wann warst du letztmals Wandern?«

»Schon eine Weile her, täte mir aber sicher gut, es mal wieder zu tun.«

Am Flughafen küsse ich sie leidenschaftlich, ehe ich aussteige und auf die Sicherheitsschleuse zu schlendere. Ohne auf die wütenden Proteste zu achten, dränge ich an den Wartenden vorbei. Der Security-Mann will einschreiten und mich zurechtweisen. Mein Dienstausweis hält ihn davon ab. Die Hostess am Gate lässt mich mit einem leicht verkniffenen Lächeln als Letzten an Bord. Am Eingang des Airbus liegen Zeitungen. Die schrillste titelt »Königsmord auf Mallorca«.

Bei der Landung erwache ich. Zerknittert, aber immerhin mit einer kleinen Mütze Schlaf versorgt, stapfe ich benommen aus dem Airbus. Direkt am Gate hält ein schneidiger, junger Spanier ein Schild mit meinem Namen in der Hand.

»Hallo.«

»Hola!« Zackig salutiert er. »Sind Sie Comisionado Hurlebaus?«

»Der bin ich. Woher können Sie Deutsch?«

»Ich arbeitete ein Jahr in Ihrem Land.«

»Wie heißen Sie?«

»Raul.«

»Jens.«

Wir reichen uns die Hand, werfen einander prüfende Blicke zu. Ich mag Raul, wir werden miteinander auskommen. Durch einen Seitenausgang verlassen wir den riesigen Flughafen. Im absoluten Halteverbot wartet ein knallroter Seat Leon. Der Spanier rast mit einem Tempo, das zur Farbe des Wagens passt.

»Was kannst du mir über die Morde berichten?«

»Alle drei wurden in der Finca des GinKönigs erschossen. Der König selbst, seine Schwiegermutter und eine Mitarbeiterin.«

Meine Nackenhaare sträuben sich. Das Tattoo aus dem Dampfbad kommt mir in den Sinn. Wie habe ich vorab vom Mord am GinKönig wissen können? Mein absolut rationales Weltbild gerät ins Schwanken.

»Seine Schwiegermutter? Was ist mit seiner Frau?«

»Die hielt sich zum Tatzeitpunkt in Deutschland auf. Wir konnten sie bisher nicht erreichen.«

»Warum nicht?«

»Ihr Handy ist ausgeschaltet. Wir wissen nicht, wo sie abgestiegen ist.«

»Merkwürdig.«

»Reiche Menschen sind oft seltsam.« Raul zuckt gleichmütig die Achseln. »Der Koch meint, die Señora will bei ihren Ausflügen nach Deutschland immer ihre Ruhe haben. Sie ist dort nie zu erreichen. Gelegentlich telefoniert sie aus Deutschland mit ihrer in der Finca lebenden Mutter. Vom GinKönig will sie bei ihren Ausflügen hingegen nichts hören.«

»Woher kommt eigentlich der bescheuerte Name?«

»GinKönig?«

»Ja.«

»So heißt seine Bar am Ballermann.«

»Bar?«

»Eher Club oder Diskothek. Der Laden hat ihn jedenfalls reich gemacht.«

»Bringst du mich direkt aufs Präsidium?«

»Comisionado Amengual dachte, du würdest dir gerne einen Eindruck vom Tatort machen. Also fahre ich dich zur Finca des GinKönigs.«

Der Tatort ist okay, wenn es irgend geht, werde ich mir jedoch den Anblick der Leichen ersparen.

»Gut, weck mich, wenn wir dort sind.«

Ich kippe die Lehne des Beifahrersitzes nach hinten und schließe die Augen. Natürlich werde ich trotz meines Schlafdefizits nicht wirklich schlafen können, aber ich muss ungestört nachdenken. Was zum Teufel hat Lana vor? Nach dem Job hier lecken sich zahlreiche jüngere und ehrgeizigere Kollegen die Finger. Die Presse wird sich wie die Geier auf die Morde stürzen und allen die danach gieren reichlich Gelegenheit bieten, sich zu profilieren. Warum halst sie ihn mir auf? Mein Telefon klingelt. Das Display zeigt meine Ex an.

»Ja?«

»Hat es geklappt?«

»Was?«

»Tu nicht so! Du weißt genau, was ich meine!«

Wie zum Teufel hat Sonja so schnell von meinem Damenbesuch vergangene Nacht erfahren?

»Wir sind da.«

Raul zeigt auf ein stattliches Gebäude.

»Ich kann jetzt nicht, lass uns später reden.«

Hinter einem hohen Zaun aus massiven, oben spitz zulaufenden Eisenstangen thront auf einer kleinen Erhebung ein stattlicher Bau aus grauen Steinen. Die Kanten und Bögen sind aus hellerem, behauenem Stein gefertigt, die Mauern aus Natursteinen gefügt. Sprossentüren und Sprossenfenster sind aus hellem Holz geschreinert und mit blauen Lamellenläden versehen. Die Finca macht einen sehr gepflegten Eindruck. Man riecht das Geld seines Besitzers. Zwischen dem Zaun und dem Gebäude erstreckt sich eine großzügig bemessene Rasenfläche. Als ich aussteige, ertönt vom Gebäude her ohrenbetäubender Lärm. Es klingt nach dem Gesang und Gekrächze tausender Vögel. Ich sehe jedoch keinen einzigen Flattermann.

»Was zum Teufel ist das?«

Ein Mann steht mit dem Rücken zu uns am Zaun und

starrt auf das Haus. Anscheinend hat er meine auf Deutsch gesprochenen Worte gehört und auch verstanden. Jedenfalls dreht er sich um und blickt mich an. Ich nicke ihm zu. In sein Gesicht haben sich tiefe Lachfalten eingegraben, auch wenn er momentan traurig aussieht. Ich schätze sein Alter auf etwa siebzig Jahre.

»Hinter der Finca befindet sich ein moderner Anbau. Dort züchtet Herr Breitner exotische Vögel, überwiegend Papageien, bevorzugt solche, die auf der Liste bedrohter Arten stehen und viel Geld einbringen.«

»Woher wissen Sie das?«

»Ich bin ein Freund Klaras und war hin und wieder dort zu Gast.«

»Klara?«

»Klara Stöckle, Herrn Breitners Schwiegermutter.«

»Wie heißen Sie?«

»Herbert Schneider. Mir gehört das Café Feldberg. Im Vergleich zum GinKönig ein äußerst bescheidenes Geschäft. Aber falls Sie während Ihres Aufenthaltes auf Mallorca Lust auf Kuchen aus einer deutschen Bäckerei und Filterkaffee haben, sind Sie mir herzlich willkommen.«

»Kannten Sie Frau Stöckle gut?«

Er nickt bekümmert.

»Hatte sie Feinde?«

»Klara?« Er sieht mich entsetzt an. »Wo denken Sie hin! Klara war eine Seele von einem Menschen, die keiner Fliege etwas zuleide tat. Wenn einer von den drei Feinden hatte, dann Breitner!«

»Wegen seiner illegalen Vogelzucht?«

»Auch, aber ...«

In diesem Augenblick ertönt von der Finca her besonders

lautes Vogelgeschrei. Wir sehen alle drei dorthin und erblicken eine Wolke bunter Papageien, die sich soeben hinter dem Haus in den Himmel erhebt.

»Mierda!«

Raul zieht seine Pistole.

»Da lässt jemand die Vögel frei! Setzen Sie sich ins Auto und warten dort auf mich!«

Schon stürmt mein spanischer Begleiter in seinem jugendlichen Übermut davon. Verblüfft starre ich ihm hinterher. Glaubt er ernsthaft, ich setze mich ins Auto und warte auf ihn? Meine Hand gleitet unter meine Lederjacke, dorthin wo sich üblicherweise meine Waffe befindet. Sie ist nicht dort. Natürlich ist sie es nicht, schließlich bin ich geflogen und befinde mich im Ausland. Fluchend renne ich unbewaffnet hinter ihm her.

Raul hat bereits die rechte Gebäudeecke erreicht. Ich verliere ihn aus den Augen. Als ich selbst die Ecke umkurve, keuche ich wie ein Asthmatiker nach einem Fußmarsch ins dritte Geschoss und bekomme kaum noch Luft. Vielleicht soll ich meinen Aufenthalt hier nutzen, um mit dem Saufen aufzuhören und stattdessen lieber etwas für meine Kondition zu tun?

Als ich die nächste Ecke erreiche, kann ich den modernen Anbau der alten Finca sehen. Um wieder zu Atem zu kommen halte ich an und stütze mich an die Natursteinmauer. Von Raul ist nichts zu sehen. Beide Flügel der Tür des Anbaus stehen offen. Nach wie vor ergießt sich aus ihr ein Strom laut kreischender Vögel in den Himmel. Durch den Lärm der Flattermänner hindurch vermeine ich spanische Sätze zu vernehmen, die jedoch sofort wieder verstummen. Noch während ich überlege, was dies zu bedeuten hat, stürmen drei komplett schwarz gekleidete Gestalten mit schwarzen Sturmhauben über den Köpfen aus dem Gebäude auf mich zu. Vor Schreck zucke ich zusammen. Eilig ziehe ich mich hinter die Hausecke zurück. Noch während meines Rückzugs greife ich erneut nach meiner nicht vorhandenen Waffe.

Die drei haben mich und die Bewegung meiner Hand in die Jacke gesehen. Ich sehe sie vor Schreck zusammenzucken, sich etwas zurufen und die Laufrichtung ändern. Erleichtert stelle ich fest, dass sie Angst vor mir haben. Mit der Hand in der Lederjacke setze ich meinen grimmigsten Gesichtsausdruck auf und mache zwei Schritte in ihre Richtung. Schrille Schreie, zwar auf Spanisch, aber eindeutig im Sopran erklingen. Die drei vermummten Gestalten eilen auf den hinteren Eisenzaun zu. Die hektisch auf und ab hüpfenden Pobacken in den schwarzen Hosen besitzen allesamt eindeutig weibliche Proportionen. Von einer Waffe ist weit und breit nichts zu sehen. Mit neuem Mut setze ich hinter den Flüchtenden her.

Auch wenn es sich um Frauen handelt, rennen sie schneller als ich. Wo bleibt Raul? Seine jugendliche Kraft, vor allen Dingen seine Schnelligkeit, werden gebraucht! Ich drehe mich um. Von ihm ist noch immer nichts zu sehen. Die drei Biester müssen ihn außer Gefecht gesetzt haben.

Die Vorderste erreicht den sicherlich drei Meter hohen Zaun. Ich bin gespannt, wie sie ihn zu überwinden gedenkt. Er besteht aus senkrechten Eisenstäben von zwei Zentimetern Durchmesser, die oben als Spitze geformt sind. Ein schwer zu überwindendes Hindernis. Die Schnellste bildet eine Räuberleiter. Ihre Komplizin ist rasch mit einem Fuß auf ihrer Schulter, die Untere bildet mit beiden nach oben gestreckten Armen einen höheren Tritt, von dem aus die Andere sich voller Schwung und Eleganz über den Zaun schwingt.

»Na warte, zumindest dich kriege ich!«, murmele ich vor mich hin.

Die Zweite rollt sich auf der anderen Seite geübt ab, während die Dritte bereits ebenfalls die Räuberleiter erklimmt. Offensichtlich sind die drei nicht nur sportlich und gut aufeinander eingespielt, sondern besitzen Übung im Überwinden von Zäunen und ähnlichen Hindernissen. Ich bin gespannt, wie die Schnellste den Zaun zu überwinden gedenkt. Kaum ist die zweite Einbrecherin auf der anderen Seite, als sich die letzte umdreht und geschickt die Eisenstäbe hinaufklettert. Will die junge Frau ernsthaft versuchen, ohne Tritt die Eisenspitzen zu überwinden? Ein riskantes Unterfangen. Ich sehe ihre Hände abrutschen und ihren Körper von den tödlichen Spitzen aufgespießt.

Ehe dies tatsächlich eintreten kann, bin ich heran. Mit beiden Händen ergreife ich einen ihrer Füße und ziehe daran. Sie besitzt genug Kraft in den Händen, um sich trotz meines Ziehens an den Stangen festhalten zu können. Was nun? Natürlich könnte ich sie mit Gewalt und der Macht meiner neunzig Kilo vom Zaun losreißen. Solange ich sie am Fuß festhalte, wird sie dann allerdings unsanft mit dem Oberkörper oder gar Kopf aufschlagen und sich möglicherweise ernsthaft verletzen, was ich nicht will. So befinden wir uns in einer gewissen Pattsituation. Ihre Gefährtinnen reden hektisch in Spanisch auf sie ein.

»Kommen Sie doch bitte freiwillig herunter, ich will Sie nicht verletzen«, rede ich ihr ruhig und langsam zu.

Sie wendet den Kopf. Durch die Öffnung der Sturmhaube blickt sie auf mich herab. Klar bin ich Bulle, aber eben auch Mann. Der Blick in ihre grünen Augen gefällt mir. Ich lächele und lockere meinen Griff um ihre Fessel. Augenblicklich dreht sie das nur noch locker von mir gehaltene Bein um hundertachtzig Grad, stößt sich mit den Händen vom Zaun ab und zieht das Bein mit aller Kraft an. Voller Wucht prallt sie auf meine Schulter. Obwohl sie deutlich leichter ist als ich, reicht die Masse ihres Körpers locker, mich aus dem Gleichgewicht zu bringen. Ich kippe nach hinten um und lasse sie instinktiv los. Der Versuch mit ausgestreckten Armen meinen Sturz abzufangen führt mit Sicherheit zu Knochenbrüchen. Dank meines intensiven Judotrainings in jüngeren Jahren will ich mich stattdessen reflexartig abrollen. Da die Vermummte auf mir landet, gelingt es mir nur bedingt. Ich höre meine Rippen krachen und bleibe, vergeblich nach Atem ringend, im Gras liegen. Sie rappelt sich indessen sofort wieder auf und wieselt in Richtung Finca davon. Ich will aufstehen und ihr hinterher, bekomme aber noch immer keine Luft. Mein Brustkorb schmerzt höllisch. Zunehmend panischer schnappe ich nach Luft. Jeder Versuch einzuatmen tut verdammt weh. Zornig sehe ich meiner Peinigerin hinterher. Aus der Finca treten mehrere Männer in weißen Overalls, vermutlich Beamte der Kriminaltechnik. Ich bete inständig, dass sie das Biest zu fassen bekommen und sie dabei nicht eben sanft anfassen. Dann verliere ich das Bewusstsein.

»Aufwachen du Säufer!«

Alessandro di Lorenzo spürte, wie jemand heftig an seiner Schulter rüttelte. Sein Mund war trocken und sein Kopf schmerzte. Er versuchte die Augen zu öffnen, was nur mühsam gelang.

»Was ist los?«

»Wir sind am Zielbahnhof Stuttgart! Die übrigen Fahrgäste haben längst den Zug verlassen. Sie und Ihr Saufkumpan müssen ebenfalls aussteigen.«

Ein Adrenalinschub weckte ihn. Stuttgart? Sein Reisewecker hätte doch eine halbe Stunde vor Ankunft klingeln sollen! Er richtete sich auf. Eine neue Schmerzwelle zuckte durch seinen Schädel. Er stöhnte und schloss die Augen, bis das Schlimmste abgeklungen war. Dann stellte er die Füße aus dem Bett.

Sein linker Fuß landete auf dem Körper seines auf dem Fußboden liegenden Mitreisenden. Kurz zuckte er zurück, quetschte den Fuß dann aber in den Spalt zwischen dessen Körper und der schmalen Pritsche. Neben dem Mann lag eine leere Wodkaflasche. Kein Wunder, dass der Bahnbeamte ihn für einen Säufer hielt. So höllisch, wie sein Kopf schmerzte, hatte er die Flasche allein geleert. Aber Moment, das stimmte nicht! Er hatte keinen Tropfen angerührt, auch wenn es sich anders anfühlte.

In diesem Augenblick überkam ihn Übelkeit. Er sputete in Richtung Toilette und kotzte sich dort die Seele aus dem Leib. Er hatte es nicht mehr geschafft, die Tür hinter sich zu schließen. Erneut tauchte der Kontrolletti hinter ihm auf.

»Sie sind ja immer noch hier! Jetzt aber schleunigst raus mit Ihnen, sonst fahren Sie mit in den Abstellbahnhof! Wo ist Ihr Kumpel? Ist der wenigstens schon draußen?«

Alessandro wischte sich die Kotze ab.

»Ist nicht mein Kumpel, ich kenne den Typ nicht.«

»Jedenfalls haben Sie hier nichts mehr zu suchen! Unser Zug muss das Gleis freimachen.«

Alessandro antwortete nicht. Beim Händewaschen sah er sein Gesicht im Spiegel. Er sah bleich und übernächtigt aus. Was zum Teufel war heute Nacht passiert? Hatte er doch noch gesoffen und wusste es nur nicht mehr? Bisher hatte er einen nächtlichen Filmriss für ein Märchen gehalten.

Er stolperte zurück zum Schlafabteil. Der Kontrolletti stand dort, kickte mit seinem schwarzen Lederschuh dem auf dem Boden liegenden Mann mehrmals leicht gegen das Bein. Der Typ war ein echtes Arschloch.

»Aufwachen, wir sind da!«

»Darf ich mal?«

Alessandro quetschte sich an dem unsympathischen Bahnbediensteten vorbei und griff nach seinem Koffer. Dabei fiel sein Blick auf seinem Mitreisenden, dessen Mund offenstand und dessen Haut unnatürlich blass war. In diesem Moment erkannte Alessandro, dass der Mann tot war, gestorben, während er keinen Meter von ihm entfernt geschlafen hatte. Entsetzen packte ihn. Eine neue Welle von Übelkeit stieg in ihm auf. Er verspürte den Impuls den Kontrolletti anzuschreien und ihn aufzufordern einen Arzt zu holen. Aber er ließ es sein. Wahrscheinlich käme die Polizei gleich mit, wäre womöglich noch vor dem Arzt da. Dann würde er als Zeuge befragt oder gar als Verdächtiger verhört werden. Das konnte er sich nicht erlauben. Also machte er sich stattdessen eilig davon.

Wie ist es passiert?«

»Eine junge Frau ist auf mir gelandet.«

Die Ärztin runzelt missbilligend die Augenbrauen, sagt aber nichts. Schweigend mustert sie den Bildschirm vor sich.

»Waren Sie nicht zufällig in eine Schlägerei verwickelt?«

»Nein, Frau Doktor, ich bin das Opfer und nicht der Täter!«

Ihrem Gesichtsausdruck nach glaubt sie mir noch immer nicht.

»Wie kommen Sie eigentlich darauf, dass ich etwas angestellt haben könnte?«

»Weil draußen ein Polizist auf Sie wartet, und zwar nicht irgendeiner, sondern der Chef der Mordkommission. Soll ich ihm sagen, dass Sie noch nicht vernehmungsfähig sind?«

»Steht es so schlimm um mich?«

»Nun, Sie haben einige Rippenprellungen. Die sind zwar ziemlich schmerzhaft aber nicht gefährlich. Allerdings ist ihr Allgemeinzustand alles andere als gut. Sie sehen aus, als könnten Sie ein paar Tage Ruhe und viel Schlaf gut gebrauchen.«

Vor dem Behandlungszimmer nimmt mich Comisionado Amengual in Empfang. Sein anthrazitfarbener Anzug sitzt perfekt, vermutlich maßgeschneidert. Auch ansonsten besitzt er eine gepflegte, mit seinen schwarz-silbernen Locken und seiner dunklen Haut ziemlich attraktive Erscheinung. Zur Begrüßung streckt er mir die Hand entgegen. Sein Gesicht zeigt einen Ausdruck offenen Bedauerns.

»Herr Kollege Hurlebaus, ich kann Ihnen gar nicht sagen, wie peinlich mir die Angelegenheit ist. Es ist unverzeihlich, dass Sie am Tage Ihrer Ankunft auf unserer schönen Insel überfallen und schwer verletzt worden sind. Und das auch noch ausgerechnet am Tatort! Wir hätten besser aufpassen müssen!«

»Lassen Sie nur!« Ich mache eine beschwichtigende Geste. »Sie konnten ja nicht wissen, dass trotz der Anwesenheit Ihrer Kriminaltechniker in die Finca eingebrochen werden würde.«

Betreten sieht er zur Seite.

»Oder etwa doch?«

»Nun, ich muss gestehen, dass wir Drohungen übereifriger Tierschützer als etwaiges Motiv für die drei Morde erörterten. Es hätte uns schon klar sein können, dass die in die Finca einbrechen würden, um die Vögel zu befreien.«

»Tierschützer als Dreifachmörder?«

Mein erstaunter Ausruf entlockt ihm ein zaghaftes Lächeln.

»Ich bin fast ein bisschen froh, dass Sie so reagieren. Darf ich Sie als Zeichen unserer mallorquinischen Gastfreundschaft zum Essen einladen? Bei dieser Gelegenheit würde ich Sie selbstverständlich über den aktuellen Stand der Ermittlungen ins Bild setzen.«

Seine Einladung klingt verlockend. Trotzdem entscheide ich mich dagegen.

»Vielen Dank, aber ich brauche zunächst einfach Ruhe. Die Ärztin verabreichte mir ein starkes Schmerz- und Beruhigungsmittel und empfahl mir, mich gründlich auszuschlafen.«

»Dann bringe ich Sie in Ihr Hotel. Meine Einladung gilt auch noch die nächsten Tage.«

»Das klingt gut.«

Mit dem Aufzug fahren wir in die Tiefgarage. Per Fernbedienung öffnet der Comisionado die Türen einer großen Limousine von BMW. Ein solches Auto fahren bei uns keine Kriminalbeamte, sondern Angehörige des mittleren Managements. Mir kommen die zahlreichen Korruptionsskandale der Inselpolizei in den Sinn.

Schwarzes Leder umschmeichelt mich. Die Innenausstattung der deutschen Luxuskarosse ist vom Feinsten. Für meinen Geschmack viel zu schnell schießt der Leiter der Mordkommission durch die Garage auf die Ausfahrt zu.

»Unter den Journalisten hat sich bereits herumgesprochen, dass Sie in der Finca des GinKönigs Einbrecher überraschten. Es kursieren die wildesten Gerüchte, was Ihnen dort zustieß.«

»Aha.«

»Von dem Dreifachmord wurden auch zahlreiche deutsche Pressevertreter angelockt. Was gedenken Sie denen zu sagen?«

»Darüber habe ich noch nicht nachgedacht.«

»Waren Sie schon einmal als Verbindungsbeamter in einer ähnlich heiklen Situation eingesetzt?«

»Nein. Ich war überhaupt noch nie als Verbindungsbeamter im Ausland.«

Die Lippen des Spaniers werden schmal. Warum zum Teufel wählte man ausgerechnet mich für diesen Job aus? Wahrscheinlich fragt sich der Comisionado in diesem Augenblick das gleiche. Er wirft mir einen kurzen Seitenblick zu.

»Ihre Worte werden einen großen Anteil daran haben, wie man bei Ihnen zu Hause die Sache wahrnimmt und ob Mallorca in Deutschland weiterhin als sicheres Urlaubsziel gilt. Ich bitte Sie, dies bei jeder noch so kleinen Äußerung zu bedenken. Es wird von Ihren Worten abhängen, ob und wie viele meiner Landsleute in den nächsten Wochen ihre Arbeit verlieren.«

»Wollen Sie mir vorschreiben, wie ich meinen Job machen soll?«

»Keineswegs! Ich bitte Sie nur darum, auch die Sorgen und Nöte meiner Landsleute zu berücksichtigen.«

»Rührend, dass Sie sich um die Zimmermädchen und Küchenhilfen sorgen.«

Er wirft mir einen verärgerten Blick zu, reagiert aber nicht weiter.

»Wir sind da.«

»Hier soll ich wohnen?«

Ungläubig starre ich aus dem Fenster.

»Es liegt uns sehr am Herzen, dass Sie sich hier wohlfühlen.«

Das Hotel Palacio ist ein Schloss. Ein rot livrierter Mann öffnet die Beifahrertür.

»Die Kosten dieses Hotels erstattet mir das Innenministerium niemals!«

»Sie sind unser Gast. Ihnen und Ihrer Behörde werden keinerlei Kosten entstehen.«

Ich will weiter protestieren, bin aber viel zu erschöpft hierzu. Trotz der Medikamente fällt mir das Atmen nach wie vor schwer und auch die vergangene Nacht verlangt Tribut.

»Also gut, für heute soll es mir Recht sein. Morgen ziehe ich in ein billigeres Haus um und zahle meine Rechnungen dann auch selbst.«

Falls die Hotelangestellten sich über mein abgerissenes

Äußeres oder die Tatsache, dass ich ohne Gepäck anreise, wundern, lassen diese es sich nicht anmerken. Mit vollendeter Freundlichkeit werde ich an die Rezeption gebracht, checke dort ein und werde dann zu meinem Zimmer geleitet.

Das schlossähnliche Gebäude erhebt sich aus einem Park. Mein Zimmer bietet einen grandiosen Blick über die Bäume des Parks und die Häuser Palmas mit der Kathedrale als steinerner Landmarke hinweg aufs Mittelmeer. Ich ertappe mich bei dem Gedanken, mit Christina in dem luxuriösen Ambiente das Wochenende zu verbringen. Vielleicht ist es ja üblich, dass das Gastland für die Übernachtung des Verbindungsbeamten aufkommt und ich kann reinen Gewissens für die Dauer meines Aufenthaltes hier logieren? Mir gehen die moralinsauren Spießer ohnehin gehörig gegen den Strich. Ist es, für einen wie mich, nicht angemessen, nicht gar so kleinlich zu sein und diese kleine Aufmerksamkeit anzunehmen? Andererseits schätze ich nichts mehr, als meine innere Unabhängigkeit und will mich auf keinem Fall erpressbar machen.

Es klopft. Wahrscheinlich bringt mir der Zimmerservice die bestellten Tapas samt der Flasche Wein. Meinen Vorsatz etwas für meine Fitness zu tun und für die Dauer meines Aufenthaltes auf Alkohol zu verzichten, habe ich bereits wieder über Bord geworfen.

Ich öffne die Tür und stehe einer blonden Frau gegenüber, die mir Einblick in ihr Dekolleté gewährt. Ein Wagen oder auch nur ein Tablett mit Essen ist hingegen nicht zu sehen.

»Hallo Jens«, grüßt die Unbekannte und lächelt mich einladend an.

»Hallo.«

Woher zum Teufel kennt sie meinen Vornamen? Wie durch Zauberei hält sie plötzlich ein Mikrofon in der Hand und streckt es mir entgegen.

»Stimmt es, dass Sie heute in der Finca des GinKönigs beim Versuch drei Einbrecher festzunehmen von diesen zusammengeschlagen wurden?«

Überrumpelt starre ich die attraktive Blondine an. Eine Reporterin! Endlich reagiert mein Verstand. Ich trete einen Schritt zurück, um die Türe zu schließen. Die attraktive Frau hat damit gerechnet und stellt blitzschnell einen Fuß dazwischen. Ich starre auf ihre goldenen Sneakers, unschlüssig, was ich tun soll.

»Herr Kommissar Hurlebaus, würden Sie unsere Zuschauer über den Stand der Ermittlungen zu dem bestialischen Dreifachmord in der Finca des GinKönigs informieren? Können unsere Zuschauer weiterhin guten Gewissens einen Urlaub auf der Deutschen liebster Insel buchen? Oder müssen wir Deutsche hier ab sofort um unser Leben fürchten? Schließlich handelt es sich bei den Mordopfern ausnahmslos um Landsleute!«

»Nehmen Sie den Fuß aus meiner Tür!«

»Beantworten Sie meine Frage!«

Frech sieht sie mich an. Ich verspüre den Impuls, ihr einen kräftigen Stoß zu verpassen. Vor meinem inneren Auge sehe ich sie rückwärtstaumeln, ehe sie hysterisch schreiend hinfällt. Ihr Kameramann tritt in mein Sichtfeld, bringt sich in Position, um meine Antwort oder je nachdem auch meine Rücksichtslosigkeit zu filmen. Wird Lana mich in letzterem Fall abziehen? Ich bin versucht der lauernden Journalistin den Stoß zu versetzen, um meinen ungewollten Mallorca-Trip vorzeitig zu beenden. Aber vermutlich wäre dann nicht nur dieser vorzeitig beendet.

»Hören Sie, ich komme geradewegs aus dem Krankenhaus. Bei dem Überfall wurden mir mehrere Rippen angebrochen. Auf eigenes Risiko, vollgepumpt mit Schmerzmitteln kam ich um eine Nacht in der Klinik herum. Mir schmerzt jeder Atemzug und ich kann mich kaum noch auf den Beinen halten. Sind Sie wirklich solche Unmenschen, dass Sie mich mit Fragen, die ich Ihnen ohnehin nicht beantworten kann, von meiner Gesundung abhalten wollen?«

Der Kameramann lässt die Kamera sinken und die Tussi zieht ihren goldenen Sneaker zurück. Es gelingt mir, die Tür nicht zuzuknallen. Kurz entschlossen bestelle ich Tapas und Wein ab, schalte mein Handy aus und falle in den Klamotten aufs Bett.

Im Internet fand Alessandro die Meldung über den Toten im Nachtzug von Hamburg nach Stuttgart. Er hatte also tatsächlich eine Nacht neben einem Toten verbracht. Ein gruseliger Schauer durchlief ihn. In der Meldung hieß es weiter, dass die Polizei den im selben Abteil nächtigenden Mitreisenden dringend aufrufe, sich als wichtiger Zeuge zu melden. Es folgte eine Personenbeschreibung, die sowohl auf ihn als auch auf Millionen anderer Männer passte. Glücklicherweise war er ein durchschnittlicher und unauffälliger Mann. Die würden ihn nicht finden, hier in Bremen schon gar nicht. Der folgende Absatz des Artikels zerstörte seine Zuversicht. Dort wurde der Roman »Die Bruderschaft« von John Grisham erwähnt, den der Reisende unter seinem Kopfkissen vergessen hatte.

Alessandro seufzte. Er hatte sich das Buch auf der Lesung vom Meister persönlich signieren lassen. Die Widmung enthielt nicht nur seinen Namen, sondern Bremen als Ort der Lesung und das Datum. Ob dies den Bullen reichte, ihn zu finden? Besser er ließ es nicht darauf ankommen, sondern meldete sich als Zeuge.

Um die Angelegenheit möglichst schnell hinter sich zu bringen, druckte er den Artikel der Stuttgarter Nachrichten aus und begab sich damit zum Polizeipräsidium. Dort musste er lange warten. Dann brachte man ihn zu einem übergewichtigen Mann in Jeans und kariertem Hemd. Mit gerunzelter Stirn hörte sich dieser an, warum Alessandro hier war. Nebenbei las er den Artikel. Als Alessandro seine umständlichen Erklärungen endlich beendete, herrschte Schweigen. Von Minute zu Minute wurde dieses unbehaglicher. Alessandro bereute es, von selbst zur Polizei gegangen zu sein.

»Warum sind Sie nicht gleich als Zeuge dageblieben?«

»Ich wusste doch nicht, dass der Mann tot ist!«

»Nein?«

»Nein!«

»Wieso haben Sie dann im Internet nach dem Artikel gesucht?«

»Weil ich es nicht wusste, aber irgendwie fürchtete. Ich wollte Gewissheit haben.«

»Dann hätten Sie gleich vor Ort warten oder die Polizei ansprechen können!«

»Der Schaffner hat mich aus dem Zug geworfen!«

Der Polizist verdrehte die Augen.

»Außerdem musste ich dringend zu meinem Vorstellungsgespräch, wegen dem ich überhaupt nur nach Stuttgart gefahren bin! Die Zugfahrt hat mich meine letzten Kröten für den Mai gekostet. Ich will nicht sieben Jahre umsonst studiert haben!«

»Was haben Sie denn studiert?«

»Psychologie. Ich habe mich bei den Schwaben in einer großen Einrichtung für blinde Menschen vorgestellt.«

Der Polizist schnaubte durch die Nase, dann erhob er sich.

»Warten Sie hier, ich telefoniere mit den Kollegen dort unten.«

Die Warterei zog sich endlos hin. Alessandro war kurz davor zu gehen, als sich die Tür des kleinen Büros wieder öffnete. Der Polizist hatte eine Frau im weißen Kittel bei sich.

»Sind Sie damit einverstanden, dass wir Ihnen eine Blutprobe entnehmen?«

»Eine Blutprobe? Wofür zum Teufel brauchen Sie die denn? Denken Sie etwa, ich bin auf Drogen und erzähle Ihnen hier Märchen?«

Grüne Katzenaugen bescheren mir wirre Träume. Wieder und wieder verfolge ich die schwarz Vermummte. Vergeblich versuche ich, ihr die Maske vom Gesicht zu reißen. Jedes Mal entwischt sie mir knapp, nicht ohne mir einen heißen Blick aus ihren grünen Augen zuzuwerfen. Dann küsse ich wieder eine Frau mit üppig roten Lippen wild und leidenschaftlich, ohne zu wissen, wer sie ist.

Mein Handy erlöst mich von meinen wirren Träumen.

»Ja?«

»Oh, habe ich dich etwa geweckt?«

»Genau das hast du!«

»Tja, du hättest mich halt wie versprochen gestern noch zurückrufen sollen!«

In diesem Augenblick weiß ich, warum ich mich von ihr habe scheiden lassen.

»Was willst du?«

»Hören, wie es dir geht.«

»Gut.«

»Hat es mit euch geklappt?«

»Ja.«

Sonja schweigt. Ich ärgere mich über ihre Neugierde, empfinde diese als übergriffig. Aber sie ist der einzige Mensch, der sich für mich und mein Befinden interessiert.

»Warum lügst du?«

Ihr habe ich noch nie was vormachen können. Sollte ich je ein Verbrechen begehen, hätte ich bei einer Befragung durch sie keine Chance ungeschoren davonzukommen.

»Lass uns ein andermal reden, ich muss jetzt einen Mörder fangen!«

Sie schnaubt verärgert.

»Du hast dich kein bisschen verändert!«

Wie erwartet legt sie auf. Voller widersprüchlicher Gefühle stelle ich mich unter die Dusche. Warum kann mein Herz nicht aufhören, sie zu lieben? Wütend schlage ich mit der Faust zweimal gegen die Wand. Der Schmerz lenkt mich von meinem inneren Chaos ab. Anschließend begebe ich mich auf der Suche nach etwas Essbarem nach unten. Von der riesigen Terrasse des Hotels gleitet mein Blick über grüne Bäume und die terracottafarbene Stadt aufs Mittelmeer. Ich verspüre den Impuls irgendeine Form von Alkohol zum Frühstück zu bestellen, kann aber widerstehen. Dies wäre mein endgültiger Untergang und so fasse ich erneut den Vorsatz, die Tage auf der Insel abstinent zu bleiben.

»Guten Morgen, ich hoffe, Sie haben gut geschlafen.«

Ungefragt lässt sich die Reporterin von gestern Abend mir gegenüber nieder. Sie lächelt mir kurz zu, ehe sie dem Kellner winkt. Meine Laune sackt in den Keller.

»Verschwinden Sie!«

»Ich entschuldige mich in aller Form für meinen ziemlich missglückten Auftritt gestern. Zeigen Sie sich großzügig und geben Sie mir bitte eine zweite Chance.« Sie lächelt warm. »Wie Sie sehen, bin ich ohne Kameramann hier. Nichts von dem, was wir heute Morgen sprechen, wird in die Medien gelangen.«

»Gehen Sie! Oder ich lasse Sie rauswerfen!«

»Die werfen mich nicht raus.«

Sie sieht mich herausfordernd an.

»Dies ist ein vornehmes Haus, das die Privatsphäre seiner Gäste schützt. Also gehen Sie jetzt besser.«

»Das gilt nur für die Schönen und Reichen. Sie gehören weder zur einen noch zur anderen Kategorie.«

Ich wende mich auf Spanisch an den unbeteiligt neben dem Tisch stehenden Kellner.

»Würden Sie die Dame bitte des Tisches verweisen?«

Er reagiert nicht. Mit unbewegter Miene bleibt er stehen.

»Ihr Spanisch ist ziemlich gruselig«, antwortet an seiner Stelle die Journalistin. »Bringen Sie den guten Mann nicht in Verlegenheit. Im Gegensatz zu Ihnen gehöre ich zur Welt der Schönen und Reichen.«

Skeptisch sehe ich sie an.

»Es stimmt! Meine Beiträge laufen in einer der populärsten Sendungen des Societyformats. Im Privatfernsehen berichte ich über Mallorca und weitere mediterrane

Urlaubsziele. Das Hotelmanagement will es sich sicherlich nicht mit mir verscherzen.«

»Sind Sie deswegen gestern in den Flur vor mein Zimmer gelangt? Selbst der Zugang dorthin wird schließlich kontrolliert.«

Sie lächelt vielsagend. Ein weiteres Mal wallt wegen der Zicke Ärger in mir auf. Nun gut, ich finde das Hotel ohnehin blöd. Dann werde ich halt weichen, aber nicht nur vom Frühstückstisch. Mit grimmigem Gesichtsausdruck erhebe ich mich.

»Wissen Sie eigentlich, warum man ausgerechnet Sie als Verbindungsbeamten hierher geschickt hat?«

Ich ignoriere ihre Worte, wende mich zum Gehen.

»Und wissen Sie überhaupt, wer Sie auf die Insel geschickt hat?«

»Meine Chefin natürlich.«

»Hauptkommissarin Lansik hat die Entscheidung nur verkündet. Getroffen hat sie ein anderer. Übrigens war Frau Lansik von der Entscheidung keineswegs begeistert.«

Widerwillig muss ich mir eingestehen, dass sie es geschafft hat, meine Neugierde zu wecken.

»Dann halt der Polizeipräsident.«

Kopfschüttelnd antwortet sie:

»Weiter oben.«

»Im Innenministerium?«

»Weiter oben.«

Ungläubig starre ich auf sie herab. Weiter oben? Dies würde bedeuten, die Entscheidung wäre vom Ministerpräsidenten oder zumindest in dessen direktem Umfeld getroffen worden. Wer zum Teufel weiß dort überhaupt von meiner Existenz?

»Rufen Sie doch Ihre Chefin an und fragen Sie sie. Ich frühstücke hier so lange in Ruhe. Vielleicht wollen Sie im Anschluss an Ihr Telefonat dann ja doch mit mir reden?«

»Warum sollte ich?«

»Weil viel spannender als die Frage, wer Sie hierher geschickt hat, die Frage ist, aus welchem Grund derjenige sich für Sie entschieden hat.«

Sie lächelt erneut. Ich würde sie am liebsten am Kragen packen und durchschütteln. Stattdessen gebe ich einen Unmutslaut von mir, drehe mich um und stürme auf mein Zimmer.

Mein Handy liegt auf dem Tisch. Lana versuchte mehrfach, mich zu erreichen.

»Endlich meldest du dich! Ich dachte schon, dir wäre was zugestoßen! Es geht nicht...«

»Wer im Staatsministerium hat mich auf diese verdammte Insel geschickt?«

Sie verstummt. Nur noch ihre Atemzüge sind zu hören. Schließlich fragt sie vorsichtig:

»Wie kommst du darauf, dass es jemand im Staatsministerium gewesen sein soll?«

»Ein Vöglein hat mir etwas geflüstert.«

»Wer?«

»Das werde ich ganz sicher nicht verraten. Aber ich warne dich, erzähle mir jetzt bloß keinen Scheiß!«

Sie überlegt. Die undichte Stelle riskiert nicht nur ihr Amt, sondern womöglich auch ihre Pension. Zumindest, sofern es sich nicht um einen Politiker oder politischen Beamten handelt. Daher würde Lana sicherlich zu gerne seinen Namen aus mir herauskitzeln. Aber das wird sie nicht schaffen, schon alleine deshalb nicht, weil ich selbst die undichte Stelle im Regierungsapparat nicht kenne. Dabei fällt mir auf, dass ich nicht einmal den Namen der Reporterin weiß. Mit einem Seufzer gibt Lana nach.

»Ich weiß nicht, wer dich dort auf der Insel haben will. Aber es stimmt, dass dies weiter oben entschieden wurde, vermutlich sogar weiter oben als im Innenministerium.«

Mehr bekomme ich nicht aus ihr heraus. Auch ich kann meiner Vorgesetzten nicht viel berichten.

Nach kurzem Zögern kehre ich auf die Terrasse zurück und nehme wieder am Tisch Platz. Die Journalistin begrüßt mich mit einem freundlichen, warmen Lächeln. Ich spüre, wie gut mir ihr Lächeln tut. Heute verzichtet sie auf ein aufreizendes Äußeres. Zu einer weißen Jeans trägt sie eine helle Leinenbluse, beides alles andere als figurbetont. Ihre Füße stecken in blauen Seglerschuhen.

»Wie heißen Sie eigentlich?«

»Cora.«

Sie tupft sich grazil Mund und Hände an der Stoffserviette ab, dann streckt sie mir über den Frühstückstisch hinweg ihre Hand entgegen.

»Wollen wir nicht noch einmal ganz neu anfangen?«

Ich zaudere, ergreife dann aber ihre ausgestreckte Hand.

»Ich bin der Jens, aber das weißt du ja schon. Hast du auch einen Nachnamen?«

»Lässig.«

»Du heißt Cora Lässig?«

»Klingt bescheuert, ich weiß.« Sie seufzt. »Das ist nicht mein richtiger Name. Fürs Fernsehen brauche ich einen griffigen Namen, den sich die Zuschauer leicht einprägen können.«

»Wie heißt du wirklich?«

»Das ist mein Geheimnis. Wenn ich mir sicher bin, dir vertrauen zu können, verrate ich es dir vielleicht.«

»Was willst du von mir?«

»Natürlich Informationen.«

»Warum sollte ich dir welche geben?«

»Weil du im Gegenzug auch welche von mir erhältst. Damit bin ich schon in Vorleistung getreten, wie deine Chefin dir gerade bestätigt hat.«

Das kann sie nicht wissen, andererseits wäre ich ansonsten kaum wieder hier.

»Außerdem biete ich dir die Gelegenheit, die Wahrheit zu verbreiten. Was man so hört, bist du jemand, der kein Blatt vor den Mund nimmt und dem die Wahrheit etwas bedeutet.«

Ich sehe sie lange an. Sie lässt es geschehen. Kann ich einer Klatschreporterin vertrauen, die bestimmt ein ziemlich oberflächliches Wesen besitzt? Coras Blick schweift hinaus Richtung Meer und verliert sich in der Ferne. Auch sie wirkt plötzlich verloren auf mich. Leise, als spräche sie eher zu sich als zu mir, meint sie:

»Ich musste auch schon viele Rückschläge einstecken und Niederlagen hinnehmen.«

Die Kollegen in Stuttgart glauben, dass man Sie im Schlafwagen mit Äther betäubt hat. Wir hoffen, dies anhand einer Blutprobe beweisen zu können.«

»Betäubt? Mich?«

»Der Anschlag galt nicht Ihnen. Zumindest vermuten wir dies. Ich erkläre Ihnen gleich die Hintergründe. Die Zeit drängt etwas, da eventuell noch vorhandene Rückstände jede Minute weiter abgebaut werden. Können wir Ihnen also zunächst Blut entnehmen?«

Ich erteilte mein Einverständnis, woraufhin die Frau im weißen Kittel zur Tat schritt. Nachdem sie sich samt Spritze und Glasröhrchen verabschiedet hatte, fragte ich:

»Woran starb der Mann?«

»An einer Äthervergiftung.«

Ich schluckte.

»Warum hat es mich dann nicht auch erwischt?«

»Aus mehreren Gründen, wenn Äther verdampft, ist er als Gas schwerer als Luft. Da sie rund einen Meter höher lagen als der Tote, atmeten Sie weniger davon ein. Außerdem sind die Kollegen sich nicht sicher, ob ihm der Äther rein gasförmig verabreicht wurde, oder ob er auch dem Wodka beigemischt war. Hinzu kommt sein hoher Alkoholpegel und Ihre bessere körperliche Verfassung.«

»Hat der Tote eigentlich einen Namen?«

»Jeder hat einen Namen, aber seinen kennen wir noch nicht.«

»Was wollen Sie von mir?«

»Das sollen die Kollegen Ihnen selber sagen. Die sind schon unterwegs und dürften bald hier eintreffen.«

»Aus Stuttgart?«

Er nickte.

Auf dem Weg zurück in mein Hotelzimmer erreicht mich ein Anruf. Das Display zeigt eine mir unbekannte Nummer innerhalb des Stuttgarter Polizeipräsidiums an.

»Guten Morgen Herr Kollege Hurlebaus, hier spricht Bianca Walter.«

»Okay.«

»Gefällt es Ihnen auf Mallorca?«

»Was wollen Sie?«

»Ich soll Ihnen zuarbeiten.«

»Sie?«

Ich höre sie schlucken. Sichtlich verunsichert meint sie: »Ja, ich.«

»Sind Sie nicht in Mutterschutz?«

»Ich war in Elternzeit, bin aber seit letztem Donnerstag wieder im Dienst.«

Na prima, da hat Lana mir ein Muttertier zugewiesen, das nebenher ein bisschen Polizistin spielt. Womit habe ich das verdient?

»Lassen Ihre drei Plagen Ihnen überhaupt Zeit für Polizeiarbeit?«

»Falls Sie meine drei Kinder meinen, die Älteste ist in der Schule und die beiden Jüngeren sind in einem Hort. Also kann ich prima halbtags arbeiten.«

Halbtags! Als würden Mörder sich mit halber Kraft fangen lassen! In unserem Job muss man schon alles geben!

»Hören Sie«, fährt das Muttertier fort, »ich bin genauso wenig davon begeistert mit Ihnen arbeiten zu müssen, wie Sie es andersherum vermutlich auch sind. Da Sie als ausgesprochenes Ekel gelten, will niemand mit Ihnen arbeiten.«

»Hat Lana das so gesagt?«

»Natürlich nicht! Offiziell bin ich Ihnen zugeteilt, weil der Job vermutlich viel Aktenrecherche und nur wenige Befragungen mit sich bringt. Also Dinge, die ich auch vormittags hier im Büro erledigen kann.«

»Und wenn doch eine Befragung in einer anderen Stadt nötig wird?«

»Kümmert sich mein Mann um die Kinder und ich erledige diese.«

Ich seufze vernehmlich.

»Was ist nur aus der Kripo geworden.«

»Eine Behörde, die mit der Zeit geht. Jetzt geben Sie mir wenigstens eine Chance!«

»Also gut, dann schauen Sie doch Mal, was Sie an einem Vormittag im Büro über einen gewissen Robert Breitner, bis zu seinem Tod wohnhaft auf Mallorca, in Erfahrung bringen können.«

»Meine Hausaufgaben habe ich gemacht und das Wesentliche als Memo über den GinKönig zusammengefasst. In diesem Moment ist es auf dem Weg zu Ihnen.«

Mein Mobiltelefon kündet den Eingang einer Nachricht an, vermutlich ihres Memos. Ich mag unsere moderne Zeit nicht.

Die Rezeption informiert mich, dass Comisionado Amengual im Foyer auf mich wartet. Eilig putze ich zumindest meine Zähne, rasieren fällt einmal mehr aus. Ich stehe schon vor dem Aufzug, als ich mich doch noch für die Treppe entscheide. Dass die drei schwarz Vermummten mich so mühelos abhängten, nagt an mir.

Der Comisionado passt, im Gegensatz zu mir, perfekt in die gediegene Atmosphäre des Hotels. Zu einer teuer aussehenden Chinohose in Beige trägt er einen anthrazitfarbenen Kaschmirpullover. Wir begrüßen uns per Handschlag.

Vor dem Hotel ist sein BMW nicht zu übersehen, zumal hinter ihm als Eskorte ein Streifenwagen parkt. Neugierige Blicke mustern uns beim Einsteigen. Es schmeichelt mir, dass der Chef persönlich mich abholt, um mir im zweiten Anlauf den Tatort zu zeigen.

»Der GinKönig ist in Deutschland kein unbeschriebenes Blatt«, gebe ich meine Erkenntnisse umgehend weiter.

»Was liegt gegen ihn vor?«

»Wegen Hehlerei saß er fünfzehn Monate ein. In dieser Zeit verkaufte er seine Kneipen in Stuttgart. Nach seiner Haftentlassung zog er nach Mallorca, um hier bei Ihnen einen Neuanfang zu wagen. Es wurde auch wegen Drogenhandels gegen ihn ermittelt, allerdings konnte ihm nichts nachgewiesen werden.«

»Glauben Sie, das Motiv der Morde liegt in der kriminellen Vorgeschichte von Señor Breitner?«

»Möglicherweise.«

»Ich weiß nicht, er lebte acht Jahre unauffällig auf Mallorca.«

Unser Begleitfahrzeug hält vor uns an der Finca. Drei breitschultrige Beamte in Uniform entsteigen ihm und steuern, mit umgehängten Maschinenpistolen im Anschlag, auf das Gebäude zu. Offensichtlich will der Comisionado um jeden Preis verhindern, dass sich ein Vorfall ähnlich dem vom Vortag wiederholt. Im Windschatten Amenguals betrete ich durch den Haupteingang die protzige Finca, die wir zügig durchqueren. Auf der Rückseite ist durch die massive Steinwand der alten Finca eine Tür gebrochen, die in einen modernen Anbau führt. Dort herrscht ein ohrenbetäubender Lärm. Dicht gedrängt sitzen oder fliegen in zahllosen Volieren bunte Vögel umher. Die Volieren in der heimatlichen Wilhelma nehmen sich hiergegen bescheiden aus. Einige der riesigen Käfige sind leer, vermutlich das gestrige Werk der drei Vermummten.

»Hat man eine der Einbrecherinnen gefasst?«

»Noch nicht. Sind Sie sicher, dass es sich um drei Frauen handelt?«

Ich nicke. Einst müssen es über tausend Vögel gewesen sein. In der Mitte der Volieren befindet sich ein Arbeitsbereich aus diversen Tischen, Regalen und Wasseranschlüssen. Von hier aus versorgt vermutlich eine Horde Pfleger die Tiere. Amengual läuft zielstrebig darauf zu. Hinter dem ersten Arbeitstisch biegt er nach links ab.

Ein großer Blutfleck und der mit gelber Kreide nachgezeichnete Körperumriss markieren den Fundort der Leiche. Schweigend zieht der Comisionado eine Mappe aus seiner Aktentasche und reicht sie mir. Der Aktendeckel enthält Bilder, auf denen eine junge Frau mit langem, blondem Pferdeschwanz seitlich auf dem Boden liegt. Ihre Hände sind auf den Rücken gefesselt und aus ihrem Hinterkopf ist Blut ausgetreten. Die Tote ist schätzungsweise dreißig Jahre alt und hübsch, aber nicht auffallend attraktiv. Weitere Aufnahmen zeigen ein nicht weit von der Frau auf dem Boden liegendes Kissen. Es handelt sich um ein gewöhnliches, eher kleines Kissen beiger Farbe, wie es häufig auf Sofas liegt. Dieses weist jedoch dunkle Blutspritzer und vier kreisrunde Löcher auf. Jemand benutzte es bei der Erschießung der Frau als Schalldämpfer.

»Wurden alle vier Schüsse auf die Frau abgegeben?«

Aufgrund des Lärmes macht Amengual wortlos Zeichen, ihm wieder hinaus zu folgen. Zurück im Haupthaus ist der Geräuschpegel sofort wieder erträglich. Ich wiederhole meine Frage.

»Nein, zwei auf sie und zwei auf den Hausherrn.«

»Wer ist sie?«

»Eine deutsche Tierpflegerin namens Julia Janssen. Sie war für die Papageien zuständig.«

»War sie nur Tierpflegerin?«

»Wie meinen Sie das?«

»Nun, die Frau ist deutlich jünger als der Hausherr und attraktiv. Hatten die beiden etwas miteinander?«

Der Kommissar sieht mich auf eine Art an, die ich nicht zu deuten weiß. Der Spanier lächelt.

»Es heißt, die Frauen in Deutschland sind sehr emanzipiert.«

Ich sehe ihn ratlos an. Worauf will er hinaus?

»Die meisten jüngeren deutschen Frauen, die hier ihr Glück suchen, sind es nicht.«

»Wie meinen Sie das?«

Er seufzt.

»Bitte ersparen Sie mir ermüdende Diskussionen über Political Correctness, aber die Europäische Union ermöglicht es Ihren Landsleuten, sich in nahezu beliebiger Zahl auf unserer schönen Insel niederzulassen. Viele Mallorquiner würden diesen Zuzug gerne begrenzen, ja sogar den Großteil Ihrer Landsleute wieder nach Hause schicken. Dies betrifft insbesondere jene Deutschen, die schon zu Hause nicht zurechtkamen. Wir bezeichnen sie als menschliches Strandgut. Die glauben, weil hier die Sonne öfter scheint, sei hier alles leicht. Aber das stimmt nicht. Im Gegenteil, das Leben hier ist schwerer und härter als in eurem Sozialstaat. Wir Mallorquiner gleichen dies durch starke Familien- und Freundesbande aus. Das Strandgut besitzt beides nicht. Herr Breitner wurde hier reich, weil er gut darin war, seine eigenen Landsleute skrupellos auszunutzen. In seiner riesigen Bar am Balneario arbeiten fast nur Deutsche viel mehr Stunden am Tag für viel weniger Geld, als ein Mallorquiner oder auch Spanier es tun würde.

Breitner war der Señor, der beliebig bestimmen konnte. Wer ihm nicht passte, musste sofort gehen. Wenn ihm eine Frau gefiel, musste sie sein Bett teilen. Verlor er die Lust an ihr, hatte sie dort nichts mehr zu suchen. Das galt auch für die Tierpflegerin.«

»Das ist ja wie im Mittelalter!«

»Ersparen wir uns das! Sehen wir uns Señor Breitners Büro an.«

Ich folge ihm eine herrschaftlich breite Treppe aus kunstvoll behauenen Steinen ins Obergeschoss. Das Büro ist riesig. Über die sonnenverbrannte, staubige Landschaft hinweg sieht man in der Ferne das Meer verführerisch blau glitzern. Im Zentrum des Raumes thront ein Monstrum von einem Schreibtisch aus dunklem Tropenholz. Er sieht alt und gediegen aus und ich bin mir sicher, dass der Hausherr ihn auf einer Auktion für ein kleines Vermögen ersteigerte. Einst regierte von ihm aus ein Industriemagnat oder Firmenpatriarch sein Reich selbstherrlich und Breitner tat es ihm gleich. Das scheußliche Teil passt überhaupt nicht zum Rest der Möbel aus hellem Pinienholz in mediterranem Stil. Ihnen entströmt vermutlich der angenehme, leicht harzige Duft in der Luft.

Comisionado Amengual reicht mir wortlos eine weitere Mappe voller Bilder.

Sein Mörder erwischte den Hausherrn an seinem Schreibtisch. Er liegt in genau der gleichen Position wie seine Tierpflegerin mit auf den Rücken gefesselten Händen zwischen dem Schreibtisch und der Rückwand des Büros.

»Zwei Schüsse ins Genick?«

»Aus kurzer Distanz mit dem Kissen als Schalldämpfer.«

»Sieht nach zwei verdammten Hinrichtungen aus. Um welche Uhrzeit fanden die Morde statt?«

»Einer ersten Einschätzung nach zwischen neun und elf Uhr abends.«

»Was macht um diese Zeit eine Tierpflegerin noch hier in der Finca?«

»Ihr Job war es, alle Vögel zu versorgen. Vorher durfte sie nicht gehen. Der Koch meinte, Frau Janssen kam morgens mit ihm gegen halb acht und ging abends nach ihm. Er schätzt, dass sie zwölf Stunden täglich, sechs Tage die Woche hier arbeitete.«

»Wer wurde zuerst erschossen?«

»Das Kissen lag bei Frau Janssen. Vermutlich wurde der Hausherr vor ihr erschossen. Zumindest will der Mörder uns dies glauben machen.«

»Warum hat er seine Opfer nicht gleich erschossen, ich meine, ohne ihnen vorher die Hände zu fesseln?«

»Das dritte Opfer, Señor Breitners Schwiegermutter, wurde gleich erschossen.«

»Die Morde an der Tierpflegerin und ihrem Chef haben also etwas gemeinsam. Wurden die beiden vor ihrem Tod geschlagen oder misshandelt?«

»Nein.«

»Gibt es sonstige Hinweise darauf, dass der oder die Täter versucht haben, Informationen aus den beiden herauszuquetschen?«

»Informationen?«

»Ja, beispielsweise wo sich der Safe im Haus befindet.«

Der Comisionado zieht eine Schublade einer Kommode auf.

»Hier drin fanden wir über vierhunderttausend Euro. Die Schublade war nicht einmal abgeschlossen.«

»Vierhundert ...«

Der Spanier nickt.

»Warum bewahrt man so ein Vermögen in bar in einer unverschlossenen Schublade auf?«

Er zuckt mit den Achseln.

»Also können wir Raubmord ausschließen?«

»Zumindest gehen wir nach jetzigem Stand davon aus, dass keine wertvollen Sachen aus der Finca verschwunden sind. Hierbei können Sie uns übrigens helfen.«

Amengual weist auf einen Umzugskarton voller Unterlagen.

»Da sind lauter in Deutsch verfasste Papiere drin. Würden Sie sich die Kiste einmal ansehen?«

Ich seufze. Einerseits habe ich keine Lust, eine Stecknadel in einem öden Papierhaufen zu suchen. Andererseits kann ich diesen Wunsch kaum ablehnen. Mit der Hand greife ich einen Stapel Unterlagen. Zuoberst liegt ein zehn Jahre alter Zeitungsartikel über einen dreisten Kunstdiebstahl in der Hamburger Kunsthalle. Die freche Tat amüsierte mich damals ziemlich. Offensichtlich erging es dem GinKönig gleich, sonst hätte er den Artikel kaum so lange aufgehoben. Vielleicht wird der Job doch nicht so öde.

Endlich ging es voran! Nach über drei Stunden Wartezeit gähnte Alessandro di Lorenzo herzhaft.

»Die Kollegen aus Stuttgart sind eingetroffen.«

Zwei bleiche, übernächtigte Männer schüttelten ihm zur Begrüßung die Hand, wozu sie unverständliche Namen vor sich hinmurmelten. Entsprechend ihrer Kleidung taufte Alessandro sie Jeansjacke und Lederjacke. Die braune Lederjacke schob ihm über den Tisch ein Foto zu. Alessandro nahm es in die Hand und ließ es gleich, als hätte er sich die Finger daran verbrannt, wieder fallen. Es zeigte die auf dem Boden des Nachtzugs liegende Leiche. Die aufgedunsenen Gesichtszüge des Toten starten aus leeren Augen an die Decke.

»Ist das der Mann, mit dem Sie sich das Schlafwagenabteil teilten?«

»Ja.«

»Was können Sie uns über ihn berichten?«

Alessandro fasste knapp die Begegnung zusammen.

»Können Sie uns den Mann, mit dem er Wodka trank, beschreiben?«

»Nicht wirklich. Ich dachte gleich, dass mit dem Mann etwas nicht stimmt. Rückblickend glaube ich, dass er sich verkleidet hat.«

»Wie kommen Sie darauf?«

»Seine Hände waren fein und gepflegt, seine Klamotten hingegen billig und schmuddelig. Ich vermute der läuft sonst in feinen Anzügen herum. Außerdem war sein Bart seltsam und ...«

»Inwiefern seltsam?«

»Er passte nicht richtig, wirkte irgendwie künstlich. Besser kann ich es nicht sagen.«

»Sie meinen der Bart war nicht echt?«

»Hören Sie, ich habe noch nie bewusst einen falschen, angeklebten Bart gesehen. Aber genau so wirkte er auf mich. Außerdem verdeckte eine Schiebermütze seine Stirn und eine Brille einen weiteren Teil seines Gesichts.«

»Sie scheinen ihn trotzdem, oder vielleicht sogar gerade wegen seiner Verkleidung, genau betrachtet zu haben. Meinen Sie, Ihre Angaben reichen für die Erstellung eines Phantombildes?«

»Nein, so gut kann ich ihn nicht beschreiben.«

»Einen Versuch ist es wert!«

»Ich ziehe morgen nach Stuttgart und …«

»Umso besser! Hier ist meine Visitenkarte. Melden Sie sich einfach, ich vereinbare dann einen Termin für Sie!«

»Mal sehen.«

»Trug der Tote Gepäck bei sich?«

»Klar, auf der oberen Pritsche lag seine Reisetasche.«

»Wie groß war die?«

»Etwa so breit und so hoch.«

Alessandro zeigte die Maße mit seinen Händen an.

»Da hat die Skulptur locker reingepasst«, meinte Lederjacke zu seinem Partner.

»Skulptur? Wovon reden Sie?«

Plötzlich grinste Jeansjacke breit.

»Zu seinen Lebzeiten hatte der Tote Eier in der Hose. Es trifft eben meist die Falschen.«

Lederjacke sah ihn missbilligend an, aber Jeansjacke fuhr unbeirrt fort:

»Am Samstag fand in Hamburg eine lange Nacht der Museen statt. Dabei wurde aus der Kunsthalle eine Skulptur im Wert von einer halben Million Euro geklaut. Der Täter ging unglaublich frech vor. Mit einem Servierwagen, wie er zum Transport kleinerer Gegenstände genutzt wird, manövrierte er durch die dicht gedrängte Menge der Besucher. Dabei forderte er diese lautstark auf, ihm doch bitteschön Platz zu machen. Auf dem Wagen lag ein Karton voller Holzwolle und in dieser wiederum eine billige Kopie der Skulptur, die er zu stehlen beabsichtigte. Am Objekt der Begierde angelangt, bat er die Besucher zur Seite zu treten und verkündete lautstark, aus Sicherheitsgründen müsse die Skulptur wegen des großen Besucherandrangs vorübergehend durch eine Kopie ersetzt werden. Dann hob er die schützende Glashaube an, stellte sie auf seinen Wagen, tauschte die Figuren aus, setzte die Glashaube wieder drüber und verschwand. Mehrere Zeugen identifizierten den Toten als den Dieb.«

»Und keiner hat versucht ihn aufzuhalten?«

»Jeder dachte, er sei ein Mitarbeiter der Kunsthalle.«

Alessandro starrte mit offenem Mund vor sich hin, während Jeansjacke weiterhin breit grinste.

»Der hat ein Kunstwerk im Wert von einer halben Million Euro gestohlen?«

Jeansjacke nickte. Er wirkte fast ein bisschen stolz, so, als habe er selbst den dreisten Coup gewagt.

»So etwas ist doch sicher berühmt. Lässt sich ein bekanntes Kunstwerk überhaupt verkaufen?«

»Solche Diebstähle erfolgen meist im Auftrag von Sammlern, die es mit dem Besitz der anderen nicht so genau nehmen. Vermutlich wollte sich der Dieb in Stuttgart mit seinem Auftraggeber treffen. Dieser bestahl lieber den Dieb, als ihm das versprochene Geld zu zahlen.«

Alessandro erschauderte.

»Ein Sammler, der skrupellos einen Menschen ermordet und das Leben eines Unschuldigen gefährdet, nur um eine kleine Skulptur in seinen Besitz zu bringen?«

»Wir wissen nicht, ob er den Dieb gezielt umbringen wollte, oder ob es sich um eine Körperverletzung mit Todesfolge handelt. Allerdings gibt es Sammler, die vor fast nichts zurückschrecken, um in den Besitz des Objekts ihrer Begierde zu gelangen.«

»Welcher Künstler schuf eigentlich die Skulptur?«

Ich lege den Artikel über den frechen Diebstahl in der Hamburger Kunsthalle zurück in den Karton mit den deutschsprachigen Unterlagen. Fragend sehe ich Amengual an, der jedoch nicht reagiert. Durch die offene Tür höre ich die drei Beamten unserer Eskorte lautstark im Erdgeschoss über Fußball reden.

»Sie deuteten gestern Verdachtsmomente gegen militante Tierschützer an?«

Der Comisonado seufzt.

»Die Sache ist furchtbar unangenehm. Sie müssen wissen, dass es bei uns verschiedene Polizeibehörden gibt. Ich selbst gehöre zur nationalen Polizei. Für den Tierschutz sind meine Kollegen von der örtlichen Polizei zuständig. Viele Tierschützer, besonders viele deutsche Tierschützer, werfen den Kollegen vor, sich nicht genügend für die Tiere einzusetzen. Dabei müssen sich meine Kollegen wie alle anderen auch an die Gesetze halten. Die können nicht aufgrund einer bloßen Behauptung, es liege Tierquälerei vor, privaten Besitz betreten und willkürlich Tiere beschlagnahmen oder gar freilassen.

Sicherlich wissen Sie, dass die meisten Tierschützer, egal ob deutsche oder spanische, ganz normale und harmlose Menschen sind. Die kümmern sich um streunende Katzen und Hunde. Wenn ein Hundebesitzer sein Tier nicht so hält, wie ein Tierschützer sich dies vorstellt, zeigt er diesen an. Allerdings benötigt es dann Beweise. Erst auf deren Basis kann die lokale Polizei einen Gerichtsbeschluss beantragen. Sonst dürfen die Kollegen nicht die Wohnung oder das Grundstück eines Hundebesitzers betreten. Wir reden hier von normalen Menschen, mit normalen Wohnungen oder bescheidenen Häusern.

Noch viel schwieriger wird die Situation, wenn es sich um einen reichen Mann wie Señor Breitner handelt. Sein Grundstück ist mit einem hohen Zaun und fünf Doggen exzellent geschützt. Als wir hier eintrafen, musste die gesamte Mannschaft mehrere Stunden warten, bis Tierfänger mittels Betäubungsgewehren endlich die fünf Doggen ruhiggestellt und in ihren Zwinger verbracht hatten. Daher …«

»Moment! Davon höre ich zum ersten Mal.«

Der Comisionado sieht mich kurz abwägend an.

»Ah? Also gut, dann erkläre ich Ihnen dies kurz, bevor wir auf Señor Breitners Ärger mit den Tierschützern zurückkommen. Der Koch des Hauses tritt normalerweise morgens um halb acht seinen Dienst an, um das Frühstück zuzubereiten. Er arbeitet schon lange dort, besitzt einen Schlüssel und die Wachhunde kennen ihn. Am Samstag waren die Hunde bei seinem Eintreffen ungewöhnlich nervös. Er bekam auf dem Weg durch die Meute in die Finca ziemlich Angst. Erleichtert schloss er die Tür hinter sich. Seine Erleichterung hielt nicht lange an. Üblicherweise erschien Señora Janssen, die Tierpflegerin, um acht bei ihm in der Küche zu einem kleinen Frühstück samt Plausch. Als sie um halb neun noch nicht da war, machte er sich Sorgen und sah im Anbau für die Papageien nach ihr. Die Vögel waren, wie zuvor schon die Hunde, äußerst unruhig. Von der Tierpflegerin war nichts zu sehen. Er wollte den Anbau schon wieder verlassen, als ihm das Chaos auf den Arbeitstischen seltsam vorkam. Señora Janssen war sehr ordentlich. Er fragte sich, wieso sie am Abend zuvor nicht wie sonst aufgeräumt hatte. Daher ging er weiter in den Raum und stieß auf ihre Leiche.

Panisch lief er durchs Haus, um seinen Boss zu wecken und ihm von seinem grausigen Fund zu berichten. Als er auch auf dessen Leiche stieß, rief er völlig aufgelöst bei uns an. Ich setzte umgehend alles in Marsch. Der Koch war jedoch mit den Doggen nur wenig vertraut, die Tiere wegen der Morde nervös. Der Mann glich nach den Leichenfunden einem Nervenwrack. Daher gelang es ihm nicht, die Hunde in den Zwinger zu schaffen.«

»Wie kam dann der Mörder an den Doggen vorbei?«

»Eine wichtige Frage, die mit den Tierschützern zusammenhängen könnte. Lassen Sie mich zunächst von diesen berichten. Seit Jahren kursieren Gerüchte, auf unserer schönen Insel würden seltene Vögel verkauft werden, die auf der Liste bedrohter Tierarten stehen. Die Tiere in Gefangenschaft zum Zweck des kommerziellen Verkaufs zu züchten, ist illegal. Eine junge Frau mit dem Namen Roslyn Rigo wollte der Sache auf den Grund gehen. Sie tat, als wolle sie einen dieser vom Aussterben bedrohten Papageien erwerben. Als der Verkäufer ihr gegen einen Irrsinnspreis den Vogel übergeben wollte, packten ihn Roslyns Freunde und übergaben ihn der Polizei. Dies gelang ihnen noch ein zweites Mal. Seither sind die Verkäufer vorsichtiger. Beide Verkäufer waren Deutsche, und zwar solche, die wir als menschliches Strandgut bezeichnen. Beide arbeiteten im GinKönig.

Die Männer wurden zu einer Geldstrafe verurteilt, schwiegen aber hartnäckig. Dementsprechend ließ es sich nicht beweisen, dass die Vögel aus Señor Breitners Vogelzucht stammten, auch wenn dies zugegebenermaßen ziemlich wahrscheinlich erschien. Insofern konnte ich die Forderung der Tierschützer nachvollziehen, dass die Polizei die Finca des GinKönigs nach bedrohten Papageien durchsuchen sollte. Aber Wahrscheinlichkeiten reichen für unsere Arbeit nicht, wir brauchen Beweise. Und diese erbrachten die Tierschützer nicht.«

»Haben die nicht versucht, mit den bei Herrn Breitner arbeitenden Tierpflegern zu reden?«

»Reden?« Er schnaubte verächtlich durch die Nase. »Die haben mit denen nicht nur geredet, sondern diese richtiggehend bedrängt, teilweise gar bedroht. Laut den Tierschützern hatten die Angestellten aber zu viel Schiss vor Breitner, um auszupacken. Die meisten Tierschützer resignierten daraufhin. Sagt Ihnen die Abkürzung ALF etwas?«

»Nein.«

»ALF steht für Animal Liberation Front. Dahinter verbergen sich militante Tierschützer. Das ist keine Organisation im eigentlichen Sinne. Jeder, dem der herkömmliche Tierschutz zu harmlos ist, kann sich so nennen. Vor einem halben Jahr gab es erstmals Drohungen von ALF gegen den GinKönig.«

»Womit drohten die ihm?«

»Sie schmierten auf seinen Club in roter Farbe Parolen, in denen sie ihn übel beleidigten und ihm vage Schreckliches androhten. Der GinKönig feuerte die in jener Nacht eingeteilten Wachleute. Seither steht immer ein Mann vor dem Gebäude. Das wirkte insofern, als am Club GinKönig nichts mehr passierte. Kurze Zeit tauchten aber auf anderen Häuser Parolen gegen ihn auf, dann verlagerte sich die Sache ins Internet.«

Er reicht mir einen dünnen Hefter. Ich ergreife ihn, schlage ihn auf und blättere ihn durch. In den letzten

Monaten erhielt Herr Breitner mehrmals wöchentlich per E-Mail Drohungen. Waren es anfangs nur einzelne Sätze, wurden diese mit der Zeit umfangreicher:

... denn durch dein Tun machst du die Welt zu einem schlechteren Ort. Du trägst dazu bei, die einzigartige Vielfalt der Natur zu schmälern und einzelne Spezies, die jede für sich eine Bereicherung des Lebens darstellen, auszurotten. Ihre Besonderheit wird durch Menschen wie dich zum Verschwinden verdammt! Kehre um und helfe stattdessen mit, die Vielfalt göttlicher Schöpfung zu bewahren. Und zwar bald, sonst werden wir dein Tun für immer stoppen!

»Die sind ja auf Deutsch!«

Er nickt.

»ALF sind deutsche Tierschützer?«

»Zumindest lassen die Formulierungen auf deutsche Muttersprachler schließen. Das sind keine schlechten Übersetzungen eines Computers.«

»Wurden die Absender ermittelt?«

»Nein, wer auch immer die Dinger verschickte, wusste genau, was er tat. Er nutzte Thor und das Darknet. Nicht einmal die NSA könnte den Absender ermitteln.«

»Das haben Ihre Leute so schnell herausgefunden? Erstaunlich, unsere Computerspezialisten bräuchten dafür Wochen.«

Ich sehe auf. Für einen kurzen Augenblick hält er meinem Blick nicht stand.

»Verschweigen Sie mir etwas?«

»Nein. Ich zeige Ihnen noch den Fundort der dritten Leiche.«

Ich bin mir sicher, dass er etwas verschweigt, lasse es

zunächst aber dabei bewenden. Er führt mich ans andere Ende des Obergeschosses in ein kleines, hinten raus gelegenes Zimmer. In einem schmalen Bett liegt ein Kopfkissen mit einem riesigen Blutfleck. Die Kriminaltechniker machten sich nicht die Mühe, es mit ins Labor zu nehmen. Im Gegensatz zu den beiden anderen Tatorten im Haus ist hier auch nirgends Grafitpulver zu sehen, wie es die KTU auf der Suche nach Fingerspuren verwendet. Es wirkt fast, als sind die abgezogen, ohne ihren Job zu Ende zu bringen. Auf einem Nachttisch liegen in einer flachen Schale zwei Hörgeräte.

Der Comisionado reicht mir eine dritte Mappe. Diese enthält nur drei Fotos. Das Erste zeigt den Kopf einer schätzungsweise Siebzigjährigen, die in Seitenlage friedlich zu schlafen scheint. Das kleine Loch in der Schläfe kann man leicht übersehen. Auf dem zweiten Foto halten Hände in blauen Gummihandschuhen ihren Kopf hoch, damit man den darunter befindlichen Blutfleck auf dem Kopfkissen sehen kann. Das dritte Bild zeigt ein kleines, auf dem Boden vor dem Bett liegendes Kissen mit einem kreisrunden Loch in der Mitte.

»Ihr schoss der Mörder in die Schläfe?«

»Ja. Bei der Schwiegermutter des GinKönigs schoss er nur einmal. Ihr fesselte er auch nicht die Hände.«

»War die Frau schwerhörig?«

Ich zeige mit dem Finger auf die Hörgeräte.

»Ziemlich. Wir vermuten, dass sie schlief und von dem Schuss nichts mitbekam.«

»Scheiße, warum macht jemand so etwas? Eine alte Frau in ihrem Bett im Schlaf zu erschießen?«

Er zuckt mit den Achseln.

»Glauben Sie ernsthaft, es handelt sich hier um die Tat militanter Tierschützer?«

Amengual sieht mich lange an. Dann holt er tief Luft, räuspert sich und erklärt:

»Señora Janssen waren längere Zeit die Hände auf dem Rücken gebunden. Bei ihrem Versuch die Schnur aufzuknüpfen, schnitt ihr diese tief ins Fleisch. Außerdem fanden wir Fasern der Schnur unter ihren Fingernägeln. Wir vermuten, die Täter drangen zuerst ins Papageienhaus ein und fesselten die Tierpflegerin. Dort blieb sie ohne Bewacher, sonst hätte sie kaum so intensiv versuchen können, ihre Fesseln zu lösen. Nach ihr nahmen die Täter sich den Hausherrn vor. Sie ...«

»Warum gehen Sie von mehreren Tätern aus?«

»Weil die Hände mit einer gewöhnlichen Schnur auf den Rücken gefesselt wurden. Ein Täter hätte hierzu seine Waffe aus der Hand legen müssen.«

»Okay.«

»Das bei der Erschießung des GinKönigs als Schalldämpfer genutzte Kissen stammt aus seinem Raum. Es wurde zunächst achtlos neben der Leiche fallen gelassen. Dies lässt sich anhand der Blutspuren auf dem Boden und dazu passenden Spuren am Kissen belegen. Wir vermuten, dass die Täter anschließend alle Räume des Obergeschosses inspizierten und dabei auf die schlafende Señora Stöckle stießen. Das bei ihr als Schalldämpfer benutzte Kissen stammt aus ihrem Zimmer. Auf dem Weg zurück fiel dem Mörder dann wohl die noch lebende Tierpflegerin im Papageienhaus ein. Er hob das beim Hausherrn benutzte Kissen wieder auf, ging damit in den Anbau und erschoss Señora Janssen.«

Die geschilderte Brutalität und Kaltschnäuzigkeit halte ich kaum aus. Ich will einfach davonlaufen, um mich unters Partyvolk am Ballermann zu mischen. Sollen sich doch Jüngere darum kümmern, dieses Arschloch hinter Schloss und Riegel zu bringen!

Ich schüttele mich und atme ein paarmal tief durch. Dann reiße ich mich zusammen und versuche, mich in den Mörder hineinzuversetzen. Was trieb ihn, als er durchs Haus lief und nacheinander drei Menschen erschoss? Warum verschonte er nicht einmal die schlafende Alte?

Trotz des grauen, wolkenverhangenen Himmels krault Marianne Breitner, die Witwe des GinKönigs, eisern ihre Bahnen. Seit ihrer Jugend schwimmt sie mindestens dreimal in der Woche tausend Meter. Das Schwimmen gilt nicht nur ihrer körperlichen Fitness. Sie kann dabei gänzlich abschalten, ihren Kopf vom Ballast des Alltags befreien. Heute gelingt es ihr jedoch nicht. Eine schlaflose Nacht liegt hinter ihr und auch jetzt laufen ihre Gedanken im Kreis.

Als ihre Hand den Beckenrand berührt, wird sie eisern gepackt. Sie schrickt zusammen. Als sie jedoch sieht, wer sie da festhält, entspannt sie sich augenblicklich und lächelt. Marianne reckt sich ihm aus dem Becken entgegen, bietet ihm einen Kussmund dar.

»Ist das in dieser Situation hier in aller Öffentlichkeit nicht zu gefährlich?«

Mit der Linken umfasst sie seinen Nacken, zieht sich an ihm aus dem Wasser hoch und küsst ihn leidenschaftlich auf den Mund.

»Welche Öffentlichkeit?«

Der Sommer ist fast vorüber und das Wetter schlecht. So liegt das Schorndorfer Ziegeleibad einsam und verlassen da. Außer ihr nutzen zwei weitere Schwimmer die Hundertmeterbahn für ihren Frühsport, ohne von dem attraktiven Paar Notiz zu nehmen. Auch die Enten interessieren sich nicht für Marianne und ihren Liebhaber. Das Ziegeleibad stellt eine einzigartige Mischung aus einem See mit Schilf, Seerosen und Enten sowie einem betongefassten Schwimmbecken dar. Marianne steigt aus dem Becken. Michael hält ihr rosa Badetuch auf. Sie stellt sich vor ihn, er legt das extrakuschelige Frottee um sie und schmiegt sich an ihren Körper. Seine Nase vergräbt er in ihrem nach See riechenden Haar.

»Fährst du mich zum Flughafen?«

»Klar. Vielleicht bleibt uns vorher noch Zeit für etwas Anderes?«

»Das ist jetzt nicht dein Ernst!«

Sofort rückt er von ihr ab. Marianne seufzt innerlich. Als Liebhaber ist Michael gut, aber zu mehr ist er nicht zu gebrauchen.

»Glaubst du, die Polizei wird dich verhören?«

»Mein Mann und meine Mutter wurden auf bestialische Weise ermordet. Natürlich werden die mit mir reden wollen.«

»Wirst du der Polizei von uns erzählen?«

Michael ist seine Nervosität anzusehen.

»Natürlich, dich zu verschweigen würde mich nur verdächtig machen.«

»Hast du gar keine Angst?«

»Wovor sollte ich Angst haben? Robert hatte seine

Betthäschen und ich dich. Wir führten ganz offiziell eine offene Ehe.«

»Hatte?« Misstrauisch mustert er sie. »Wieso sagst du hatte? Willst du mich abservieren?«

»Aber nein, wo denkst du hin.«

»Erst verweigerst du dich mir, dann redest du über unsere Liebe in der Vergangenheitsform! Was habe ich falsch gemacht?«

»Nichts.«

»Bist du sicher? Ich dachte ...«

Er beißt sich auf die Zunge.

»Was dachtest du?«

»Das willst du jetzt bestimmt nicht hören.«

»Jetzt sag schon!«

»Ein anderes Mal.«

»Gut, dann eben nicht.«

»Ich dachte ...«

Erneut bricht er ab. Marianne stöhnt genervt auf. Sehen sie einander nicht, vermisst sie Michael. Er ist ein zärtlicher und aufmerksamer Liebhaber. Die ersten beiden Tage genießt sie seine Gegenwart immer voll und ganz. Am dritten Tag fängt er an, sie zu nerven und spätestens am fünften Tag sehnt Marianne ihre Abreise herbei.

Als Verbindungsbeamter bin ich nicht fest in die Ermittlungen eingebunden. Nach der Besichtigung des Tatorts bietet der Comisionado an, mich am Hotel Palacio abzusetzen. Ich bitte ihn, mich stattdessen in der Altstadt rauszulassen. Müßig bummele ich durch die von Touristen bevölkerten Gassen, bis ich ein ansprechendes Lokal mit rot-weiß-karierten Tischdecken unter riesigen Platanen finde.

Dort denke ich über den Comisionado nach. Er bat mich, keine Äußerungen zu machen, die dem Tourismus schaden könnten. Warum? Will er wirklich schlicht von seiner Heimat, von den normalen Menschen Schaden abwenden? Oder ist er den Herrschenden aus Karrieregründen gefällig? Die Frage lautet, wie weit seine Gefallsucht geht. Würde er im Extremfall einen wahren Täter schützen und der Öffentlichkeit dafür einen Sündenbock präsentieren?

Trotz unserer Differenzen sind Comisionado Amengual und ich uns in einem Punkt einig: Bei dem oder den Mördern handelt es sich um keine Profis. Ein Auftragskiller wäre effizienter und zielgerichteter vorgegangen. Außerdem bevorzugen Killer aus verschiedenen Gründen meist Langpatronen des Kalibers 5,6 mm oder gar Unterschallmunition dieses Kalibers. Nur bei besonders geschützten Zielpersonen, die eine Schutzweste oder Ähnliches tragen, kommen auch größere Kaliber zum Einsatz. In der Finca des GinKönigs wurde hingegen Kaliber 4,4 mm verwendet. Derartige Kleinkaliberwaffen benutzen hauptsächlich Jäger für den Fangschuss bei Kleinwild.

Der Comisionado vertritt die Ansicht, die Täter hatten beim Betreten der Finca noch nicht den Vorsatz, einen Menschen zu töten. Herr Breitner trat oft äußerst selbstherrlich und arrogant auf. Möglicherweise provozierte er durch seine Überheblichkeit den Einbrecher erst zum Schießen. Als der GinKönig tot zusammensackte, wurde sein Mörder von einer Art Blutrausch erfasst. Im abklingenden Rausch sah er die alte Frau Stöckle in ihrem Bett liegen. Um erneut dieses Gefühl von Allmacht zu erleben, richtete er spontan die Waffe auf ihre Schläfe. Die Tierpflegerin musste entweder wegen des Blutrausches, oder vielleicht auch weil sie eine potenziell gefährliche Zeugin war, dran glauben.

Mir behagt die Blutrauschtheorie meines spanischen Kollegen nicht. Es scheint mir, als glaube er an sie und fürchte sie zugleich, besonders sollte es sich um eine in Blutrausch geratene Tierschützerin handeln. Grüne Augen kommen mir in den Sinn. Wurde eine junge Frau, die Amengual persönlich kennt, zur Mörderin? Handelt es sich gar um seine Tochter, die es mit ihrem Engagement für den Tierschutz übertreibt? Dies würde erklären, warum er als Leiter der Mordkommission bei der Nationalpolizei so detailliert über die Ermittlungen der Lokalpolizei bezüglich der Tierschützer informiert ist. Wobei es sich nicht zwangsläufig um seine Tochter handeln muss. Genauso gut kann eine der Frauen seine Nichte, die Tochter eines Freundes oder seine junge Geliebte sein. Jedenfalls bin ich mir absolut sicher, dass er mir im Hinblick auf die Tierschützer etwas verschweigt.

Ich seufze. Einmal mehr gerate ich in Versuchung, mich auf gefährliches Terrain zu begeben. Lana würde mich auffordern, bloß die Finger davon zu lassen. Ich bin hier kein Ermittler, sondern nur Verbindungsmann. Nachforschungen über einen leitenden Beamten bringen mich schnell in Teufels Küche. Zumindest diese Lektion sollte ich aus meiner teilweise schmerzhaften Berufsbiografie ziehen!

Zur Beruhigung nehme ich einen Schluck aus der vor mir stehenden Saftschorle. Angewidert verziehe ich das Gesicht. Der Comisionado verdammt mich zum Nichtstun. Was zum Teufel soll ich mit der vielen Zeit anfangen? Etwa die Stunden sinnlos am Strand vertrödeln? Nein! Kurzentschlossen nehme ich mein Mobiltelefon zur Hand.

Sie von meinem Telefon aus anzurufen wäre dumm! Auf dem Weg hierher habe ich einen Handy-Laden gesehen. Lana unterstellt mir Lust am Krawallmachen. Ich grinse. Genau diese Lust verspüre ich in diesem Augenblick. Die dämliche Saftschorle lasse ich stehen.

Eine Viertelstunde später wähle ich mit meinem neu erworbenen Prepaidhandy ihre Nummer.

»Hola«, meldet sie sich.

»Hallo Frau Lässig, hier spricht Kommissar …«

»Cora!«

»Bitte?«

»Wir sind beim du! Liebster Jens, ich bin für dich die Cora. «

»Also gut, Cora, äh …«

»Na bitte, geht doch!«

Vor meinem inneren Auge sehe ich sie breit grinsen.

»Was willst du von mir?«, fragt sie.

»Hast du Lust gemeinsam Mittag zu essen?«

»Tolle Idee! Wo bist du?«

»Nicht weit von der Plaça Major.«

»Ich hol dich ab!«

Sie erklärt mir genau, wo sie mich aufzulesen gedenkt. Während des Wartens frage ich mich, warum ich sie anrief. Wirklich, um sie anzuzapfen? Wie immer in solchen Situationen rufe ich meine Ex an.

»Bist du noch sauer?«

Sonja antwortet nicht. Also ist sie noch sauer.

»Also gut, es hat nicht geklappt«, gebe ich zu.

»Wusste ich es doch!«

Ihre Freude ist ihr anzuhören. Einmal mehr wird mir bewusst, dass zwischen uns etwas ziemlich Schräges läuft.

»Aber vielleicht kommt sie mich auf Mallorca besuchen und bestimmt klappt es dann!«

»Du verbringst mit ihr Tage auf Mallorca?«

»Ich habe ohnehin ein Doppelzimmer in einem der besten Hotels hier und …«

»Mit mir hast du dich geweigert, nach Mallorca zu fliegen!«

»Ich wollte auch jetzt nicht …«

Erneut hat sie einfach aufgelegt. Ich seufze und stecke das Handy wieder ein. Was für ein Auto Cora wohl fährt? Eines dieser Angeber-Cabrios, vielleicht einen Mini in auffälliger Zweifarb-Lackierung? Da erst fällt mir auf, dass ich Sonja eigentlich von meinem Date mit der attraktiven Journalistin erzählen wollte. Aber das kann ich ja noch nachholen.

Wenige Minuten später bremst direkt vor mir eine rostige, verbeulte Vespa scharf ab. Vor lauter Schreck springe ich rückwärts. Der Fahrer streckt mir einen Helm entgegen.

»Beeil dich!«

Der Fahrer ist kein Fahrer, sondern eine Frau, natürlich nicht irgendeine Frau, sondern Cora.

»Du?«

Sie grinst frech. Ihr Grinsen gefällt mir. Daher nehme ich gerne hinter ihr Platz. Ich rücke dicht an sie heran. Sie fährt so rasant los, dass ich fast rückwärts von der Maschine falle. Krampfhaft halte ich mich an ihr fest. Ist sie lebensmüde? Im Zickzack rast sie durch die Autos. Es kommt mir vor, als legt sie es auf einen Zusammenstoß an. Wir erreichen die Ausfallstraße Richtung Flughafen. Was hat sie vor? Wir passieren den Airport. Kurz darauf biegt sie von der Schnellstraße ab. Vor uns stauen sich die Mietwagen, Taxen und Busse. Erneut schlängelt sie sich durch, wenngleich auch nicht mehr ganz so riskant. Trotzdem bin ich froh, als sie endlich anhält und mir bedeutet, abzusteigen. Ich setze den Helm ab und blicke nach oben zum Namen des Lokals.

»Das ist jetzt nicht dein Ernst!«

»So schlecht ist das Essen gar nicht. Außerdem kann es nichts schaden, dir selbst ein Bild davon zu machen.«

»Aber diese …«

»Komm schon, zier dich nicht wie eine Klosterschülerin beim ersten Mal!«

Sie packt mich am Arm und zieht mich mit sich. Die Anwesenden sind laut und gut drauf, was auch am für die Mittagszeit zu hohen Alkoholpegel liegt. Entsprechend des Namens der Location steht vor den meisten Gästen Gin. Auf beiden Seiten des großen Raumes gibt es je eine gut sortierte Bar, die Dutzende unterschiedlicher Gins bereithält. Das Partyvolk grölt auf Deutsch. Cora zieht mich tiefer in den Raum hinein. Leicht widerstrebend setze ich mich an einem der hintersten Tische ihr gegenüber.

»Was soll das?«

»Das ist nur zu deinem Schutz!«

»Wie bitte?«

»Du willst reden und ich nehme meinen Quellenschutz ernst.«

»Wie kommst du denn darauf?«

»Dass du reden willst?«

»Ja.«

»Was solltest du sonst von mir wollen?«

Sie lacht freudlos, ehe sie fortfährt:

»Versuche jetzt bloß nicht dich damit rauszureden, dass du nur meine Gesellschaft genießen willst. Das glaube ich dir keine Sekunde! Du hast auch kein Interesse daran, mit mir ins Bett zu steigen. Also willst du mir etwas über die Morde sagen!«

Ich sehe sie an. Gestern, an der Tür meines Hotelzimmers, war sie sexy aufgebrezelt, heute Morgen präsentierte sie sich mir als elegante Dame der Gesellschaft. Jetzt trägt sie eine einfache Jeans und einen weiten, blauweiß geringelten Baumwollpullover zu weißen Segelschuhen. Sie ist attraktiv und ich bin nicht dumm. Also frage ich:

»Wieso dient ein Mittagessen im GinKönig deinem Quellenschutz?«

»Weil die spanische Polizei in den deutschen Lokalen des Ballermanns nur wenige Spitzel hat.«

»Bist du deswegen mit dem Roller so gerast? Um etwaige Spitzel abzuschütteln?«

Sie nickt, ehe sie entgegnet:

»Du hast dir ja auch extra ein Prepaidhandy gekauft, um mich anzurufen.«

»Woher …«

»Das mit dem Prepaid war geraten. Die Nummer war mir unbekannt, also hast du nicht von deinem Handy aus angerufen.«

»Wer hat dir meine Nummer verraten?«

»Was darf ich Ihnen bringen?«

Unvermittelt steht ein hagerer Mann in leicht gebeugter Haltung an unserem Tisch. Sein Gesicht zieren grauschwarze Bartstoppeln, seine Augen irren gehetzt im Raum hin und her. Vor mit steht einer, der im Lauf der Jahre einige Niederlagen zu viel einstecken musste. Sein Deutsch verrät seine Herkunft aus einem östlichen Bundesland. Vermutlich gehört er zu denen, die der Comisionado als Strandgut bezeichnet.

Damit er uns möglichst schnell wieder in Ruhe lässt, bestelle ich eine Currywurst, sie einen Salat. Einig sind wir uns hingegen bei den Getränken. Beide ordern alkoholfreies Bier. Er tippt flink unsere Bestellungen ein. Ehe er abtritt, wirft er jedem von uns einen glühenden Blick aus tief sitzenden Augen zu. Nachdenklich sehe ich ihm nach.

Cora sieht mich erneut ernst an.

»Wie gesagt nehme ich es mit dem Quellenschutz ernst. Was weißt du über die Morde in der Finca des Besitzers dieses Etablissements?«

»Ich bin nicht hier, um dir was zu flüstern.«

»Sondern?«

»Weil ich deine Hilfe brauche.«

»Hey, so geht das nicht!«

»Hör dir meine Bitte doch zunächst einmal an. Kannst du in Erfahrung bringen, ob der Leiter der Mordkommission eine Tochter hat, die sich im Tierschutz engagiert? Sie müsste im jungen Erwachsenenalter und sehr sportlich sein.«

Cora sieht mir forschend ins Gesicht.

»Außerdem will ich wissen, ob sie grüne Katzenaugen hat.«

Es ist ihr anzusehen, wie der Groschen fällt.

»Was machen eigentlich deine angebrochenen Rippen?«

Ich grinse.

»Danke der Nachfrage. Sie sind gar nicht angebrochen, sondern nur geprellt.«

»Von einer sportlichen Tierschützerin mit grünen Katzenaugen?«

Ich grinse erneut und sie grinst zurück.

»Also war einer der drei Einbrecher in die Finca eine Frau?«

Ich sehe wieder ernst drein.

»Zwei?«

Ich bleibe ernst. Sie pfeift wie ein Bauarbeiter durch die Zähne.

»Alle drei?«

Ich lächele.

»Currywurst mit Pommes und einmal Salat!«

Die Bedienung steht so unvermittelt zwischen uns, dass ich zusammenzucke. Schlich er sich so an, um unser Gespräch mitzuhören? Ist es wirklich eine gute Idee, sich in einem Lokal zu treffen, indem jeder Deutsch spricht?

Der Mann stellt Teller und Bierkrüge vor uns ab. Sein Blick hetzt zwischen uns hin und her. Als er fertig ist, bleibt er stehen.

»Ist was?«, frage ich unfreundlich.

»Nein.«

Er dreht sich um und läuft davon. Misstrauisch sehe ich ihm nach. Cora fährt fort:

»Wenn ich dich richtig verstehe, schützt Comisionado Amengual drei Tierschützer vor ihrer deiner Meinung nach verdienten Strafe. Du willst, dass die nicht so davonkommen. Falls ich dir helfe, was bekomme ich dann im Gegenzug?«

»Ich habe für junge Menschen, die sich im Tierschutz

engagieren, viel Verständnis. Niemand sollte, nur weil er ein paar Vögel befreit hat, vor Gericht gestellt werden. Einem Mann meines Alters kann wirklich Schlimmeres passieren, als dass sich eine junge Frau auf ihn stürzt.«

Erneut sieht sie mich forschend an.

»Also geht es dir gar nicht um persönliche Genugtuung?«

Ich grinse.

»Warum willst du dann ... Eine von denen ist die Mörderin!«

Ich sehe fragend drein, schließlich ist sie gut darin, sich selbst die richtigen Antworten zu geben.

»Das ist jetzt nicht dein Ernst!«

»Ein guter Ermittler arbeitet ergebnisoffen in alle Richtungen. Was ganz anderes: Wie kommen hier auf der Insel die Nationalpolizei und die Lokalpolizei miteinander aus?«

Sie runzelt die Stirn.

»Hat das mit dem Fall zu tun?«

Ich nicke.

»Genauso beschissen wie überall in Spanien.«

»Trotzdem weiß Comisionado Amengual zwei Tage nach den Morden bis ins kleinste Detail über das Treiben der Tierschützer Bescheid, für das seine Nationalpolizei nicht zuständig ist. Er weiß nicht nur verdammt viel, sondern der Verdacht, einer von denen könnte die Morde begangen haben, bereitet ihm offensichtlich Unbehagen.«

»Das kann ich gut verstehen.«

»Was?«

»Sein Unbehagen, dass ausgerechnet Tierschützer in einen Mord verwickelt sein sollen.«

»Weil die deiner Meinung nach gute Menschen sind?«

Cora nickt, senkt sofort wieder den Kopf und stochert lustlos in ihrem Grünzeug. Wahrscheinlich ist sie Vegetarierin. Ich seufze.

»Siehst du das anders?«

Sie hat den Kopf wieder gehoben und sieht mich herausfordernd an. Am liebsten würde ich mir diese Diskussion ersparen, aber das ist vermutlich nicht möglich. Cora für mich zu gewinnen, ohne mir selbst untreu zu werden, stellt einen schwierigen Balanceakt dar. Im Zweifel werde ich mich einmal mehr für die Treue zu mir selbst entscheiden. Viel mehr als meine Würde besitze ich schließlich nicht mehr.

»Menschen in pflegenden Berufen, sind die deiner Meinung nach ebenfalls gut?«

»Selbstverständlich!«

»Trotzdem werden manche von denen zu Serienmördern, bringen ihnen anvertraute hilflose Personen reihenweise um.«

»Dabei handelt es sich um seltene Ausnahmefälle!«

»Zugegebenermaßen, aber genauso lieben manche Tierschützer zwar die Tiere, hassen aber uns Menschen. Meinst du nicht, so jemand könnte zum Mörder werden?«

Es ist ihr anzusehen, wie es in ihr arbeitet. Schließlich bekommt sie einen glänzenden Blick.

»Willst du damit sagen, die Tochter des Chefs der Mordkommission ist eine Mörderin? Das wäre echt ein Hammer!«

»Stopp! Immer langsam mit den jungen Pferden! Der Comisionado würde sich nicht nur um seine Tochter Sorgen machen. Es könnte sich auch um eine andere junge Frau handeln, zu der er eine Beziehung hat.«

Hinter ihrer Stirn rattert es.

»Etwa um seine jugendliche Geliebte? Das wäre ja sogar noch besser!«

»Es könnte auch eine Nichte sein oder die Tochter eines Freundes.«

Cora ist zwar etwas spießig, besitzt aber den Instinkt einer Jägerin. Mit fiebrigem Gesichtsausdruck springt sie auf.

»Danke für die Essenseinladung. Du findest doch selbst zurück.«

Meine Blicke folgen ihren verheißungsvollen Rundungen und Kurven, die sich zwischen den Tischen hindurchschlängeln.

Am Flughafen Stuttgart tobt in Marianne ein Sturm widersprüchlicher Gefühle. Im Laufe ihres Lebens perfektionierte sie die Kunst, alles Unangenehme zu verdrängen. Egal wie beschissen es ihr auch geht, trägt sie normalerweise nach außen hin stets die Fassade guter Laune. Jetzt funktioniert dieser Selbstschutz nicht mehr.

Sie trauert nicht um ihren Gatten und verspürt im Hinblick auf den Tod seiner Geliebten sogar eine gewisse Genugtuung. Zugleich plagt sie ein schlechtes Gewissen, so zu fühlen. Den Tod ihrer eigenen Mutter kann sie noch immer nicht fassen. Wider besseres Wissen hofft sie, in der Finca wurde eine andere alte Frau erschossen. Was lief schief? Sie macht sich schreckliche Vorwürfe, Schuld am Tod ihrer Mutter zu sein. Schließlich hält sie es nicht mehr aus und weint erstmals seit Kindheitstagen los. Sie bemerkt die verstohlenen Blicke wartender Passagiere, kann aber nicht aufhören zu weinen. Schließlich kommt eine besorgte Hostess auf sie zu und kniet vor ihr nieder. Die dunkelhaarige Frau sieht sie mitfühlend an.

»Kann ich Ihnen helfen?«

»Nein.«

»Sind Sie sicher?«

»Gehen Sie bitte!«

Den Flug über weint Marianne mehr oder weniger still vor sich hin. Beim Verlassen des Fliegers ist ihr klar, dass sie keinen Fuß mehr in ihre Finca setzen wird. In der Ankunftshalle hofft sie inständig, nicht hier schon von der Polizei belästigt zu werden.

»Marianne!«

Sie zuckt zusammen, bleibt aber stehen und dreht sich langsam um. Baron von Helfenstein steht vor ihr.

»Hallo Edmund.«

»Ganz schrecklich, was du ertragen musst. Mein herzliches Beileid zum Tod deiner Mutter. Und natürlich ist es schrecklich, dass du Robert verloren hast.«

Er sieht sie bei seinen letzten Worten lauernd an. Trotz ihrer Trauer erfasst sie unerwartet heftige Wut. Hat er noch immer nicht aufgegeben?

»Frau Breitner?«

Zwei junge Männer treten zu ihnen. Der größere hält ihnen seinen Dienstausweis hin.

»Was soll das?«, empört sich der Baron. »Die Frau hat soeben auf brutalste Weise ihre Mutter und ihren Mann verloren! Da werden Sie die Dame doch hoffentlich in Ruhe trauern lassen!«

»Wir haben nur ein paar Fragen.«

»Verdächtigen Sie etwa die Dame des Mordes? An ihrer eigenen Mutter?«

»Wie gesagt haben wir nur ein paar Fragen.«

»Der Dreifachmord geht auf das Konto der Mafia! Ich weiß, wovon ich rede, gehört mir doch der größte Mietwagenverleih der Insel. Genau wie der GinKönig erhielt ich in den letzten Wochen Aufforderungen Schutzgeld zu bezahlen, andernfalls geschähen schlimme Dinge. Die Mafia statuierte in Breitners Finca ein Exempel! Wer weiß, wer als Nächstes dran ist. Sie will uns dazu bringen zu zahlen! Schützen Sie lieber anständige Geschäftsleute vor denen, als eine trauernde Witwe zu belästigen!«

Menschen werden aufmerksam und bleiben stehen. Manche diskutierten halblaut miteinander, andere zücken ihre Handys, um das Ganze zu filmen. Raul entschließt sich, die Witwe erst einmal in Ruhe zu lassen.

»Warum nehmen wir die Witwe nicht mit?«, fragt der jüngere Polizist im Weggehen.

»Weil es zu viel Aufmerksamkeit erregen würde«, antwortet Raul.

»Aber der Comisionado gab uns den Auftrag, sie vom Flughafen zum Präsidium zu bringen!«

»Er betonte aber auch, dass wir dezent vorgehen sollen! Willst du Handyaufnahmen einer hysterisch sich wehrenden Witwe riskieren, die von uns gegen ihren Willen in den Streifenwagen verschleppt wird?«

Sobald die beiden Beamten weg sind, greift der Baron nach Mariannes Rollkoffer.

»Du kannst unmöglich in eurer Finca nächtigen. Bei mir bist du sicher, selbst die Polizei kann kaum bei mir eindringen. Und die Pressefritzen sollen es nur wagen, denen brenne ich eine Ladung Schrot auf den Pelz!«

Der Baron lebt alleine. Der Gedanke an sein kaltes,

trutziges Anwesen lässt sie schaudern. Weder Eisenzaun noch Hunde beschützten ihre Mutter und ihren Mann vor dem Mörder.

»Ich glaube, ich schlüpfe lieber bei einer Freundin in Palma unter.«

»Bei allem Respekt, aber das halte ich für keine gute Idee. Deine Freundinnen haben es nicht so gut erwischt wie du und wohnen in kleinen Appartements. Dort ...«

»Was weißt du über meine Freundinnen?«

»Die deutsche Community ist überschaubar. Du weißt, dass mir an dir etwas liegt. Also ...«

»Nicht einmal Robert wusste, mit wem ich wie gut befreundet war!«

»Er hat sich halt nicht im selben Maße für dich interessiert, wie ich. Wann siehst du endlich ein, dass du dem Falschen dein Jawort gegeben hast? Jedenfalls wirst du bei einer deiner Freundinnen genauso wenig Ruhe finden, wie in einem der Hotels. Ich bitte dich inständig, meine Gastfreundschaft anzunehmen. Selbstverständlich werde ich mich jederzeit dir gegenüber als Gentleman verhalten.«

Es fällt Marianne schwer, ihm darauf keine zynische Antwort zu geben. Am Tag vor ihrer Hochzeit mit Robert hielt der Baron ganz förmlich um ihre Hand an, betonte dabei, er könne ihr mehr bieten als der GinKönig. Sie traute damals ihren Ohren nicht, hatte Edmund zuvor doch nie erkennbares Interesse an ihr gezeigt. Offensichtlich war in seinen Augen ihr Marktwert durch das Interesse des »Königs vom Ballermann«, wie Robert vom deutschen Boulevard betitelt wurde, sprunghaft gestiegen.

Was bedeutet es, dass Edmund über ihre Freundinnen Bescheid weiß? Einerseits schmeichelt es ihr, dass er offensichtlich sein Interesse an ihr nicht verloren hat. Andererseits behagt ihr nicht, wie er dieses Interesse zeigt. Weniger als je zuvor verspürt sie Lust, sich von Männern wie ein Stück Vieh taxieren zu lassen. Sie hat es auch nicht mehr nötig.

»Vielen Dank für dein großzügiges Angebot …«

»Bitte! Seit dem zweiten Einbruchsversuch habe ich die Sicherheitsmaßnahmen auf den höchsten Stand gebracht. Bei mir kann dir nichts passieren!«

Innerhalb eines Jahres gab es beim Baron zwei Einbrüche. Angeblich wurde beides Mal nichts gestohlen. Schmerzhaft erinnert sie sich daran, dass es wegen der Einbrüche zwischen ihrem Mann und Edmund zum Streit kam. Robert schwieg ihr gegenüber hartnäckig über die Gründe. Sie fühlte sich damals schrecklich zurückgesetzt. Eifersüchtig fragte sie sich, ob er mit der vermaledeiten Tierpflegerin im Bett über seinen Streit mit dem Baron sprach. Dies war einer der Punkte, an denen ihre Ehe endgültig zerbrach. Tat sie Robert womöglich Unrecht? Sie spürt das dringende Verlangen, mehr über die Hintergründe des Streites zu erfahren. Vielleicht bekommt sie diese ja aus Edmund raus?

»Also gut, wenn du darauf bestehst.«

Der Baron lächelt, als erfülle sie ihm soeben den größten Wunsch seiner nur noch knapp bemessenen Lebenszeit.

Der eigenartige Kellner schleicht sich erneut von hinten an mich an.

»Was suchen Sie hier?«, spricht er mir lauter als nötig direkt ins Ohr.

Vor lauter Schreck fällt mir die Gabel mit der letzten Scheibe Currywurst aus der Hand. Reflexartig greife ich nach dem nicht vorhandenen Schulterholster.

Er setzt sich zu mir an den Tisch. Meine verräterische Bewegung ist ihm nicht entgangen. Die Augen auf meine linke Achselhöhle geheftet fragt er:

»Sind Sie Bulle? Ermitteln Sie wegen dem Tod des GinKönigs?«

»Behandeln Sie Ihre Gäste immer so?«

»Nur jene, die nicht hierher gehören. Die blonde Tusse, mit der Sie kamen, ist eine Klatschtante aus dem Fernsehen. So eine interessiert sich einen Scheiß für uns. Und mit Ihnen stimmt auch etwas nicht.«

Spontan will ich einfach aufstehen und gehen. Aber er ist nicht dumm und ein aufmerksamer Beobachter. Also bleibe ich sitzen.

»Wie heißen Sie?«

Statt mir seinen Namen zu nennen, wird sein Blick noch misstrauischer.

»Kommen Sie«, setze ich nach, »nur ihr Vorname! Ich bin Bulle und finde Ihren Namen ohnehin raus!«

»Jason.«

»Einfach nur Jason?«

Er nickt.

»Also gut Jason, wenn Sie mir meine Fragen beantworten, beantworte ich Ihnen eine.«

Er lauert, wägt innerlich ab.

»Deal?«

»Ich weiß nicht, kommt auf Ihre Fragen an.«

»Wie kommen Sie und Ihre Kollegen mit den mallorquinischen Behörden aus?«

»Wir mögen uns gegenseitig nicht. Wissen Sie, wie die uns nennen?«

»Menschliches Strandgut.«

»Das sagt doch alles, finden Sie nicht? Der Bürgermeister von Mallorca hat kürzlich unsere Gäste, die zum Feiern auf die Insel kommen, pauschal als Abschaum bezeichnet.«

»Wie kamen Sie und Ihre Kollegen mit dem GinKönig klar?«

»Mit Robert?« Er mustert mich mit schmalen Lippen. »Im Grunde war Robert schon okay. Jeder erhielt bei ihm eine Chance, egal was man in seinem früheren Leben verbockt hat. Außerdem hat er, wenn die hiesige Polizei einen von uns zu sehr schikanierte, hin und wieder einen Anwalt bezahlt, und zwar einen richtig guten. Damit verwies er die Bullen etwas in ihre Schranken.«

»Der GinKönig hatte also keine Feinde?«

»Nicht dass ich wüsste.«

Jason zuckt gelangweilt mit den Achseln.

»Aber ein so reicher Mann, Boss eines erfolgreichen Ladens, muss doch den einen oder anderen verärgert haben!«

»Den Club hier führt seit einiger Zeit nicht mehr er, sondern Marianne. Robert hatte das Startkapital und den richtigen Riecher, frühzeitig auf den Hype rund um den Gin zu setzen.«

»Der wird auch bald vorbei sein!«

»Da bin ich mir nicht so sicher. Gin ist das perfekte Getränk, die eigene Individualität zu zelebrieren, besitzt er doch mit Abstand die größte Bandbreite an Aromen. Wir haben hier über einhundert verschiedene Gins, die jeder

Gast individuell mit seinem Lieblingstonic mischen kann. Aber letztendlich ist es egal. Flacht der Hype ab, wird Marianne sich anpassen.«

»Arbeiten hier nur Deutsche?«

»Fast.«

»Warum?«

»Weil die Spanier nicht darauf angewiesen sind, eine Chance zu bekommen.«

»Das verstehe ich nicht.«

»Was gibt es daran nicht zu verstehen? Unsere Landsleute, die hierher kommen, haben meist im vorherigen Leben etwas gründlich in den Sand gesetzt. Dementsprechend froh ist jeder, wenn er hier eine neue Chance erhält. Ich spreche jetzt nicht von Rentnern oder Reichen.«

»So froh, dass er auch schlechtere Arbeitsbedingungen akzeptiert?«

Er nickt.

»Was für Päckchen tragen die hier Arbeitenden mit sich herum?«

»Alles Mögliche, Schulden, Scheitern im Job oder in der Ehe.«

»Und jeder erhält von Frau Breitner eine neue Chance?«

»Ja, ist doch fair, oder?«

»Auch jemand, der in Deutschland mit dem Gesetz in Konflikt geraten ist?«

»Für den Job hier wird kein Führungszeugnis verlangt.«

»Einige Leute schulden Ihrer Chefin also einen Gefallen?«

»Den größten schuldete Robert seiner Frau, ohne sie hätte er es nie geschafft. Der GinKönig schrieb tiefrote Zahlen. Ohne Marianne hätte er das Lokal bald schließen müssen.«

Ob sie sich an den Früchten des Erfolgs ausreichend beteiligt fühlt?

»Was führte Marianne hierher?«

»Danach fragt hier keiner. Sie war eines Tages plötzlich da und arbeitete wie ich ganz normal im Service. Jeder merkte aber gleich, dass sie gut mit Menschen kann, sowohl mit den Gästen als auch mit den Kollegen. Sie verstand es, ohne Druck zu machen, einen zum Arbeiten zu motivieren. Jeder gab ihr zuliebe sein Bestes. Marianne sah, wo es einen Streit zu schlichten galt oder auch mal ein strenges Wort nötig war. Robert machte sie schnell für den Service zum Capo. Es war die beste Entscheidung, die er in Bezug auf seine Mitarbeiter je traf. Wobei ich glaube, er tat dies nur, um sie in sein Bett zu bekommen.«

»Mussten seine weiblichen Angestellten nicht ohnehin auf Kommando zu ihm in die Kiste hüpfen?«

»So ein Quatsch!« Jason schnaubte missbilligend mit der Nase. »Für einen reichen Typen wie den, machen die Mädels hier gerne die Beine breit. Sie hoffen durch ihn der Enge und dem Schmutz der Löcher, in denen wir alle hausen, sowie dem Zwang jeden noch so beschissenen Job anzunehmen, zu entkommen. Keiner von uns kann sich romantische Vorstellungen von der Liebe leisten. Das Leben hat sie uns ausgetrieben, lange bevor wir hier strandeten.«

»Aber manche von Ihren Kolleginnen sind doch erst Anfang zwanzig!«

»Na und? Manche kommen halt aus beschissenen Familien. Bei denen sind erst gar nie romantische Vorstellungen entstanden!«

»Okay, zurück zu Marianne: Sie hat also zunächst den GinKönig abgewiesen?«

»Marianne ist anders. Sie kommt aus einer richtigen Familie mit Eltern, die sie lieben. Ihre Eltern besitzen einen Gasthof im Schwäbischen Wald. Sie lernte alles von der Pike auf und schloss eine richtige Ausbildung ab. Marianne wäre hier auf Malle überall untergekommen, auch in den großen Hotels. Sie wollte sich nach oben boxen.«

»Boxen? Hat sie sich nicht eher nach oben geschlafen, es nur geschickter angestellt als andere?«

Jason sieht aus, als ob er mich gleich ohrfeigen will. Eine solche Loyalität und Verehrung der eigenen Chefin gegenüber begegnete mir bisher noch nie. Wenn ich an mein eigenes Verhältnis zu meiner Vorgesetzten denke, wird mir klar, dass diese Frau etwas Besonderes an sich haben muss.

»Marianne bewunderte Robert und schaute zu ihm auf. Der kam schließlich auch aus kleinen Verhältnissen und boxte sich durch. Seine Frau wollte sie schon sein, nur eben nicht sein Betthäschen.«

Also stellte sie es doch geschickter an, auch wenn dieser Fan von ihr es nicht wahrhaben will. Bot Frau Breitner jemand mit entsprechendem Hintergrund bei seiner Bewerbung für den GinKönig einen ganz speziellen und gut bezahlten Job an? Ehefrauen untreuer Männer soll man nie außen vor lassen.

»Ich weiß, was Sie jetzt denken!«

»So?«

»Marianne ließ Robert nicht erschießen und ihre Mutter liebte sie!«

»Ihren Mann liebte sie demzufolge nicht?«

Betreten sieht Jason weg. Demnach wurde über Eheprobleme bei den Breitners gemunkelt. Interessant finde ich auch, dass er die tote Tierpflegerin nicht erwähnt. Einen

Killer auf eine Nebenbuhlerin anzusetzen traut er seiner hochverehrten Chefin also durchaus zu.

»Ihre Mutter hat sie geliebt!«, sagt er trotzig mehr zu sich als zu mir.

Die Arbeit in der Mordkommission lehrt mich, dass man in Menschen nicht hineinsehen kann. Manch eine, die von Kindheit an unter ihren Eltern leidet, spielt die liebende Tochter nur vor.

»Was ist mit den Betthäschen, die nicht als Gattin zum Zuge kamen? Könnte eine von denen ihre Rechnung mit dem GinKönig beglichen haben?«

»Indem sie ihn, seine Schwiegermutter und eine unschuldige junge Frau ermordet? In welcher Welt leben Sie? Vielleicht war die eine oder andere auf Marianne eifersüchtig, aber mit dem GinKönig hatte keins der Mädels eine Rechnung offen. Dafür lege ich meine Hand ins Feuer. Jetzt reicht's dann auch!«

Ohne ein weiteres Wort steht Jason auf. Er kann es kaum erwarten, Lukas zu treffen. Den wird die Sache hier brennend interessieren.

Der Baron fährt seinen Jaguar selbst. Bis jetzt schwiegen sie auf der Fahrt vom Flughafen hinauf in die Berge.

»Was du den Polizisten über die Schutzgelderpressung der Mafia sagtest, stimmt das?«

»Hältst du mich für einen Lügner?«

»Das ist keine Antwort auf meine Frage.«

Er sieht auf die Straße. In diesem Augenblick bereut es Marianne, seine Einladung angenommen zu haben.

»Robert hat mit mir nie über Schutzgeld gesprochen!«

»Er hat dir auch von vielen anderen Dingen nie erzählt.«

»Stimmt, zum Beispiel hat er mir nie erklärt, warum ihr beide wegen den Einbrüchen in deine Villa so miteinander in Streit geraten seid.«

»Da gab es auch nichts zu erzählen.«

»Er hat sich furchtbar über dich aufgeregt. Seither habt ihr euch kaum noch gesehen oder auch nur miteinander telefoniert.«

»Du weißt doch gar nicht, was Robert so alles getrieben hat. Vielleicht haben wir uns ja getroffen.«

»Nein, habt ihr nicht! Ich habe ihn nach dir gefragt. Er sagte, zwischen euch herrsche Funkstille. Willst du etwa behaupten er hat mich angelogen?«

Gespanntes Schweigen tritt ein. Sie erreichen das Tor zu seinem Anwesen, das er mittels Fernbedienung öffnet.

»Nein, hat er nicht«, räumte er schließlich ein.

»Also, worum ging es?«

»Um dich.«

»Um mich? Was habe ich mit den Einbrüchen zu tun?«

»Nichts.«

»Was soll das dann?«

»Wann hast du ihm erzählt, dass ich vor eurer Hochzeit um deine Hand anhielt?«

»Nie!«

Er wirkt überrascht.

»Warum nicht?«

»Ich wollte eure Freundschaft wegen so einer … Lappalie nicht belasten.«

Er schnaubt laut.

»Es schmerzt schrecklich, wenn du meine Liebe zu dir als Lappalie abtust!«

»Entschuldige, so war es nicht gemeint. Ich habe deine Gefühle nie erwidert und daher spielte dein Antrag im Hinblick auf meine Hochzeit für mich keine Rolle.«

»Vielleicht wirst du eines Tages meine Liebe ja doch noch erwidern.«

In seinem Blick liegt eine Mischung aus Hoffnung und Verzweiflung, die Marianne überhaupt nicht behagt. Warum stieg sie nur zu ihm ins Auto?

»Tausend andere Frauen würden gerne deine Liebe erwidern, darunter viele jüngere und hübschere. Warum verrennst du dich so in mich?«

»Die würden nicht mich lieben, sondern mein Geld und meinen Status. Du bist anders, bist unabhängig und stark. Dir käme es nie in den Sinn, einen Mann wegen etwas so profanem Gefühle vorzuheucheln!«

»Ich war auch nicht immer stark«, denkt sie.

Umso mehr schmeichelt es Marianne, dass der Baron in ihr etwas Einzigartiges und ganz Besonderes sieht.

»Du weißt gar nicht, wie sehr ich Robert um dich beneidete«, fährt er fort.

Ein Ausdruck schmählicher Eifersucht liegt in seinem Gesicht.

»Hast du etwas mit seinem Tod zu tun?«

Sie kann nicht erkennen, ob er ihre Frage gehört hat. Starr blickt er durch die Frontscheibe auf sein stattliches Haus, scheint dabei mit seinen Gedanken weit weg zu sein. Eine innere Stimme warnt sie davor, die Frage zu wiederholen. Die Minuten rinnen zäh dahin. Ihr wird mulmig, nahezu unheimlich. Um die Kontrolle zurück zu erlangen, zwickt sie sich in den Unterarm und gibt sich einen Ruck.

»Hast du?«

Sein Kopf dreht sich zu ihr. Der Blick in seine Augen ist grauenerregend.

»Es stimmt, ich würde für dich töten! Aber keine Sorge, mit dem Mord an Robert habe ich nichts zu tun. Solange du ihn liebtest, war er für mich tabu, würde ich durch seinen Tod dir doch Leid zufügen. Noch viel weniger käme es mir in den Sinn, deine Mutter zu töten!«

Die Stärke seiner Gefühle für sie raubte ihr den Atem. Würde er tatsächlich für sie töten und sie gleichzeitig vor jeglichem Leid beschützen? Schaurige Faszination erfasste sie.

»Hast du Robert wirklich nichts von meinem Antrag gesagt?«

»Nein! Warum fragst du?«

»Weil er mich kurz nach dem ersten Einbruch damit konfrontierte. Er fand das überhaupt nicht lustig und wollte deshalb gar nichts mehr mit mir zu tun haben. Ich frage mich, wer es ihm steckte.«

Ein Taxi bringt mich vom GinKönig zum Café Feldberg. Mir steht der Sinn nicht nach deutschem Filterkaffee, sondern nach Informationen von Herrn Schneider. Auf der Fahrt rufe ich Raul an. Er berichtet kleinlaut, die Witwe des GinKönigs hat sich nach der Landung mithilfe eines gewissen Barons von Helfenstein der Befragung entzogen.

Mein Kopf schwirrt. Plötzlich lebe ich in einem Schloss, ermittele in einem Königsmord und werde vielleicht bald einen Baron befragen. Dabei hielt ich mich bisher fern von allem, was nach Adel klingt.

Beim Betreten des Cafés Feldberg werde ich in zweifacher Hinsicht überrascht. Zum einen könnte sich die Konditorei in jeder beliebigen deutschen Kleinstadt befinden. Zum anderen trägt Schneider auch bei der Arbeit einen schwarzen Anzug samt schwarzer Krawatte. Er bittet mich in sein kleines Büro.

»Mein Beileid, Sie scheinen Frau Stöckle ehrlich gemocht zu haben.«

»Das habe ich. Klara war eine Seele von Mensch. Wie konnte ihr jemand etwas so Schreckliches antun?«

Ich zucke mit den Schultern.

»Es heißt, alle drei seien in der Villa richtiggehend hingerichtet worden?«

»Über Details der Tat darf ich nicht mit Ihnen sprechen. Als wir bei unserer Begegnung vor der Finca unterbrochen wurden, wollten Sie mir etwas über Herrn Breitners Feinde erzählen.«

»Feinde ...«

Der alte Mann verstummt.

»Hatte jemand eine Rechnung mit Breitner offen?«

Schneider schreckt auf.

»Da fallen mir einige ein, Julias Ehemann beispielsweise.«

»Julia? Julia Janssen, die ermordete Tierpflegerin?«

»Ja.«

»Welche Rechnung?«

»Sagt Ihnen der Name Justus Janssen etwas?«

»Nein.«

»Wie Julia stammt Janssen aus Hannover und startete bei 96 seine Karriere.«

»Ein Fußballer?«

»Ein Torwart, der ein- oder zweimal sogar für die

Nationalmannschaft spielte, allerdings nur in der Qualifikation, nie bei einer Meisterschaft. Als er sich mit Anfang dreißig hier auf der Insel zur Ruhe setzte, gehörte er trotzdem zur örtlichen Prominenz, zumindest der B-Kategorie. Die Fußballer verdienten damals noch nicht so verrückt wie heute. Sein Geld reichte dennoch für ein Appartement in der Stadt und für zwei kleine Gastronomiebetriebe, ähnlich meinem Café Feldberg. Man wird davon nicht reich, muss aber auch nicht hungern.

Dann kam Breitner nach Mallorca. Der hatte angeblich schon in Deutschland etliche Lokale zum Laufen gebracht. Hier wollte er sich die berühmte goldene Nase verdienen. Um bei Breitner einsteigen zu können, musste Janssen seine beiden Lokale verkaufen. Das Projekt lief anfangs eher schlecht als recht. Statt endlich das große Ding zu drehen, musste Janssen, der nie zuvor persönlich einen Kunden bedient hatte, plötzlich selbst mitarbeiten. Nacht für Nacht schlug er sich bis in die frühen Morgenstunden mit betrunkenen, teilweise aggressiven Touristen herum. Trotzdem kamen sie nicht aus den roten Zahlen. Da tauchte aus dem Nichts Marianne auf. Die kleine Schwäbin entstammt einer Gastronomenfamilie, war aus der Enge des Schwäbischen Waldes mit Anfang zwanzig auf die Insel geflüchtet. Sie fing als einfache Bedienung im GinKönig an, erwarb sich aber innerhalb kürzester Zeit den Respekt aller, besaß sie doch sowohl mit Kollegen als auch mit Gästen den richtigen Umgang. Breitner beförderte sie, der Laden dümpelte trotzdem weiter vor sich hin. Die beiden Chefs entschlossen sich, noch eine Saison durchzuhalten. Sollten sie in dieser nicht deutlichen Gewinn erwirtschaften, wollten sie aufgeben.

Marianne bot an, für jene Saison die alleinige Verantwortung zu übernehmen. Anweisungen ans Personal kämen nur noch von ihr, sie würde festlegen, wer welchen Job bekäme.«

»Warum?«

Schneider sieht mich verständnislos an.

»Ich dachte, Breitner war so ein toller Chef, der jedem eine Chance gab?«

Der Alte schnaubt.

»Aber nur eine! Breitner war zudem ein Choleriker, der seinen Leuten misstraute und glaubte, nur er selbst könne es richtig machen. Ich konnte es nie glauben, dass er zuvor in Deutschland als Gastronom erfolgreich war.«

Schneider schüttelt abwesend den Kopf. Mir kommt der Inhalt des Memos über den GinKönig in den Sinn.

»In Deutschland waren seine Lokale nur Tarnung. Sein Geld verdiente er illegal. Vielleicht lief hier Ähnliches?«

»Es ist ein offenes Geheimnis, dass Breitner unter Artenschutz stehende Papageien züchtete. Keine Ahnung, wie viel man damit verdient.«

»Sonst nichts?«

»Nein. In welchem Bereich drehte er in Deutschland krumme Dinger?«

»Hehlerei.«

Schneider schnaubt erneut.

»Das kriegen die Spanier selber hin. Letztes Jahr erschütterte ein Skandal die Insel. Etliche Polizisten hatten mit Dieben gemeinsame Sache gemacht, alles Einheimische. Bestimmt wurden nicht alle schwarzen Schafe ermittelt.«

Kam Breitner beim Versuch als Hehler Fuß zu fassen jemandem in die Quere?

»Wollen Sie den Rest der Geschichte hören?«

»Klar!«

»Marianne versprach den beiden einen Gewinn von einer halben Million Euro. Breitner und Janssen packte die Gier. Außerdem gestanden sie sich zumindest insgeheim ein, dass Marianne mit dem Personal besser konnte. Marianne ließ sich notariell eine zehnprozentige Beteiligung am GinKönig zusichern, falls sie die halbe Million erreichte. Beide hielten es für unmöglich und unterschrieben, ihr jeweils fünf Prozent abzugeben.

Sie schaffte das nicht für möglich Gehaltene und listete die notwendigen Investitionen auf, um den Laden dauerhaft zur Goldgrube zu machen. Breitner war einverstanden, Janssen nicht. Ursprünglich hätte dies eine gegenseitige Blockade bedeutet, da beiden der Laden zur Hälfte gehörte. Jetzt besaßen Breitner und Marianne zusammen fünfundfünfzig Prozent, Janssen nur noch fünfundvierzig. Da er die notwendige Kapitalerhöhung nicht mitmachen konnte, zahlte Breitner ihn aus. Ich weiß noch genau, wie froh Janssen sich anfangs darüber äußerte. Als sich dann Abend für Abend lange Schlangen vor dem GinKönig bildeten, der Laden von Rekord zu Rekord eilte, fühlte er sich ausgebootet. Seither schimpft er über Breitner, der eines Tages dafür noch bezahlen werde.«

»Aber die Rechnung muss doch schon Jahre offen sein!«

»Stimmt.«

»Warum sollte er sie dann ausgerechnet jetzt beglichen haben?«

»Weil er jetzt pleite ist. Kürzlich nahmen ihm Geldeintreiber seinen Mercedes ab, seither ist er zu Fuß unterwegs. Nicht jeder besitzt die Größe, sich sein Scheitern selbst zu zuschreiben. Außerdem dürfen Sie nicht vergessen, dass Janssens deutlich jüngere Frau in Breitners Haus arbeitete.«

»Hatten die beiden was miteinander?«

»Reden Sie Klartext! Was meinen Sie, wenn Sie von *was miteinander haben* reden?«

»Sex.«

»Den hatten sie definitiv.«

»Sie meinen, die beiden verband noch mehr?«

»Sagen wir mal so, gegen eine gewisse Großzügigkeit bei der körperlichen Liebe wendet unter den Deutschen der Insel kaum einer ernsthaft was ein. Klara machte sich aber richtiggehend Sorgen, ihre Tochter könnte durch Julia verdrängt werden.«

»Zählte Klara Stöckle bereits zu den Insulanern? Oder hatte sie als Schwäbin zu enge Moralvorstellungen?«

»Die Enge schwäbischer Moralvorstellungen können Sie sicherlich besser beurteilen als ich. Ihrem Dialekt nach stammen Sie ja von dort.«

Seine Bemerkung ärgerte mich.

»Verlegte Frau Breitner in den letzten Monaten ihr Schlafzimmer?«

Er lächelt.

»Das war einer der Punkte, der Klara Sorgen bereitete. Zu Beginn des Sommers war ihre Tochter über Nacht spurlos verschwunden. Auf Klaras Schreibtisch lag ein Zettel von Marianne, sie brauche eine kleine Auszeit und sei in Deutschland. Als Marianne von dort zurückkam, schlief sie in einem der Gästezimmer. Zuerst behauptete sie, es sei nur vorübergehend, aber bald machte sie es zu ihrem festen Schlafzimmer.«

»Stand eine Scheidung im Raum?«

»In der Richtung äußerte Klara sich. Wissen Sie, ich mag Marianne, auch wenn ich sie nicht besonders gut kenne. Sie macht auf mich den Eindruck einer tatkräftigen Frau. Als ich von den Morden in Breitners Finca hörte, dachte ich spontan, jetzt ließ Marianne ihren Mann samt Nebenbuhlerin beseitigen. Das fände ich persönlich nicht einmal schlimm. Als ich dann erfuhr, dass Klara ebenfalls ermordet wurde, klappte ich zusammen. Wie kann ein Kind einen Killer beauftragen, die eigene Mutter zu ermorden, noch dazu, eine Seele von Mensch wie Klara? Vielleicht klammere ich mich deshalb an die Vorstellung, Janssen habe seine junge Frau ermordet, gemeinsam mit Breitner, der ihn einst übervorteilte. Irgendetwas lief in der Nacht schief, weshalb auch Klara dran glauben musste. Selbst dann erscheint mir Klaras Tod noch schrecklich sinnlos und unnötig. Trotzdem ist mir diese Vorstellung erträglicher.«

Lukas schlendert, die Hände tief in seinen Shorts vergraben, den breiten Bürgersteig an der Playa de Palma entlang. Zu seiner Rechten wächst eine doppelte Reihe stattlicher Palmen. In der Euphorie seiner ersten Tage auf Malle hat ihn die Promenade an Los Angeles erinnert. Er war sich cool vorgekommen, fühlte sich wie Brad Pitt, der am Strand von Beverly Hills Mädels aufreißt. Gibt es in Beverly Hills überhaupt einen Strand? Scheiß drauf! Er zuckte mit den Schultern. Ist ihm doch egal wie der Strand in L.A. heißt!

Seine Hände in der Hosentasche ballen sich zu Fäusten und seine Zähne beißen fest aufeinander. Er ist schlecht drauf. Malle erinnert ihn schon lange nicht mehr an L.A. und mit den Mädels läuft es auch nicht so, wie er es sich vorstellte. Der Ofen ist aus, sobald die Weiber spitzkriegen, dass er nicht selbst Teil der Party ist. Für ein paar mickrige Kröten räumt er stattdessen dem Partyvolk hinterher.

Jetzt hängt sein Blick auch nicht mehr an den Palmen, sondern an dem schäbigen Dreckstreifen neben dem Bürgersteig. Dort vegetieren dürre Sträucher und stachelige Kakteen vor sich hin. Außerdem stinkt es nach Pisse, Hundekacke und Erbrochenem. Lukas ist auch nicht mehr auf der Jagd nach einer scharfen Braut.

Ein riesiger Typ torkelt ihm leicht schwankend entgegen. Seine Schultern sind breit und der Umfang seiner Oberarme beachtlich. Bestimmt hält der sich für eine beeindruckende Erscheinung und lässt sich zu einer Prügelei provozieren. Dabei ist sein Fleisch schlaff und seine Reflexe allein wegen des Alkohols träge. Er wird dem fetten Schwein die Fresse polieren, bis er sich am Boden wälzt und Blut läuft! Der Bürgermeister von Palma sprach kürzlich vom deutschen Abschaum. Lukas wird ihm helfen zu beweisen, dass die Malle-Touristen Abschaum sind!

Der Typ hält sich an einer der aus dem Boden ragenden Betonsäulen fest, beugt sich nach vorne und übergibt sich. Zwei junge Männer halten lachend bei ihm an und klopfen ihm auf die Schultern.

»War wohl doch zu viel Sangria!«, grölt einer von ihnen.

Lukas löst die geballten Fäuste und läuft an den dreien vorbei. Es wird sich eine andere Gelegenheit ergeben.

Zurück im Hotel Palacio öffne ich die Minibar meines Zimmers. Ein grünes Fläschchen eiskaltes Heineken lächelt mir verführerisch entgegen. Magisch wird meine Hand von ihm angezogen. Im letzten Augenblick schaffe ich es, nach der Cola daneben zu greifen. Ich öffne sie, trinke ein paar Schlucke und trete, die Flasche in der Hand, ans Fenster. Im Park des Hotels leuchtet der Pool einladend türkis. Mir schwirrt der Kopf von Schneiders Erzählungen. Wurde die Eifersucht eines alten Ehemannes drei Menschen zum tödlichen Verhängnis? Kam Breitner der Mafia oder anderen Kriminellen in die Quere? Auch seine Witwe schließe ich als Auftraggeberin der Morde nicht aus.

Es existieren drei entscheidende Hinweise auf den oder die Täter. Infrage kommt nur jemand, der an den Doggen vorbei ins Haus gelangen konnte. Außer der Witwe traue ich dies höchstens noch irgendwie den Tierschützerinnen zu. Völlig unnötig die schlafende alte Frau zu erschießen, das kann ich mir weder bei der Witwe noch bei den Tierschützerinnen vorstellen. Eigentlich spricht solch eine überflüssige Grausamkeit auch gegen die Mafia. Die Bemerkung Comisionado Amenguals hinsichtlich eines Blutrausches des Täters kommt mir in den Sinn. Weiß der Comisionado überhaupt, was ein Blutrausch ist? Gibt es einen solchen wirklich? Ich muss mit jemand sprechen, der sich mit dem Töten exzellent auskennt, am besten einen Wissenschaftler. Eine Tagung an der Akademie in Münster kommt mir in den Sinn. Ich durchsuche das Kontaktverzeichnis meines Telefons und finde tatsächlich seine Nummer. Bereits nach dem dritten Klingeln nimmt er meinen Anruf an.

»Hallo Professor Weierschuppen, hier spricht Kommissar Hurlebaus aus Stuttgart. Sie gaben mir freundlicherweise im Anschluss an Ihren Vortrag an der Polizeiakademie in Münster Ihre Mobilnummer.«

»Hurlebaus? Der Polizist mit dem im Garten vergrabenen Freund!«

»Genau der bin ich.«

Wir tauschten uns über den Fall einer Studentin aus, die ihren Freund ermordet und im Garten hinterm Haus vergraben hat.

»Darf ich Sie bei einem aktuellen Fall um Ihre Einschätzung bitten?«

»Legen Sie los.«

Knapp umreiße ich ihm den Fall und stelle meine Fragen.

»Wenn ich es richtig verstehe, glaubt Ihr spanischer Kollege wegen des kleinen Kalibers der Waffe und aufgrund des Umstandes, dass die Tierpflegerin zunächst gefesselt und dann doch mit Kopfschüssen getötet wurde, nicht an einen Profikiller.«

»Auch der Mord an der alten Frau Stöckle spielt bei seiner Einschätzung eine Rolle.«

»Wieso schließt er aus, dass sie das eigentliche Ziel des Mörders war?«

»Lassen wir das. Ich möchte in erster Linie Ihre psychologische Einschätzung, ob der Täter in eine Art von Blutrausch geraten sein könnte. Außerdem interessiert mich alles, was Sie mir über den Täter verraten können.«

»Blutrausch ist kein psychologischer Begriff. Der wird von Journalisten, Krimischreibern oder auch mal Juristen benutzt.«

»Aber Sie sind Experte für die Psychologie des Tötens!«

»Stimmt.«

»Dann geben Sie mir bitte aus dieser Perspektive eine Einschätzung.«

»Sie wollen also wissen, warum der Täter drei Menschen und nicht nur einen erschoss?«

»Genau. Was ging abseits rationaler Überlegungen wie Zeugen auszuschalten möglicherweise in ihm vor?«

»Ganz einfach: das Töten verschaffte ihm Lustgewinn.«

»Jetzt mal im Ernst!«

»Das ist mein voller Ernst! Romane und Spielfilme in den Gewalt tabuisierenden westlichen Gesellschaften suggerieren, wer einen Menschen töte, sei hierdurch automatisch schwer traumatisiert und leide den Rest seines Lebens darunter. Das ist totaler Quatsch! Natürlich existieren diese Fälle, aber es ist keineswegs immer so. Zwar stimmt es, dass den meisten Menschen der erste Mord aufgrund anerzogener Hemmschwellen massives Unbehagen bereitet, aber selbst das ist keineswegs automatisch und immer so, ohne dass es sich deswegen bei dem Mörder um einen Soziopathen handeln muss!«

»Reden Sie jetzt von einem Menschen, der nur wenige Hemmschwellen anerzogen bekam?«

»Nicht nur.«

»Wovon noch?«

»Wir alle besitzen, tief in unsere Hardware eingebrannt, einen natürlichen Jagdinstinkt. Erfolgreiche Jäger erlegten über Jahrtausende hinweg viel proteinhaltige und somit energiereiche Beute. Fleisch als reichhaltige Energiequelle gewährte ihnen einen Überlebensvorteil. Der erfolgreiche Jäger konnte mehr Nachkommen ernähren, war als Sexualpartner attraktiver und verfügte über weitere Ressourcen – nicht zuletzt ein größeres Gehirn.«

»Das ist jetzt ein Witz, oder?«

»Keineswegs, durch die bessere Nahrungsversorgung konnten sich erfolgreiche Jäger größere Gehirne leisten. Evolutionär lohnte sich also ein ausgeprägter Jagdinstinkt. Daher gehen wir davon aus, dass auch heutzutage noch die meisten von uns einen besitzen, auch wenn sie ihn derzeit nicht nutzen.

Wird der Jagdinstinkt erst einmal ausgelöst, erzeugt er für das Töten per se Lustgewinn. Anders lässt sich kaum erklären, warum jemand sich auf das aufwendige und riskante Unternehmen einer Jagd eingelassen haben sollte.«

»Wollen Sie ernsthaft behaupten, das Töten bereite Lust?«

»Haben Sie persönliche Erfahrung mit dem Töten?«

»Nein!«

Glücklicherweise blieb es mir bisher erspart, auf einen Menschen schießen zu müssen.

»Sind Sie sicher?«

»Unterstellen Sie mir zu lügen?«

»Das nicht, aber vielleicht haben Sie meine Frage nur auf Menschen bezogen?«

Die Erinnerung an die Einschulung meines Neffen kommt mir in den Sinn. Gemeinsam fuhren wir zu einem Forellenteich im Schwäbischen Wald bei Mainhardt. Obwohl ich Angeln für langweilig hielt, kam ich ihm zuliebe mit. Natürlich drückte meine Schwester mir dort eine Angel in die Hand. Lustlos hielt ich sie ins schlammige Wasser. Als bei meinem Neffen die erste Forelle an der Angel zappelte, erwachte mein Ehrgeiz. Ich nahm die Sache ernster. Nach meinem ersten Fisch fieberte ich tatsächlich meiner nächsten Beute entgegen.

»Okay, ich verstehe, was Sie meinen.«

»Auch Aggression kann durch Lust entstehen. Schon die Planung einer Gewalttat wirkt interessant und aufregend. Das Erschreckende daran: Jeder ist dazu fähig. Je deutlicher Männer merken, dass Gewalt ihnen zu einem Überlegenheitsgefühl und zu Lustgewinn in einer Umwelt mit nur wenigen Glücksmomenten verhilft und je häufiger sie diese Aggression ausüben, desto eher suchen sie diesen erregenden Zustand.«

»Was Sie da beschreiben, klingt verdammt nach Blutrausch!«

»Wenn Sie es so bezeichnen wollen.«

»Und jeder kann in ihn verfallen?«

»Prinzipiell ja, jüngere Männer aber mit einer höheren Wahrscheinlichkeit. Eine Umwelt mit wenigen Glücksmomenten plus entweder der grundsätzlichen Existenz von wenigen Hemmschwellen oder viel Übung im Überschreiten derselben erhöhen ebenfalls die Wahrscheinlichkeit.«

»Also die meisten Junkies, Gewohnheitsschläger und korrupte Wirtschaftsführer.«

Letzteres soll ein Witz sein, zumindest halb.

»Auf jeden Fall sollten Sie den Typen schnell finden und ihn stoppen. Sonst wird es mit hoher Wahrscheinlichkeit weitere Opfer geben.«

»Den Typen? Also keine Frau?«

»Eher nicht, aber völlig ausschließen kann man eine Frau nicht.«

Ich bedanke mich und beende das Gespräch. Bedrückt starre ich aus dem Fenster. Den Mörder schnell finden und stoppen! Früher wäre ich in solchen Situationen in

Größenwahn verfallen, hätte mich für den Einzigen gehalten, der dazu in der Lage wäre. Erst als ich fast draufgegangen war, hatte ich kapiert, dass dieses Denken nicht nur anmaßend war, sondern mich auch kaputtmachte.

Erneut lächelt mich durch Palmen hindurch der Pool einladend an. Soll ich zur Erfrischung hineinspringen? Danach könnte ich im Schatten gemütlich einen Cappuccino trinken und mich am Anblick der Frauen in ihren Bikinis und Badeanzügen erfreuen.

Es klopft an der Tür. Steht Arbeit davor, um mich von einem unerhört frühen Feierabend abzuhalten? Seufzend gehe ich hin und öffne. Vor mir steht eine junge Frau in einem kurzen, schwarzen Kleid. Eine weiße Schürze und ein ebensolches Häubchen auf dem Kopf outen sie als Zimmermädchen.

»Sie wünschen?«, frage ich überrascht.

»Brauchen Sie ein frisches Badetuch?«

Sie streckt mir ein flauschiges Frotteetuch mit breiten Streifen in Dunkelblau und Weiß entgegen. Kann sie Gedanken lesen? Oder woher weiß sie, dass ich soeben in den Pool springen wollte?

»Oh, das ist aber nett von Ihnen, vielen Dank.«

Ein nobles Hotel hat was für sich. Ich greife nach dem Tuch. Als sich meine Hand in ihre Richtung bewegt, zuckt das Dienstmädchen zusammen. Denkt die etwa, ich will ihr etwas antun, sie in mein Zimmer ziehen und dort über sie herfallen? Hübsch genug, einen Mann in Versuchung zu führen, ist sie zweifelsohne. Aber so ein Typ bin ich nicht.

»Sie brauchen vor mir keine Angst zu …«

Ich halte inne. Es kommt mir komisch vor, dass sie zu

einer Zeit, zu der kaum jemand sich auf seinem Zimmer aufhält, unaufgefordert mit einem Badetuch bei mir anklopft. Ist das Stück Frottee nur ein Vorwand? Sie macht einen Schritt rückwärts. Erst in diesem Augenblick erkenne ich ihre grünen Augen wieder.

»Hey, Sie habe ich doch vom Zaun der Finca gepflückt!«

Sie rennt los, ich hinterher. Bis zur Tür der Feuertreppe kann ich ihr dicht auf den Fersen bleiben. Auf den zwei Stockwerken bis ins Erdgeschoss holt sie einen Vorsprung heraus. Unten angelangt sehe ich sie durch einen breiten, mit dicker Meterware ausgelegten Flur in Richtung Foyer spurten. Ich war schon besser in Form. Jetzt keuche ich schwer und meine Rippen schmerzen höllisch. Sie wird mir entkommen! Da biegt ein Urlauberpärchen in den Flur ein.

»Haltet sie!«, brülle ich, aufgeregt mit meinen Armen fuchtelnd.

Der Mann, ein vierschrötiger Typ im Seidenbademantel mit aufgesticktem Wappen, schreckt auf, erkennt die Situation und hebt seine Arme. Sie schlägt einen Haken, duckt sich leicht und ist an ihm vorbei. Enttäuscht brülle ich noch lauter:

»Haltet sie! Das Dienstmädchen, haltet sie!«

Wild mit den Armen fuchtelnd und trotz Atemnot laut brüllend erreiche ich das Foyer. Dutzende Augenpaare richten sich auf mich, einige voller Neugierde, andere mit offener Missbilligung. Von ihr ist nichts mehr zu sehen.

Die Nase noch etwas größer und auf dem Rücken mit einem Knick nach unten.«

Der Techniker sieht mich skeptisch an, öffnet dann aber auf seinem Bildschirm ein Fenster. Eine Auswahl an Nasen erscheint. Er schiebt mir die Maus zu und lässt mich selbst durch das Angebot an Riechorganen scrollen. Ich komme mir vor wie beim Schönheitschirurgen, wo ich eine passende neue Nase für meine Frau aussuchen darf. Nur ist bei jenem die Auswahl viel eingeschränkter. Hier existieren etliche Modelle, die ein Gesicht eher entstellen als zieren.

In der Abteilung für Knicknasen probiere ich verschiedene Modelle aus. Schließlich bin ich mit meinem Werk zufrieden.

»Das ist sie! Exakt so sieht sie aus!«

Zufrieden lehne ich mich zurück.

»Die Nase entstellt sie. Ohne die Nase wäre sie eine schöne Frau«, meint der Techniker.

»Sie ist eine schöne Frau, aber halt eine mit Charakter und kein Püppchen. Jagen Sie das Bild durch alle relevanten Datenbanken!«

»Das entscheidet der Comisionado. Ich soll mit Ihnen das Phantombild erstellen. Der Comisionado hat mir eingeschärft, auf keinem Fall weiter etwas mit dem Bild zu machen, ehe er es nicht abgesegnet hat.«

Ich will protestieren. Gerade rechtzeitig wird mir noch bewusst, dass ich hier absolut nichts zu sagen habe. Irgendwie habe ich etwas Derartiges schon erwartet. Mich gleichgültig gebend erhebe ich mich.

»Können Sie mir das Bild dann wenigstens zuschicken?«

Er schüttelt den Kopf, während ich hinter ihn trete und mein Smartphone zücke.

»Das darf ich auch nicht. Da ...«

Schnell halte ich mein Telefon neben seinen Kopf und fotografiere das Porträt auf dem Bildschirm zweimal ab.

»Hey, was machen Sie da!«

»Schon gut, regen Sie sich nicht auf, es ist ja nichts passiert!«

Wütend erhebt er sich. Ich eile aus dem Raum, schließe die Tür hinter mir und lehne mich dagegen. Während er vergeblich versucht die Tür aufzustemmen, schicke ich schnell das Bild an Lana sowie an einige andere. Dann trete ich von der Tür zurück. Er stößt sie so heftig auf, dass sie gegen die Wand knallt. Mit zornesrotem Gesicht starrt er mich an.

»Geben Sie mir sofort Ihr Handy!«

Gebieterisch streckt er mir den Arm entgegen.

»Zu spät, ich habe das Bild bereits an meine Chefin und ein halbes Dutzend andere Adressen gesendet.«

Er zuckt zusammen. Wahrscheinlich überlegt er sich, wie der Comisionado reagieren wird, sobald er davon erfährt.

»Am besten wir beide vergessen den Vorfall und reden mit niemand darüber.«

Ohne seine Zustimmung abzuwarten, drehe ich um und laufe Richtung Ausgang. Adrenalin strömt durch meinen Körper. Ich fühle mich gut. Noch ehe ich draußen bin, klingelt mein Telefon.

»Wer ist die junge Frau?«, fragt Lana.

»Sie hat deinen fähigsten Mitarbeiter schwer verletzt, indem sie sich auf ihn stürzte.«

Meine Chefin seufzt hörbar.

»Das kann nicht sein. Moritz sitzt neben mir. Er macht einen gesunden Eindruck.«

Abrupt endet mein kurzer emotionaler Höhenflug. Ich wünschte, es wäre mir gleichgültig, aber ihre Worte versetzen mir einen Stich. Moritz ist ein Blender. Wie kann sie nur auf ihn hereinfallen! Einmal mehr nehme ich mir vor, in ein anderes Dezernat zu wechseln. Lana verkennt nicht nur meine Qualitäten, sondern nimmt auch auf meine Befindlichkeiten keinerlei Rücksicht.

»Hat die Unbekannte etwas mit den Morden zu tun?«

Ich räuspere mich.

»Das kann ich noch nicht sagen. Jedenfalls verhält sich der Leiter der hiesigen Mordkommission so, als wolle er sie und ihre beiden Kumpane vor der Entdeckung schützen.«

»Du verdächtigst den Leiter der Mordkommission, Beweismittel zu unterschlagen?«

»Ja.«

Sie seufzt.

»Das ist ein schwerwiegender Vorwurf. Warum wundert es mich nicht, dass du etwas Derartiges äußerst?«

»Ich ermittle eben offen in alle Richtungen.«

»Wieso existiert eigentlich plötzlich ein Phantombild von der Frau? Ich dachte, sie sei vermummt gewesen?«

»War sie auch, aber ...«

Ich erkläre es ihr. Zuhören kann sie. In meinen Jahren bei der Polizei habe ich schon unter deutlich schlimmeren Chefs gelitten. Einen Moment lang herrscht nachdenkliche Stille.

»Gibt es im Hotel keine Überwachungskameras? Deren Aufnahmen müssten doch besser sein, als ein Phantombild.«

»Die zu den Gästezimmern führenden Flure sind nicht

öffentlich zugänglich, sondern mit Zwischentüren versehen, die sich von außen nur mit einer entsprechenden Magnetkarte öffnen lassen. Also dürfen dort keine Kameras installiert sein. Die spanischen Kollegen haben den Hotelmanager um Aufzeichnungen aus den überwachten Bereichen des Hotels gebeten. Laut seiner Aussage war die Anlage an dem Tag leider ausgefallen.«

»Seltsamer Zufall!«

»Finde ich auch.«

»Schade!«

»Stimmt.«

»Klopfte die Unbekannte zufällig an deine Tür oder suchte sie gezielt dein Zimmer auf?«

»Auf Mallorca gibt es dreihunderttausend Hotelbetten. Einen Zufall halte ich für ausgeschlossen.«

»Was wollte sie von dir?«

»Ich sehe drei Möglichkeiten: Sie wollte mir einen getürkten Beweis unterschieben, um mich ins Visier der hiesigen Behörden zu bringen. Oder sie wollte mir Informationen über die Morde zukommen lassen, da sie der hiesigen Polizei nicht traut.«

»Hm, klingt beides nicht gut. Soll ich dich zurückbeordern?«

»Kannst du das? Was sagen die im Staatsministerium dazu?«

»Es käme auf einen Versuch an.«

»So schnell gebe ich nicht auf. Was glaubst du, wollte sie von mir?«

»Möglichkeit Nummer zwei kannst du vergessen. Sagtest du vorhin nicht, der Comisionado deckt sie? Außerdem besorgte er dir dein Zimmer. Wahrscheinlich erfuhr sie von ihm oder zumindest aus seinem engen Umfeld, wo du wohnst.«

»Vergiss nicht Möglichkeit Nummer drei!«

»Du meinst, sie wollte einfach nachsehen, ob du ernsthaft verletzt bist?«

»Genau.«

Bei dieser Vorstellung erfüllt mich ein warmes Kribbeln. Bei Lanas nächsten Worten vergeht es mir jedoch schlagartig wieder.

»Sieh an, da verbirgt sich hinter der Fassade des Zynikers ja ein hoffnungsloser Romantiker.«

Ich schlucke.

»Warum hältst du so gar nichts von mir? Was zum Teufel habe ich dir getan?«

Kaum sind sie ausgesprochen, bereue ich meine Worte bereits. Sie klingen so verdammt wehleidig, nahezu kindlich vorwurfsvoll. Für einen kurzen Moment fühle ich mich in meine Jugend zurückversetzt zu ähnlichen Diskussionen mit meiner Mutter. Wie einst Mama besänftigt mich jetzt meine Vorgesetzte.

»Du hast mir nichts getan und klar bist du ein guter Ermittler. Ich hoffe, du erledigst den Job auf Mallorca so, wie ich es von dir erwarte. Wir geben dir Bescheid, ob wir was über die Frau auf dem Phantombild herausfinden.«

Ohne ein Wort des Abschieds beendet sie das Gespräch. Lana versteht es immer wieder, in mir dieses anstrengende Wechselbad der Gefühle auszulösen. Mit einem Gefühl der Beklemmung starre ich noch auf das Telefon in meiner Hand, als es auch schon wieder klingelt.

»Ist sie das?«

Ich habe das Bild auch an Cora gesendet.

»Ja.«

»Wieso habt ihr auf einmal ein Phantombild von ihr? Ich dachte, sie war vermummt.«

Zum zweiten Mal innerhalb weniger Minuten erkläre ich am Telefon einer Frau von der Begegnung an meiner Zimmertür.

»Und du bist ganz sicher, dass es sich um die Einbrecherin handelt?«

»Ja! Die Sturmhaube ließ ihre Augen frei. Den Blick in ihre umwerfend grünen Augen werde ich so schnell nicht vergessen.«

»Genau das stimmt mich skeptisch.«

»Was?«

»Dass du gerne den Frauen zu tief in die Augen schaust. Erwidert eine deinen Blick, schaltet dein Verstand ab und eine andere Region übernimmt.«

»Jetzt mal langsam! So ein Schwachkopf bin ich nun auch wieder nicht!«

»Wie lange dauerte deine längste Beziehung?«

»Was zum Teufel hat das mit dem Phantombild zu tun?«

»Du bist nicht in der Lage, eine echte Frau aus Fleisch und Blut mit all ihren Macken und Launen zu lieben. Stattdessen träumst du dir lieber ein idealisiertes Püppchen zusammen. Kannst du all die Augen, in die du schon zu tief geschaut hast überhaupt noch voneinander unterscheiden? Waren es wirklich die gleichen grünen Augen, in die du vor deinem Zimmer geschaut hast?«

»Jetzt mach aber mal einen Punkt! Immerhin war ich sieben Jahre verheiratet!«

Mein Atem geht stoßweise.

»In gewisser Weise bin ich es noch immer«, fahre ich in Gedanken fort.

Am liebsten würde ich auflegen, aber ich habe mir vorgenommen, nicht mehr so beleidigt zu reagieren. Um mir nicht weitere Vorwürfe anhören zu müssen, gehe ich dazu über, Fragen zu stellen.

»Hast du was über eine Tierschützerin im Umfeld des Comisionado herausgefunden?«

»Er hat tatsächlich eine Tochter. Die ist dreizehn Jahre alt. Außerdem gilt er als Familienmensch, der seine Frau wahrhaftig liebt. Eine junge Geliebte halte ich für unwahrscheinlich.«

»Nichten? Töchter von Freunden?«

»Das ist nicht so einfach, zumal es sich um einen hochrangigen Polizeibeamten handelt. Da kann ich leicht in Teufels Küche kommen. Ich glaube aber, du täuscht dich!«

»So schnell gibst du auf?«

»Nein Honey, dir zuliebe werde ich das Phantombild herumreichen. Vergiss nur nicht, dass ich damit bei dir etwas guthabe!«

Sie legt ebenfalls grußlos auf. Ich atme tief durch. Wie kommen erst meine Chefin und dann eine wildfremde Journalistin dazu, mich als Idioten hinzustellen?

Ich schüttele mich und beschließe, heute noch eine ganze Flasche Wein zu trinken. Lanas Worte hallen in mir nach. Wieso hat sie eigentlich nicht probiert, mich von Ermittlungen gegen Comisionado Amengual abzuhalten? Bisher hat sie stets versucht, mich von Ermittlungen gegen Höherstehende abzuhalten. Und wieso hofft sie, dass ich den Job hier so erledige, wie sie es von mir erwartet? Soll ich mir hier mein eigenes Grab schaufeln?

Es gelingt mir, ein Taxi anzuhalten. Ich befehle dem Fahrer, mich zu einem Lokal mit Blick aufs Meer zu chauffieren.

Wie kommt Cora dazu, mich nach der Dauer meiner längsten Beziehung zu fragen? Unverschämt! Bin ich schon auf den ersten Blick bindungsunfähig? Die gesamte Erbärmlichkeit meines Liebeslebens offenbart sich mir schmerzhaft. Ich muss mich dringend mal wieder ernsthaft auf eine Frau einlassen. Vielleicht ist Christina ja die Richtige. Aber wieso zögere ich dann so, mit ihr zu telefonieren? Weil ich mich nicht dreimal hintereinander von Frauen blöd anmachen lassen will? Oder, weil ich mich nicht der vagen Chance berauben will, dass Sonja zurückkommt? Kurzentschlossen tippe ich eine Nachricht ins Telefon.

Hallo Liebes, bin total erledigt. Habe gerade keinen Nerv zu telefonieren. Hoffe du kommst am WE. Kuss

So, das ist erledigt. Ich stecke das Telefon ein. Soll ich mich doch lieber ins Hotel bringen lassen? Vielleicht schaffe ich es, zu laufen, statt zu saufen. Eine Nachricht geht auf meinem Handy ein. Ich ziehe es wieder hervor. Sie ist von Christina. Lächelnd öffne ich sie.

Vergiss es! Du hast dich gestern nicht gemeldet. Heute willst du nicht einmal telefonieren. So macht das keinen Sinn mit uns!!! C.

Na prima! Innerhalb von einer Stunde von drei verschiedenen Frauen blöd angemacht zu werden ist selbst für mich rekordverdächtig.

Mein Schädel schmerzt höllisch, woran auch die geschluckte Tablette nichts ändert. Comisionado Amengual zieht eine Augenbraue in die Höhe, bestellt aber kommentarlos bei seiner Sekretärin einen doppelten Espresso für mich. Er hat mich herbestellt, um mich als Verbindungsbeamten über den Stand der Ermittlungen zu informieren.

»Derzeit ermitteln wir in drei Richtungen. Beginnen wir mit der unwahrscheinlichsten. Ein reicher Deutscher, Baron von Helfenstein, behauptet, die Mafia habe versucht, vom GinKönig Schutzgeld zu erpressen. Da er sich weigerte, ermordete die Mafia ihn und die beiden Frauen als Warnung für andere Geschäftsleute, gefälligst zu zahlen.«

»Gibt es hier überhaupt die Mafia?«

»Kommt darauf an, was Sie unter Mafia verstehen. Sicherlich gibt es auch bei uns Formen der organisierten Kriminalität. Schutzgeldzahlungen sind uns bisher nicht bekannt. Wir können es aber nicht völlig ausschließen, dass ein Verbrechersyndikat hier Fuß fassen will. Daher werden wir Baron von Helfensteins Aussage ernst nehmen. Ich wäre Ihnen sehr verbunden, wenn Sie dies vorläufig gegenüber der Presse nicht erwähnen.«

Seinen Wunsch kann ich nachvollziehen. Also nicke ich zustimmend.

»Die zweite Spur befasst sich mit Herrn Janssen.«

»Dem Mann der Tierpflegerin?«

Ich habe meinem spanischen Kollegen den Besuch im Café Feldberg verschwiegen und beschließe, die dort gewonnenen Informationen zunächst für mich zu behalten.

»Herr Janssen wurde zur Befragung vorgeladen. Er ist Deutscher. Wenn Sie wollen, können Sie bei seiner Befragung dabei sein.«

»Gerne. Wem gilt Spur Nummer drei?«

»Der Witwe des GinKönigs. Wenn unsere Informationen stimmen, hielt sie sich am Wochenende der Morde bei ihrem Geliebten in Deutschland auf. Als Verbindungsbeamter bitte ich Sie, Ihre Kollegen mit Hintergrundrecherchen über Frau Breitner zu beauftragen.«

»Eine Frau, die auf einen Schlag Mutter und Ehemann ermorden lässt? Verstehen Sie das unter Lösung familiärer Probleme?«

»Sehr witzig! Fügen Sie noch die Geliebte des Mannes dazu, dann wurden möglicherweise drei Probleme auf einmal gelöst. Nicht jede Tochter versteht sich gut mit ihrer Mutter. Frau Stöckle zog erst vor wenigen Monaten aus Deutschland hierher nach Mallorca. Wissen Sie, wie es ist, mit dem Ehepartner und der eigenen Mutter unter einem Dach zu leben?«

Mir scheint, der Comisionado spricht aus eigener, leidvoller Erfahrung. Von wegen, er ist ein Familienmensch!

»Nein«, räume ich ein.

»Da können schnell Dinge ziemlich eskalieren. Vielleicht gerät es manchmal dann ganz außer Kontrolle. Hier ist übrigens das Tagebuch der Mutter. Lesen Sie es und finden Sie heraus, wie das Verhältnis zwischen Mutter und Tochter war.«

»Sie ziehen also ernsthaft Auftragsmorde in Betracht?« Ich beuge mich vor. »Sagten Sie gestern nicht, der Täter war kein Profi?«

»Es gibt für jeden ein erstes Mal. Vielleicht hat Frau

Breitner jemanden beauftragt, der noch nie zuvor einen Mord begangen hat.«

»Das zu beweisen dürfte schwer werden.«

»Das ist uns klar!«

Der Spanier wirkt gekränkt, was mir egal ist. Ich bin ebenfalls sauer, dass er mir etwas zu den drei Frauen von der ALF verschweigt.

»Was ist mit den Tierschützerinnen?«

Er macht eine abwiegelnde Handbewegung.

»Die haben mit den Morden nichts zu tun!«

»Wie können Sie sich da so sicher sein? Sie verschweigen mir doch etwas!«

Sein Gesicht zeigt deutlich seine Verärgerung. Vermutlich fehlt nicht viel, damit er mich rauswirft.

»Warum sollte ich das tun?«

»Neuerdings finden hier auf Mallorca Demonstrationen gegen den Tourismus statt. Schon die schaden dem Geschäft. Wenn publik wird, dass Spanier aus politischen Gründen drei Deutsche ermordeten, sinken die Gewinne der Hotelbesitzer noch stärker.«

»So ein Quatsch! Sie haben ja keine Ahnung, wie Ihre deutschen Landsleute ticken! Sollte ein spanischer Tierschützer einen Tierquäler hingerichtet haben, kämen eher mehr als weniger Menschen zu uns!«

Da mag er recht haben. Also muss es doch einen persönlichen Bezug geben.

»Vielleicht ist Ihnen eine der drei Frauen persönlich bekannt?«

Sein Gesicht läuft rot an.

»Was wollen Sie damit sagen?«

»Ich wundere mich einfach, wie gut Sie über die Aktivitäten der ALF Bescheid wissen. Warum wollten Sie das mit meiner Hilfe erstellte Phantombild sehen, bevor der Techniker es durch die Datenbanken laufen lässt?«

»Das ist eine ungeheuerliche Unterstellung! Ich werde mich bei Ihren Vorgesetzten über Sie beschweren! Raus!«

»Beschweren? Worüber? Dass ich die Ermittlungen ergebnisoffen und unvoreingenommen führen will?«

Unwillkürlich sind wir aufgestanden. Den Schreibtisch zwischen uns, starren wir einander an. Adrenalin pumpt durch meinen Körper, Müdigkeit und Kopfschmerzen sind wie weggeblasen. Ich sehe, wie es in seinem Kopf rattert.

»Also gut«, er setzt sich wieder. »Es stimmt, ich mache mir tatsächlich Sorgen um die Tochter eines Freundes.«

Überrascht, dass er so unerwartet die Segel streicht, nehme ich ebenfalls wieder Platz.

»Weshalb?«

»Charo engagiert sich seit ihrer Jugend für Straßenhunde. Sie war früher ein herzensgutes und liebes Mädchen. Aber«, er seufzt, »Kinder werden älter und damit nicht immer einfacher. Außerdem stritten sich ihre Eltern permanent und ließen sich letztendlich scheiden. Charo schluckte daraufhin Tabletten. Alle sagten, sie wollte sich damals nicht umbringen, sondern nur auf ihre Not aufmerksam machen. Es war trotzdem furchtbar. Gott sei Dank blieben keine Schäden zurück. Vor ein paar Wochen bat ihr Vater, ein Freund seit Kindestagen, um meinen Rat. Er hatte zufällig auf dem Computer seiner Tochter entdeckt, dass sie auf Seiten über die ALF surfte. Zur Rede gestellt empörte sie sich über den illegalen Handel von streng unter Artenschutz stehenden Papageien hier bei uns auf Mallorca. Sie nannte dabei mehrmals den GinKönig beim

Namen. Ich fragte daraufhin bei den Kollegen von der Lokalpolizei nach.«

Er beendet seinen Bericht, sieht mich herausfordernd an.

»Dachten Sie nicht spontan an Charo, als Sie vom Mord am GinKönig erfuhren?«

»Keine Sekunde! Charo ist eine so empfindsame junge Frau, dass ich ihr unmöglich einen Mord zutraue! Erst als ich von der Freilassung der Papageien erfuhr und dass die Einbrecherinnen mutmaßlich weiblich waren, kam mir Charo in den Sinn.«

Im Wissen, dass dies nicht alles sein kann, warte ich ab.

»Nach Ihrer Begegnung mit den drei Einbrecherinnen kam mein Freund mit seiner Tochter Charo zu mir. Sie hatte ihrem Vater alles gebeichtet und litt bei der Vorstellung, den alten Mann ...«

»Ich bin zweiundvierzig!«

»Damit sind Sie in den Augen einer Zwanzigjährigen uralt.« Er lächelt. »Charo litt unter der Vorstellung, Sie durch den Sturz ernsthaft verletzt zu haben. Ich beruhigte sie. Charo glaubte mir nicht, sondern wollte sich unbedingt selbst davon überzeugen, Sie nicht ernsthaft verletzt zu haben.«

»Da haben Sie ihr mein Hotel samt Zimmernummer verraten?«

»Ich dachte, Charo setzt sich in die Rezeption und wartet, bis sie an ihr vorbeigehen! Jedenfalls halte ich es für ausgeschlossen, dass eines der Mädchen drei brutale Morde begangen hat!«

Ich gebe ihm Recht. Trotzdem passt mir sein Verhalten nicht. Wie kann er als Polizist eine Verdächtige schonen, nur weil er sie persönlich kennt? Den Regeln entsprechend hätte er die Leitung der Ermittlungen in diesem Fall abgeben müssen.

Den Regeln entsprechend! Menschen, die sich penibel an Regeln halten, sind unerträglich! Fairness und Menschlichkeit sind mir persönlich wichtiger, auch wenn ich mit dieser Haltung nach der Meinung einiger Kollegen schnell in Teufels Küche gerate.

»Was werden Sie jetzt tun?«

Ich zucke mit den Schultern. Wir schweigen eine Weile. Mir kommt wieder in den Sinn, dass mich jemand von ganz oben hier auf der Insel haben wollte. Warum zum Teufel? Damit die Spanier sich über mich beschweren und ich endlich nach Schwäbisch-Sibirien abgeschoben werden kann?

»Ich werde so tun, als habe dieser Teil unseres Gesprächs nie stattgefunden. Warum sind die drei ausgerechnet an jenem Tag in die Finca eingebrochen?«

»Die hatten es schon Wochen vorher geplant. Allerdings sahen sie keinen Weg, an den fünf Doggen vorbeizukommen und gaben ihren Plan wieder auf. Als sie dann von den Morden hörten und erfuhren, dass die Hunde in ein Tierheim gekommen waren, hielten sie den Zeitpunkt für günstig, die Vögel zu befreien.«

»Das heißt, die drei observierten in den Wochen vor dem Mord die Finca?«

»Danach fragte ich sie natürlich auch als Erstes. Sie spazierten nur zweimal spätabends auf dem am Grundstück entlangführenden Weg. Die Hunde kläfften sie durch den Zaun hinweg an und folgten ihnen die ganze Zeit. Daraufhin gaben sie ihr Vorhaben auf.«

»Stellt sich erneut die Frage, wie der Mörder an den Hunden vorbeikam?«

Auch in den Bergen, in der Villa des Barons, sind die Hunde ein Thema.

»Was passiert mit euren Doggen?«

Marianne sieht von ihrem Frühstücksei auf. Erstaunt mustert sie den Baron.

»Was soll mit ihnen passieren?«

»Die Polizei brachte sie in ein staatliches Tierheim. Kennst du die Zustände dort?«

»Nein.«

»Die sind schrecklich. Aus Platzmangel werden die stolzen Tiere auf engstem Raum zusammengepfercht. Das Futter ist lausig. Wenn du sie dort nicht rausholst und sich kein neuer Besitzer findet, werden sie eingeschläfert.«

»Ich wusste gar nicht, dass du ein Herz für Tiere hast.«

»Du weißt vieles über mich nicht.«

Er lächelt sie an. Sie sieht, dass sein Lächeln seine Augen nicht erreicht.

»Das lässt sich aber leicht ändern«, fährt er fort.

Marianne fühlt Beklemmung in sich aufsteigen.

»Was ist eigentlich aus deinen Wachhunden geworden?«

Sein Lächeln erstirbt.

»Die gab ich weg.«

»Warum?«

»Weil sie die Einbrecher nicht aufhielten.«

»Wem hast du sie gegeben?«

Er zögert. Unschlüssig sieht er sie an. Eine andere Frau

würde er jetzt leicht mit einer Lüge besänftigen können, Marianne hingegen nicht. Dies ist einer der Gründe, warum er sie so schätzt.

»Ich gab sie ins Tierheim. Deshalb weiß ich auch, wie es dort zugeht. Es war ein Fehler von mir, den ich aus meinem damaligen Ärger heraus beging. Noch heute plagt mich deswegen mein schlechtes Gewissen.«

»Wurden deine beiden Rottweiler eingeschläfert?«

Er nickt. Sie sieht ihn erschüttert an. Der Baron setzt einen zerknirschten Gesichtsausdruck auf.

»Ich will nicht, dass eure herrlichen Doggen das gleiche Schicksal ereilt.«

Marianne senkt den Blick und löffelt weiter ihr Frühstücksei. Es ist einfach perfekt, das Eigelb noch leicht flüssig. Sie hat niemanden im Haus bemerkt, weder gestern bei ihrer Ankunft, noch heute Morgen. Sie hebt den Kopf und lächelt ihn an.

»Das Ei ist perfekt. Hast du es selbst zubereitet?«

»Ja.«

Edmund lächelt stolz.

»Hast du keine Angestellten?«

»Einmal die Woche kommt jemand zum Putzen. Bei Bedarf kümmert sich eine Firma um den Garten. Die Lebensmittel lasse ich mir anliefern.«

»Jemand? Wer putzt bei dir?«

»Keine Ahnung!« Er zuckt mit den Achseln. »Warum willst du das wissen?«

Erneut senkt sie den Blick und löffelte den Rest ihres Eies. Sie zaudert.

»Weil«, sie sieht ihn herausfordernd an, »ich überhaupt nicht schlau aus dir werde. Du bist mit Sicherheit ein interessanter Mann, besitzt eine außergewöhnliche Persönlichkeit. Aber ...«

Sie wendet den Blick ab und sieht aus dem Fenster.

»Aber?«

»Ich frage mich, warum du keinen einzigen Angestellten hast.«

Marianne sieht ihm wieder direkt in die Augen.

»Oh, Angestellte habe ich durchaus. In meiner Firma ...«

»Das meine ich nicht und das weißt du auch ganz genau!«

Der Baron schließt die Augen und holt tief Luft.

»Am Geld liegt es nicht!«

»Das weiß ich!«

Er öffnet die Augen wieder. Jetzt sieht er aus dem Fenster. Sie mustert ihn. Warum fragt er nach den Doggen, noch dazu so schnell? Keine Sekunde nimmt sie ihm ab, dass er aus Tierliebe fragt. Vermutlich kann er sich in die Perspektive anderer hineinversetzen, aber Mitgefühl ist ihm fremd. Der Baron besitzt eine Härte, die sie frösteln lässt. Robert ähnelte ihm in diesem Punkt. Anfangs hatte sie die Härte und Gleichgültigkeit ihres Mannes mit Stärke verwechselt, sich nicht zuletzt wegen dieser zu ihm hingezogen gefühlt. Zuletzt war dies der Grund geworden, das Leben an seiner Seite als unerträglich zu empfinden.

»Willst du die Doggen?«

Überrascht wendet er sich ihr wieder zu.

»Aber ja!«

»Du kannst sie haben.«

Marianne erhebt sich.

»Wie viel willst du für sie?«

»Nichts.«

»Nichts?«

»Ich schenke sie dir. Mein einziger Wunsch lautet, dass du dich gut um sie kümmerst.«

»Danke! Ich lasse sie noch heute holen.«

»Tu das.«

Sie wendet sich zum Gehen.

»Würdest du die Hunde mit mir vertraut machen?«

Marianne bleibt abrupt stehen. Langsam dreht sie sich um. Hat er deswegen das Ganze inszeniert?

»Wie meinst du das?«

»Das weißt du ganz genau! Im Unterschied zu meinen Rottweilern sind eure Doggen gut ausgebildete Wachhunde. Die nehmen kein Futter von Fremden an und hören nicht auf jeden. Wer auch immer die Morde in eurer Finca beging, muss an den Teufelsbraten vorbeigekommen sein.«

»Was willst du damit sagen?«

»Dass nicht viele als Täter infrage kommen.«

»Verdächtigst du mich?«

»Jemand eines Mordes zu verdächtigen überlasse ich der Polizei.«

Sie starrt ihn verunsichert an. Er lächelt kalt zurück.

»Willst du mir etwa drohen?«

»Aber nein!« Der Baron hebt beschwichtigend die Hände. »Du weißt, was du mir bedeutest. Ich will dir nur helfen. Früher oder später wird dich die Polizei mit dieser Frage konfrontieren. Dann solltest du eine gute Antwort parat haben.«

Wegen meines Misstrauens gegenüber dem Comisionado spielte ich nicht mit offenen Karten und verschwieg ihm das Gespräch mit Herbert Schneider. So besitze ich für das Verhör des Witwers der Tierpflegerin einen Wissensvorsprung, den ich zu meinem Vorteil zu nutzen gedenke.

Bei unserem Eintreten erhebt sich Herr Janssen, um uns zu begrüßen. Der Comisionado klärt auf Spanisch die Formalitäten, wobei er besonders betont, dass der Befragte freiwillig auf anwaltlichen Beistand verzichtet. Dem Witwer ist seine Nervosität anzusehen. Mein spanischer Kollege startet die Befragung.

»Wurde Ihre Frau bedroht?«

»Nein.«

»Erzählte sie, dass ihr Chef bedroht wurde.«

»Nein.«

»Hat sie sich in letzter Zeit verändert?«

»Nein.«

So wird das nichts! Ich greife dem Comisionado an den Ellenbogen und flüstere ihm ins Ohr:

»Der blockt total, so bekommen wir nichts aus ihm raus. Lassen Sie mich bitte Deutsch mit ihm reden, um seine Nervosität abzubauen. Anschließend können Sie die interessanten Fragen stellen.«

Er überlegt kurz, erteilt mir dann mit einem knappen Nicken seine Zustimmung. Obwohl ich fließend Spanisch spreche, stelle ich meine Fragen bewusst auf Deutsch.

»Sie heißen Justus Janssen. Sind Sie der berühmte Torwart von Hannover 96?«

Kurz schaut er mich verblüfft an, dann geht ein Strahlen durch sein Gesicht.

»Stimmt, der bin ich.«

»Wow! Standen Sie nicht sogar zweimal für die Nationalmannschaft zwischen den Pfosten?«

»Auch das stimmt.« Er strahlt. »Danach beendete eine schwere Verletzung leider vorzeitig meine Karriere.«

Sein Gesicht verdüstert sich wieder.

»Das war sehr bedauerlich. Sie hatten das Zeug, ein ganz großer Torwart zu werden. Zogen Sie nach dem Karriereende direkt hierher?«

»Ja. Ich brauchte Abstand. Außerdem scheint hier häufiger die Sonne.«

»Haben Sie Ihre Frau hier auf Mallorca kennengelernt?«

»Nein, Julia lernte ich während eines Besuchs in meiner alten Heimat Hannover kennen.«

»Wir möchten uns gerne ein Bild von Ihrer Frau machen. Es würde uns helfen, wenn Sie uns von damals erzählen.«

Er überlegt. Das nehme ich ihm nicht übel. Wer will schon gerne zwei wildfremden Männern, noch dazu Polizisten, seine Liebesgeschichte erzählen? Ich werfe dem neben mir sitzenden Comisionado einen verstohlenen Blick zu, hege ich doch den Verdacht, dass er ziemlich passabel Deutsch spricht. Dieser scheint jedoch nicht zu zuhören, sondern mit seinen Gedanken weit weg zu sein, vermutlich eine Nachwehe unseres vorherigen Gesprächs.

»Meinetwegen, wenn es Ihnen hilft, Julias Mörder zu finden, erzähle ich Ihnen, wie wir uns kennenlernten. Ich war mit einem alten Kumpel im Auszeit, einer angesagten Bar in der Nähe des Raschplatzes. Julia kellnerte und bediente uns. Ich fand sie auf den ersten Blick scharf, hab aber gleich gemerkt, dass sie nicht so ist, wie die übrigen Mädchen dort.«

»Wie meinen Sie das?«

»Julia machte einen scheuen Eindruck. Sie wirkte so, als ob sie gar nicht dort sein wollte.«

»Und? Stimmte das?«

»Ja.« Er lächelt stolz. »Das war ein Volltreffer. Ihr Ex-Mann hatte sie dazu überredet, Schulden zu machen. Während er das Geld verprasste, schuftete sie sich krumm. Irgendwann kapierte sie schließlich, was da lief und ließ sich scheiden. Auf den aus Liebe zu ihm gemachten Schulden ließ er sie sitzen. So blieb ihr nichts anderes übrig, als Jobs wie das Kellnern anzunehmen. Dabei arbeitete sie als gelernte Tierpflegerin viel lieber mit Tieren als mit Menschen. Nur war das zu schlecht bezahlt.

Jedenfalls merkte ich an jenem Abend im Auszeit, dass sie immer die Ohren spitzte, wenn ich von meinem Leben auf Mallorca erzählte. Einer spontanen Eingebung folgend, lud ich sie ein, mit mir nach Mallorca zu kommen. Mit offenem Mund blieb sie vor mir stehen. Sie meinte später einmal, es habe sich angefühlt, als sei sie völlig unerwartet dem Weihnachtsmann begegnet, an den sie ohnehin nicht glaube und dann auch noch im Hochsommer. Als sie sich wieder ein bisschen gefasst hatte, fragte sie, ob ich das ernst meine. Ich wies durch die Scheibe auf meine draußen parkende S-Klasse von Mercedes und meinte, wir könnten sofort aufbrechen.«

Er hatte sich ihr als weißer Ritter mit seinem edlen Ross präsentiert. Welche in Not geratene junge Frau träumt nicht zumindest hin und wieder davon, von diesem gerettet und in eine bessere Welt entführt zu werden? War sein Rittertum eine spontane Entscheidung als Reaktion auf ihre erspürte Not gewesen? Oder eine Masche, die er so lange bei jungen Frauen durchzog, bis endlich eine auf ihn hereinfiel?

Mit einem sentimentalen Ausdruck im Gesicht lächelt er vor sich hin.

»Und? Sind Sie noch in der Nacht aufgebrochen?«

»Nein.« Er schüttelt den Kopf. »Julia hatte ihre Lektionen gelernt und war vorsichtig geworden. Die stürzte sich nicht mehr Hals über Kopf in etwas. Erst als ich ihr den Job als Tierpflegerin bei Robert besorgt hatte und …«

»Moment! Sie haben ihr die Arbeit beim GinKönig vermittelt?«

Der alte Mann lächelt stolz.

»Ja.«

»Wie das?«

Er schluckt. Sein Blick pendelt zwischen dem Comisionado, der mittlerweile voll konzentriert dem Gespräch folgt, und mir hin und her.

»Robert und ich kannten uns. Wir lebten beide schon lange auf Mallorca.«

»Das allein reicht wohl kaum.«

»Er schuldete mir noch einen Gefallen.«

»Welche Art von Gefallen und wofür?«

»Wir beide gründeten gemeinsam den GinKönig. Ich stieg aus, ehe er zum Erfolg wurde.«

»Okay«, ich sehe, wie Amengual sich Notizen macht. »Was haben Sie ihr sonst noch versprochen?«

»Ich weiß nicht, was Sie meinen.«

Der Spanier sieht ihn spöttisch an.

»Ihre Frau war nicht nur dreißig Jahre jünger als Sie, sondern hatte auch ihre Lektionen gelernt. Es fällt mir schwer zu glauben, dass sie Sie nur aus Liebe und wegen eines Zwölfstundentags als Tierpflegerin Sie heiratete und mit Ihnen nach Mallorca zog.«

Herr Janssen schluckt erneut, schweigt aber.

»Wir bekommen es ohnehin heraus. Zunächst werden wir mit allen sprechen, die jemals Ihre Frau kannten. Dann werden wir dem Untersuchungsrichter …«

»Also gut! Ich versprach Julia, mich um ihre Schulden zu kümmern.«

»Und?«

»Sonst nichts! Das reicht ja wohl!«

»Ich meinte, ob Sie es auch taten! Kümmerten Sie sich um ihre Schulden?«

»Ja, natürlich.«

»Das heißt, Ihre Frau war schuldenfrei?«

»So genau weiß ich das nicht.«

Er wirft dem Comisionado einen nervösen Blick zu. Dieser kramt in einer vor ihm liegenden Mappe. Schließlich zieht er einige Papiere hervor und wirft diese in Richtung des Witwers. In akzeptablem Deutsch meint er:

»Ihre Frau hatte zum Zeitpunkt ihres Todes noch exakt gleich viele Schulden, wie vor zwei Jahren, nämlich sechzigtausend Euro. Sie waren persönlich zugegen, als meine Leute diese Unterlagen bei der Durchsuchung Ihres Appartements sicherstellten.«

Betreten sieht der Witwer vor sich auf den Tisch.

»Ich hätte Julias Schulden liebend gerne bezahlt«, stößt er weinerlich hervor. »Nur war ich längst selber pleite. Meine kümmerliche Rente reicht gerade für das winzige Appartement, und ein bisschen zu essen.«

»Sie gaukelten einer jungen Frau mit Ihrem Auto und dem Versprechen ihre Schulden zu bezahlen vor, vermögend zu sein! Sie lockten Julia unter Vorspiegelung falscher Tatsachen nach Mallorca und in die Ehe! Ich frage mich, wie Ihre Frau sich gefühlt haben muss?«

Amengual starrt herausfordernd auf den alten Mann, der jedoch den Blick nicht hebt. »Wahrscheinlich kam sich Ihre Frau total verarscht vor. Kein Wunder, dass sie zu Herrn Breitner ins Bett stieg. Der war wirklich reich. Vielleicht erhoffte sie sich von ihm ja die Lösung ihrer Probleme und stand kurz davor, sich von Ihnen zu trennen?«

Gleich einem Häufchen Elend sitzt er da. Tränen kullern seine blau geäderten Wangen hinab. Weinerlich legt er los:

»Ich kann doch nichts dafür! Mein ganzes schönes Geld hat sich in nichts aufgelöst. Viele versprachen mir innerhalb kürzester Zeit mein Vermögen zu verdoppeln. Stattdessen …«

»Es reicht!«

Ich springe auf. Mit geballten Fäusten starre ich voller Zorn auf ihn herab. Erschrocken zuckt er zurück. Am liebsten würde ich ihn am Kragen packen, um ihn als Strafe für sein erbärmliches Selbstmitleid kräftig durchzuschütteln.

»Lassen Sie es gut sein!«

Amengual zieht mich mit sanfter Gewalt zurück auf meinen Stuhl. Herr Janssen beobachtet dies voller Misstrauen.

»Ich übernehme jetzt die Befragung. Wo waren Sie, als Ihre Frau ermordet wurde?«

Der Witwer wischt sich mit der blanken Hand die Tränen fort.

»Gemeinsam mit einem Freund im Abaco essen. Er

wird es Ihnen bestätigen und auch der Kellner wird sich an mich erinnern.«

»Wir werden Ihre Angaben überprüfen. Sie wussten also vom Verhältnis Ihrer Frau zu Herrn Breitner?«

»Verhältnis!« Er schnaubt verächtlich durch die Nase. »Solange du oben stehst, machen die Miezen willig die Beine breit. Robert stand bis zu seinem Tod oben und Julia war eine Mieze. Mehr war da nicht.«

»Wollen Sie allen Ernstes behaupten, es machte Ihnen nichts aus, dass Ihre Frau mit einem anderen ins Bett stieg?«

Der Witwer senkt den Kopf und schließt die Augen. Offensichtlich lässt ihn das Thema nicht kalt.

»Ich nahm mir meine Freiheiten, also musste ich Julia auch die ihren lassen«, sagt er leise.

»Diesen Satz höre ich im Zuge unserer Ermittlungen häufig von euch Deutschen. Warum fällt es mir schwer, euch zu glauben? Das heißt, natürlich will jeder von euch sich seine eigenen Freiheiten nehmen, besonders die Männer. Dass ihr euren Frauen ebenfalls Freiheit in amourösen Dingen zugesteht, nehme ich euch aber einfach nicht ab!«

Bei Amenguals Worten treten die Kiefermuskeln des Witwers zunehmend deutlicher hervor. Ich frage mich, wo er in seinem Alter überhaupt noch eine Chance haben soll, sich seine Freiheiten zu nehmen.

»Ist mir doch scheißegal, ob Sie mir das abnehmen oder nicht!«, poltert er.

»Sollte es Ihnen aber nicht sein!«, mische ich mich ein. »Sie hatten mit Herrn Breitner eine alte Rechnung offen!«

»Hatte ich nicht!«

»Doch hatten Sie! Als Herr Breitner mit Ihnen den Gin-

König eröffnete, war Ihr Stern zwar längst im Sinken begriffen, aber zumindest in der deutschen Gemeinde noch über dem Horizont sichtbar. Sie kratzten ihr letztes Geld zusammen, setzten alles auf eine Karte. Dann schien das Projekt zu scheitern und Sie stiegen aus. Herr Breitner zahlte Ihnen nur einen Teil Ihres Einsatzes aus. Direkt nach Ihrem Ausscheiden begann der steile Aufstieg des GinKönigs zu einem der populärsten Clubs der Insel. Da kann man schon sauer auf einen Geschäftspartner sein, von dem man sich übervorteilt fühlt. Außerdem war Ihrer Reaktion soeben deutlich zu entnehmen, dass Sie wegen Ihrer Frau eifersüchtig waren. Und Eifersucht ist ein erstklassiges Mordmotiv.«

»Ich war zur Tatzeit im Abaco!«

»So? Woher kennen Sie die Tatzeit?«

»Die kenne ich natürlich nicht. Ich vermute einfach, dass die Morde zwischen neun und zehn Uhr abends passiert sind.«

Amengual und ich werfen uns einen überraschten Blick zu. Tatsächlich entspricht dies ziemlich exakt dem von der Gerichtsmedizin berechneten Zeitrahmen.

»Ich finde, Sie machen sich soeben extrem verdächtig.«

»Quatsch! Jeder hier auf der Insel weiß, dass außer den drei Toten kein Angestellter mehr in der Finca und Roberts Schwiegermutter zum Tatzeitpunkt bereits im Bett war. Also können die Morde kaum vor neun passiert sein. Julia war nie länger als bis zehn bei Breitner. Also geschahen die Morde in diesem Zeitraum!«

»Um wie viel Uhr betraten Sie das Restaurant Abaco?«

»Um neun.«

»Wie sind Sie dorthin gekommen?«

»Zu Fuß, das ist von meinem Appartement aus ein angenehmer Abendspaziergang.«

Der Comisionado mustert den Witwer lange. Schweißperlen bilden sich auf dessen Stirn.

»Das werden wir anhand zahlreicher Überwachungskameras auf Ihrem Weg überprüfen. Bis wir das geklärt haben, warten Sie in einer unserer Zellen.«

Herr Janssen wird mit hängenden Schultern abgeführt. Wir bleiben sitzen.

»Sie und Ihre Leute haben hervorragende Vorarbeit geleistet«, lobe ich ihn.

Er sieht mich spöttisch an.

»Glauben Sie, ihr Deutschen seid die einzigen, die gut arbeiten können?«

»So war das nicht gemeint! Nicht richtig bei den Ermittlungen dabei zu sein und nur das eine oder andere zu erfahren, ist neu und unangenehm.«

»Haben Sie deshalb eigene Ermittlungen angestellt?«

»Nein. Wie kommen Sie darauf?«

Wir sehen einander an. Wie würde er reagieren, sollte er von meinem Gespräch mit Herrn Schneider erfahren?

»Woher wussten Sie von der geschäftlichen Verbindung zwischen dem Witwer und dem GinKönig?«

»Ach das! Darüber habe ich im Internet gelesen.«

»So? Meine Leute recherchierten ebenfalls im Internet. Die haben dort nichts darüber gefunden.«

»Na und?« Ich zucke mit den Achseln. »Haben die auch auf Deutsch recherchiert? Vielleicht haben sie auch einfach nur andere Stichworte benutzt. Außerdem nutze ich nicht nur Google, sondern ein paar richtig abgefahrene Suchmaschinen.«

»Dann können Sie uns Ihre Fundstellen doch sicher zeigen.«

»Sicherlich.«

Zur Not erstelle ich selber in einem der zahllosen Verschwörungsblogs einen rückdatierten Eintrag. Es klopft. Der Beamte, der den Witwer abführte, steckt seinen Kopf herein. Kurz darauf nimmt Herr Janssen erneut uns gegenüber Platz.

»Sie wollen uns noch etwas Wichtiges sagen?«

»Ja, Sie fragten mich, ob sich meine Frau in letzter Zeit verändert hat. Ich wollte es nicht wahrhaben, aber das hat sie tatsächlich. Vor ein paar Wochen stand auf einmal ihr Ex-Mann vor unserer Tür. Ich schaute fern, als sie an der Tür loskreischte. Augenblicklich stand ich auf und sah nach, was los ist. Vor unserer Tür stand ein junger Schnösel und grinste mich fies an. Julia kreischte, er solle sie in Ruhe lassen, sie wolle ihn nie wieder sehen. Er erwiderte ganz frech: »Aber Baby, ich liebe dich doch immer noch!« Ich zog sie weg von der Tür und schloss diese. Sie klammerte sich an mich und weinte schrecklich. Ich sah den Typen nie wieder und glaubte, die Sache sei erledigt. Aber …«

Der Rest des Satzes versickert. Janssen steht kurz davor, erneut loszuheulen, und in Selbstmitleid zu verfallen.

»Aber dem war nicht so?«

»Ich bin mir nicht sicher.« Er zuckt mit den Achseln. »Als ich Julia kennenlernte, legte sie keinen besonderen Wert auf ihr Äußeres. Aber kurz nachdem ihr Ex auftauchte, kaufte sie sich neue Kleider und Schminke. Außerdem blieb sie mehrmals über Nacht weg.«

Den schnuckeligen Wagen stelle ich dir gerne für deine Ausflüge zur Verfügung.«

Stolz zeigt der Baron auf ein schneeweißes Golf-Cabrio, ein hässliches, eckiges Exemplar der ersten Baureihe. Der Baron selbst fährt einen edlen Jaguar aus den Sechzigern. Marianne hat ihm eine geschmacklose Belanglosigkeit wie dieses Cabrio nicht zugetraut, das nicht umsonst den Spitznamen Erdbeerkörbchen trägt.

»Wo hast du den Wagen her?«

»Er gehörte einst Sonja Kirchheimer.«

In diesem Augenblick erinnert er Marianne an einen Hund, der von Frauchen sein verdientes Leckerli erwartet.

»Kennst du sie etwa nicht? Sie ist eine deutsche Schauspielerin. Ende der Achtzigern erregte sie …«

»Ich kenne Sonja Kirchheimer. Hast du den Wagen nur gekauft, weil er einmal ihr gehörte?«

Er nickt.

»Lebt sie nicht auf Mallorca?«

»Doch, zumindest zeitweise.«

»Hast du dich mal mit ihr getroffen?«

»Nein.«

»Warum nicht?«

»Weil …«

Er bricht ab. Marianne wartet auf seine Antwort, die ausbleibt.

»Du bist doch wer! Eine wohlformulierte Einladung zu einem entsprechenden Event hätte sie nicht ausgeschlagen.«

»Es liegt nicht am Mangel an Gelegenheiten. Ich hätte Sie mehrmals ansprechen können.«

»Woran liegt es dann?«

Der Baron mustert sie mit seinen hellgrauen Augen. Schließlich entscheidet er sich, offen zu sein.

»Ein persönliches Treffen hätte mich mit Sicherheit enttäuscht.«

Etwas in der Art dachte Marianne sich schon.

»Manchmal setzte ich mich auf den Beifahrersitz ihres Wagens und schließe die Augen. In meinen Träumen unternehmen wir einen Ausflug. Sie sitzt am Steuer, lacht dabei das wunderbarste Lachen, das eine Frau nur lachen kann. Ich hänge an ihren roten Lippen und freue mich auf das Ende der Fahrt, auf die uns dort erwartenden sinnlichen Erlebnisse. Meine Träume sind manchmal so intensiv, dass ich nicht nur ihr Lachen höre, sondern sogar den verführerischen Duft ihres Parfüms wahrnehme.«

Ein entrückter Ausdruck liegt auf seinem Gesicht.

»Ein Traum, schöner als die Realität je sein könnte?«

Der Baron nickt.

»Willst du nicht einsteigen und mal Probe fahren?«

In seinem Blick liegt etwas Lüsternes. Marianne begreift, steigt sie in den Golf ein, überträgt er einen Teil seiner auf Frau Kirchberger gerichteten Projektionen auf sie, besonders deren erotische Komponente. Sie würde dann für ihn noch mehr zum Lustobjekt, als sie es ohnehin schon ist. Leichter Ekel erfasst sie.

»Hast du keine Angst, dass ich dich ebenfalls enttäusche?«

»Das glaube ich nicht.«

»Und falls doch?«

»Dann könnte ich mit dieser Enttäuschung umgehen.«

Sie lacht etwas bemüht.

»Du könntest damit umgehen, von mir enttäuscht zu werden?«

»Ja.«

»Mit der Enttäuschung durch Frau Kirchheimer hingegen nicht?«

»Doch, natürlich auch, aber dann würde ich den Spaß an ihrem Cabrio verlieren. Willst du es nun haben?«

Der Pragmatismus in seiner schrägen Weltsicht überrascht sie.

»Danke, aber ich nehme mir lieber ein Taxi.«

Der Baron macht sich nicht die Mühe, seine Enttäuschung zu verbergen. Marianne lässt ihn stehen und wendet sich dem Haus zu.

»Ich gebe dir den Wagen gerne!«, ruft er hinter ihr her.

Sie eilt durch die riesige Villa in Richtung ihres Zimmers. Das Haus ist ihr unheimlich. Es gleicht einem gigantischen Schuhkarton mit bodentiefen Fenstern. Der blendend weiß gestrichene Kubus erinnert Marianne an eine Fabrik. Edmund bezeichnet ihn als vom Bauhaus inspiriert. Überall an den Wänden hängen Kunstwerke unterschiedlicher Stilrichtungen. Eine Ordnung ist für sie nicht erkennbar, es wirkt wie ein chaotisches Durcheinander. Sie kann keinen Raum auf direktem Weg durchqueren, sondern muss jedes Mal Skulpturen unterschiedlichster Größe umkurven. Von klassischen Marmorstatuen bis hin zu verrosteten Stahlplatten decken sie das Spektrum bildhauerischen Schaffens weitgehend ab. Nun gut, vielleicht fehlt ein Fettfleck in einem Eck.

Über dem Bett ihres Zimmers hängt ein Triptychon. Am ersten Abend hat sie es für das Werk »Großstadt« des Malers Otto Dix gehalten. Nicht etwa, dass Marianne sich mit Kunst auskennt. Aber das Triptychon faszinierte sie bei einem Jahre zurückliegenden Besuch des Kunstmuseums in Stuttgart nachhaltig. Am Abend ihrer Ankunft hat sie geglaubt, Edmund sei es gelungen, dem Museum die weltbekannten Gemälde abzukaufen. Dementsprechend schwer war sie von ihm beeindruckt gewesen. Bis sie mit dem Smartphone im Internet eine Abbildung des Werkes aufrief und feststellte, dass die Bilder zwar dem Werk von Dix ähneln, mehr aber auch nicht. Es handelt sich nicht um Kopien, sondern um im gleichen Stil gemalte Bilder. Sie suchte vergeblich die Signatur des Meisters. So gelangte sie zum Schluss, ein halbwegs talentierter Maler schuf das Werk.

Ihr ermordeter Mann Robert hat über Edmunds Macke des Sammelns gefälschter Kunst gelästert. Damals hat sie es als überzogen empfunden, jetzt versteht sie ihn. Wie kann man ein Auto kaufen, nur weil es mal einer Schauspielerin gehörte? Der Baron ist nicht ganz richtig im Kopf.

Damals, als Edmund ihr kurz vor ihrer Hochzeit mit Robert einen Antrag machte, war sie aus allen Wolken gefallen. Er hat zuvor nie mit ihr geflirtet, sich kaum je mit ihr unterhalten. Intuitiv hat sie gespürt, dass sein Interesse nicht wirklich ihrer Person gilt. Allein durch Roberts Wunsch, sie zu heiraten, wurde sie für den Baron interessant. Gleiches gilt vermutlich für die Doggen.

»Willst du abreisen?«

Edmund steht in der Tür und sieht ihr beim Packen zu. Vor Schreck setzt ihr Herz für einen Schlag aus. Sie versucht, sich nichts anmerken zu lassen. Ohne ihre Tätigkeit zu unterbrechen, antwortet sie:

»Mein Mann ist noch nicht unter der Erde und du stilisierst mich zur einzigen Frau, die dich nicht enttäuschen kann. Das geht mir alles zu schnell.«

Er antwortet nicht, sondern bleibt in der Tür stehen und sieht ihr weiter beim Packen zu. Wird er sie gehen lassen? Sie darf sich jetzt nicht als schwaches Weibchen zeigen! Besser, sie drängt ihn in die Defensive!

»Was zum Teufel lief eigentlich zwischen Robert und dir?«

Er zuckt zusammen.

»Ich weiß nicht, was du meinst. Was soll zwischen uns gelaufen sein?«

»Zog Robert eigentlich deinetwegen nach Mallorca?«

»So wichtig war ich für ihn nun auch wieder nicht.«

»Aber ihr kanntet euch vorher schon?«

Der Baron nickt.

»Ihr beide nahmt niemanden richtig ernst, nur den jeweils anderen. Zwischen euch beiden lief ein Wettbewerb, den ich nie begriffen habe.«

»Dich nahmen wir beide auch ernst.«

»Jetzt fange nicht wieder von mir an! Beantworte lieber meine Frage!«

»Zwischen uns lief nichts. Robert war immer ein von der Verehrung seiner Untertanen abhängiger König. Ich bin hingegen der Snob. Mir reicht es, hin und wieder mit anderen Snobs zu verkehren. Gewöhnliche Menschen sind mir egal.«

Marianne schließt kurz die Augen. Der König und der Baron! Wie sehr sie dieses Gespann mittlerweile hasst! Dann beantwortet er ihre Frage halt nicht! Unwillkürlich zuckt sie mit den Schultern.

Eine Bemerkung Roberts über echte Perlen zwischen dem Ramsch des Barons taucht aus den Tiefen ihres Unbewussten auf. Die Worte fielen an einem heißen Tag gegen Ende des letzten Sommers, noch bevor Robert sich intensiver mit der kleinen Tierpflegerin beschäftigte. Damals funktionierte ihre Ehe noch, waren vertrauliche Gespräche noch möglich. Also musste es über ein Jahr her sein. Robert hat dabei die gleiche freudige Erregung versprüht, wie sonst kurz vor einem guten Geschäftsabschluss. Was hat er damit gemeint?

Darüber kann sie später nachdenken! Jetzt muss sie erst einmal fort von hier. Sie setzt einen entschlossenen Gesichtsausdruck auf, nimmt den Koffer und läuft auf die Tür zu. Der Baron macht keine Anstalten, zur Seite zu gehen.

Nach dem Abgang des deutschen Kollegen durchdenkt Comisionado Amengual in Ruhe die Ergebnisse der Befragung von Señor Janssen. Raul wird dessen Alibi überprüfen. Amenguals Instinkt sagt ihm, dass es bestätigt werden wird. Aber was besagt das schon? Auch falls Señor Janssen nicht vorab daran gedacht hat, sich ein Alibi zu besorgen, hat er Zeit gehabt, dies nachzuholen. Zeugenaussagen kann man kaufen. Aufnahmen der Überwachungskameras sind da schon etwas anderes. Falls Kameras ihn wirklich um neun Uhr in der Innenstadt Palmas erfassten, kommt er kaum als Mörder Señor Breitners in Betracht.

Am Ende der Befragung präsentierte Janssen ihnen einen neuen Verdächtigen, Lukas Leyen, den Ex-Mann seiner Frau. Eine Schnellabfrage ergab, dass Leyen in den letzten Wochen nicht über den Flughafen einreiste und er auch auf der Insel nirgends gemeldet ist. Aber das heißt nichts.

Sein privates Mobiltelefon läutet. Das Display zeigt einen

Namen an, bei dessen Anblick der Comisionado die Stirn runzelt. Trotz seines Unwillens bleibt ihm nichts anderes übrig, als den Anruf entgegenzunehmen.

»Herr Bürgermeister Marin, was verschafft mir die Ehre Ihres Anrufs?«

»Liebster Comisionado, mich interessieren die Fortschritte Ihrer Arbeit.«

Wie überall in der zivilisierten Welt darf der Comisionado nicht mit Außenstehenden über den Stand der Ermittlungen reden. Er will es auch nicht. Leider sieht der Polizeipräsident die Sache anders. Auf dessen Druck hin sprach er bereits einmal mit dem Bürgermeister über seine Ermittlungen. Sich jetzt plötzlich korrekt zu verhalten wird nicht funktionieren.

»Wir werden in den nächsten Tagen verkünden, dass es auf Mallorca keine Mafia gibt.«

»Sehr schön, aber warum erst in einigen Tagen?«

»Weil es sonst nicht glaubwürdig ist. Wir müssen zumindest den Eindruck erwecken, gründlich ermittelt zu haben.«

Der Bürgermeister seufzt.

»Dann bleibt uns wohl nichts anderes übrig, als diese geschäftsschädigenden Schlagzeilen noch etwas auszuhalten. Gegen wen ermitteln Sie?«

»Wir suchen den Mörder unter den Deutschen.«

»Sehr schön, das ist zumindest eine erfreuliche Nachricht. Was treibt der deutsche Polizist?«

»Er zeigt sich kooperativ.«

»Sie haben ihn also unter Kontrolle?«

Amengual zögert. Wegen seines dummen Fehlers ist leider nicht so ganz klar, wer nun wen unter Kontrolle hat.

»Ja.«

»Sicher?«

»Ja!«

»Seltsam, bei unserem letzten Gespräch äußerten Sie sich verärgert darüber, dass die Deutschen uns einen Beamten schickten, der als nahezu unkontrollierbar gilt. Sind Ihre deutschen Quellen unzuverlässig?«

»Nein. Ich ließ ihm die Information zukommen, höhere Instanzen hätten ihn auf unsere Insel geschickt, um ihn endgültig loszuwerden. Die warteten nur darauf, dass er hier einen seiner üblichen Böcke schieße.«

»Das hat er geschluckt?«

»Ja.«

»Stimmt es?«

»Auf jeden Fall wirkt es. Er wird sich zurückhalten.«

»Durch wen ließen Sie ihm diese Information zukommen?«

»Das ist mein Geheimnis. Einen schönen Tag wünsche ich Ihnen noch.«

»Nicht so schnell, lieber Amengual. Eine Sache gibt es da noch.«

»Welche?«

»Der Tourismusverband nimmt erhebliche Mühen und Kosten auf sich, diesen Deutschen in einem unserer besten Häuser einzuquartieren.«

Comisionado Amengual wartet, aber der Bürgermeister schweigt.

»Und?«

»Wie gefällt es ihm dort?«

»Gut.«

»Sind Sie sicher?«

»Warum sollte es ihm dort nicht gefallen?«

»Weil er dort von aufdringlichen Senhoritas belästigt wird.«

Amengual presst die Lippen aufeinander.

»Wobei die Senhoritas beide so attraktiv sind, dass sie für einen normalen Mann nicht als Belästigung gelten dürften. Wir hatten uns vorher selbst überlegt, den Kommissar mit Damenbesuch zu beglücken. Da er nicht verheiratet ist, entschieden wir uns aber dagegen.«

»Was wollen Sie von mir?«

»Ich frage mich, wer die beiden auf unseren Gast ansetzte. Seiner ersten Besucherin wird ein enges Verhältnis zu Ihnen nachgesagt. Auch die Zweite scheint in einer engen Beziehung zu Ihnen zu stehen.«

Amengual sinkt das Herz in die Hose. Woher zum Teufel weiß der Bürgermeister, wer die zweite Besucherin ist?

»Wir verfügen über äußerst scharfe Aufnahmen der jungen Dame«, fährt Marin fort. »Einmal schaut sie genau in die Kamera und man erkennt sie sofort.«

»Sie haben Aufnahmen von ihr?«

Als Bianca aus dem gläsernen Aufzug tritt, geht über dem Remstal die Sonne unter. Sie bleibt stehen und genießt den Blick zwischen stylishen Menschen hindurch, über viel Holz und Glas hinweg nach draußen. Sie war noch nie zuvor in einer Skybar, heute würde jedoch nicht ihr letzter Besuch in einer solchen sein. Was würde auf Schorndorf folgen? New York? London? Oder Shanghai?

»Haben Sie reserviert?«

»Ich bin hier mit Herrn Lanz verabredet.«

»Der sitzt oben und wartet auf Sie. Ich bringe Sie hoch.«

Bianca folgt dem Kellner die Treppe hinauf. Fast bedauert sie es ein wenig, nicht für ein Rendezvous, sondern dienstlich hier zu sein. Natürlich liebt sie ihren Mann Paul, aber bei ihrem Abschied vor einer halben Stunde herrschte extrem dicke Luft. Dabei war er es, der eine richtige Familie mit drei Kindern haben wollte! War es da zu viel verlangt, dass auch er sich einmal um seine Kinder kümmert? Sie hat ihm schon vor der Geburt ihrer ersten Tochter klar gemacht, dass sie nicht auf ihre Arbeit verzichten wird.

In einem offenen Kamin brennt ein echtes Feuer. Das Licht ist gedämpft, Kerzen brennen in Gläsern und hinter riesigen Scheiben wird ein glutrotes Spektakel geboten, mit dem sich die Sonne für diesen Tag verabschiedet. Der Kellner bleibt vor einem Ledersofa stehen. Ein Mann mit Seitenscheitel im blonden Haar und einem Glas Whiskey in der Hand sieht zu ihr auf. Er zaubert ein gewinnendes Lächeln in sein Gesicht. Zur Begrüßung erhebt er sich. Das hellblaue Hemd und die schlammfarbenen Chinos harmonieren mit seinen blauen Augen. Unter seiner Kleidung zeichnet sich seine deutlich ausgeprägte Muskulatur ab.

»Hallo, so attraktiv habe ich mir eine Kommissarin nicht vorgestellt.«

Bianca lächelt. Wie es wohl wäre, sich mit ihm als Frau und nicht als Polizistin zu treffen?

»Hübsch hier«, entgegnet sie.

»Freut mich, dass Ihnen meine Wahl zusagt.«

Der Kellner stellt einen Kelch mit einem prickelnden Getränk vor Bianca ab. Irritiert dreht sie sich zu ihm um. Ehe sie protestieren kann, mischt sich Herr Lanz ein.

»Ich habe mir erlaubt, Ihnen ein Glas Champagner zu

bestellen. Bitte tun Sie mir den Gefallen und trinken Sie ihn. Schließlich ist es schon spät und die Bürozeiten sind längst vorbei. Da müssen Sie doch nicht gar so streng mit sich selbst sein.«

Er lächelt sie hinreißend an. Sie weiß, sie sollte es nicht tun. Andererseits hat sie die Nase voll davon, immer nur zu funktionieren.

»Also gut, aber nur das eine.«

Sie prosten einander zu. Der Champagner prickelt am Gaumen und schmeckt ausgesprochen lecker. Warum hat sie sich bisher mit Sekt begnügt?

»Schießen Sie los!«

Herr Lanz lächelt. Leider ist sie nicht zu ihrem Vergnügen hier.

»Welcher Art ist Ihre Beziehung zu Frau Marianne Breitner?«

»Sie ist meine Freundin.«

»Was verstehen Sie unter Freundin?«

»Marianne ist meine Partnerin.«

»Aber sie ist ..., äh war, doch mit Herrn Robert Breitner verheiratet.«

»Zwischen den beiden lief schon lange nichts mehr. Marianne liebt nur noch mich.«

»Wollte sie sich scheiden lassen?«

»Selbstverständlich.«

»Warum?«

»Weil wir Seelenverwandte sind. Wie gesagt, liebt Marianne nur noch mich!«

Seine Worte klingen trotzig, viel zu trotzig für einen erwachsenen Mann.

»Wie lange schon?«

»Sie mich schon liebt?«

»Ja.«

»Seit über einem Jahr. Letztes Jahr kamen wir am vierten Mai zusammen.«

»Dann sind Sie seit sechzehn Monaten ein Paar. Wenn Frau Breitner Sie so sehr liebt, warum hat sie dann nicht schon längst die Scheidung eingereicht?«

Statt zu antworten, trinkt er einen großen Schluck seines Cocktails.

»Sind Sie verheiratet?«

»Um mich geht's hier nicht!«

»Das weiß ich! Ich wollte nur wissen, ob Sie sich in eine verheiratete Frau einfühlen können.«

»Kann ich!«

»Okay. Dann wissen Sie vielleicht, dass Frauen auch längst nachdem die Liebe verloren ging, eine Scheidung nicht leicht fällt. Marianne braucht halt noch ein bisschen Zeit.«

Bianca verzichtet darauf den Schorndorfer Casanova zu fragen, woher er sein diesbezügliches Wissen nimmt.

»Wann erfuhr Frau Breitner von den Morden?«

»Sie versuchte am Sonntag mehrmals vergeblich ihre Mutter zu erreichen. Als sie auch ihren Mann nicht erreichen konnte, rief sie abends schließlich eine Nachbarin an, von der Marianne die schreckliche Sache erfuhr.«

»Wie reagierte sie auf die Nachricht?«

»Total schockiert. Ihr fiel das Telefon aus der Hand. Sie wollte es nicht glauben, stand total neben sich. Ich bot an, sie zu begleiten, aber das wollte sie nicht. Leider konnte ich nicht mehr für sie tun, als ihren Flug auf Montag umzubuchen.«

»Warum erfuhr sie erst so spät von den Morden?«

»Normalerweise schaltete sie am Flughafen in Mallorca ihr Handy aus und erst vor dem Rückflug auf dem Stuttgarter Flughafen wieder ein. Die Zeit dazwischen sollte möglichst frei von Störungen unserer Liebe gewidmet sein.«

»Aber diesmal machte sie eine Ausnahme, indem sie es vorzeitig einschaltete, um ihre Mutter anzurufen?«

»Nein.« Er schüttelt den Kopf. »Marianne rief von meinem Handy aus ihre Mutter an.«

»Wohnte sie die Tage bei Ihnen?«

»Ja, letzte Woche holte ich Sie am Mittwochvormittag am Flughafen ab und brachte sie Montagabend wieder hin.«

»Und die ganze Zeit waren Sie mit ihr zusammen?«

»Nein.«

»Nicht?«

»Marianne ist eine selbstbewusste Frau, die ab und zu Zeit für sich braucht.«

»Wann hat sie sich denn diese genommen?«

»Freitags am späten Nachmittag, gesehen habe ich Sie erst wieder am Samstag so um die Mittagszeit.«

Bianca sieht ihn ungläubig an. Da entzieht er nach heißen Liebesbeteuerungen kalt lächelnd seiner Freundin mal eben so ihr Alibi für die Tatzeit. Er bemerkt ihre Irritation und erklärt:

»Marianne bekam immer am dritten Tag unserer gemeinsamen Zeit ihren Rappel. Die Umstellung, uns wochenlang gar nicht zu sehen und dann dem anderen nicht von der Seite zu weichen, gelang ihr nicht so gut. Da ich dies schon wusste, war ich für den Abend mit einem

Kumpel in München im Stadion. Ich kam erst sehr spät in der Nacht nach Hause. Sie schlief daher ausnahmsweise im Gästezimmer, um von mir nicht gestört zu werden. Gegen zwölf weckte sie mich und wir gingen gemeinsam frühstücken.«

In den Bergen Mallorcas warte ich in einem kleinen Lokal auf eine junge Dame. Zunächst begegnete der Comisionado meinem Wunsch, Charo zu treffen, mit offenem Misstrauen. Vermutlich befürchtete er amouröse Interessen hinter meinem Anliegen und spielte sich dementsprechend als ritterlicher Beschützer der Tochter seines Freundes auf. Mit einer Inbrunst, als gelte es, ihre Unschuld gegen einen teutonischen Barbaren zu verteidigen, wies er mich zurück. Aber ich gab nicht nach, sondern betonte hartnäckig die Notwendigkeit, mir als Polizist selbst ein Bild von der Tierschützerin machen zu müssen. Uns war beiden klar, dass ich in jenem Augenblick am längeren Hebel saß. Ich war klug genug, es nicht offen auszusprechen.

Jetzt blicke ich nervös dem Treffen mit der jugendlichen Schönheit entgegen. Ist mein Interesse an ihr wirklich rein beruflich? Ich bin gut darin, mir selbst etwas vorzumachen. Zur Beruhigung nippe ich an meinem Wein. Erst heute Morgen schwor ich einmal mehr, keinen Tropfen Alkohol mehr zu trinken, war ich doch gestern mal wieder ganz tief in eine Joe-Cocker-Phase geschlittert. In einem überwiegend von Engländern besuchten Club sang ich mit Inbrunst die Alkoholikerhymne »You are so beautiful« mit. Im Alkoholnebel glaubte ich tatsächlich, es könne für mich eine Frau voller endloser Fürsorge und Verständnis geben, deren einziges Streben darin bestehe, sich für mich hübsch zu machen. Natürlich war in meiner alkoholseligen Stimmung jenes wunderbare Wesen meine Ex-Frau Sonja, die sich doch eines Besseren besonnen hat. Jetzt, im nüchternen Zustand, weiß ich wieder, dass dies nie geschehen wird.

In diesem Augenblick wird der Stuhl mir gegenüber zurückgezogen. Beim Aufschauen sehe ich in die schärfsten Katzenaugen dieser Welt. Ich schlucke und will aufspringen, bleibe jedoch am Tisch hängen. Glas und Weinflasche fallen um, ihr Inhalt ergießt sich in Charos Richtung, die bereits Platz genommen hat. Da sie eine kurze Hose trägt, sogar eine extrem kurze, entstehen zumindest keine Flecken. Sie wischt sich den Wein von den Beinen, während mir die übrigen Gäste schadenfrohe bis gehässige Blicke zuwerfen. Nur einzelne Männer blicken neidisch oder gar verschwörerisch. Als die Spuren meines Missgeschicks halbwegs beseitigt sind, lümmelt die Spanierin mir gegenüber im Stuhl.

»Was wollen Sie von mir?«

»Ist das deine Art? Gleich mal die Krallen auszufahren und zu demonstrieren, dass mit dir nicht zu spaßen ist?«

Ihre Antwort besteht aus einem mürrischen Blick.

»Wie wäre es mit einer Entschuldigung? Du hast mir ziemlich wehgetan?«

Sie verdreht die Augen.

»Entschuldigung.« Sie tut, als wolle sie sich erheben. »Kann ich dann jetzt wieder gehen?«

»Natürlich nicht!«

»Was denn noch?«

»Ich will sichergehen, von dir und Comisionado Amengual nicht gründlich verarscht zu werden. Um ihm und dir eine Anzeige zu ersparen, solltest du meine Fragen ehrlich beantworten! Sind meine Zweifel am Ende unseres Gespräches nicht vollständig ausgeräumt, gehe ich umgehend zum Polizeipräsidenten und beschwere mich über den Freund deines Vaters!«

Erneut verdreht sie ihre grünen Katzenaugen gegen den Himmel. Ich werde richtig sauer.

»Ist dir eigentlich klar, was Amengual für dich riskiert? Wenn es dumm läuft, verliert er seinen Job und seine Pensionsansprüche!«

Endlich begreift sie, wie ernst die Sache ist und setzt sich aufrecht hin.

»Was wollen Sie wissen?«

»Von wem stammt die Idee in die Finca einzusteigen, um die Vögel zu befreien?«

»Von mir.«

»Wann hast du die Idee entwickelt?«

»Schon vor einigen Monaten. Wir gaukelten zwei Verkäufern von unter das Artenschutzgesetz fallenden Papageien Kaufinteresse vor. Beide wurden in flagranti ertappt und zu Geldstrafen verurteilt. Mehr passierte nicht. Da mussten wir etwas unternehmen.«

»Wer ist wir?«

Sie zögert.

»Die Polizei unternahm deiner Meinung nach zu wenig gegen Tierquäler. Du glaubst, die zeigten denen gegenüber zu viel Rücksicht. Bei dir werden sie nicht so rücksichtsvoll sein. Wenn ich dich anzeige, werden alle deine Kontakte über Telefon und soziale Netzwerke gründlich überprüft.

Meine Kollegen sehen dann nicht nur, mit wem du Kontakt hattest! Die können alles nachlesen, was ihr euch geschrieben habt, selbst wenn ihr alle Dateien auf euren Handys und Computern löscht. Meinst du wirklich, du kannst die anderen schützen?«

Sie sieht mich schockiert an. Langsam erkennt sie, wie naiv sie und ihre Freundinnen die Sache anpackten.

»Roslyn und Carmita waren dabei.«

»Wer hat was gemacht?«

Ich befrage sie gründlich. Offenbar deckte mein spanischer Kollege wirklich aus Gutmütigkeit die Fehler ihm persönlich bekannter junger Menschen und keine Mörderinnen. So richtig verstehe ich ihn nicht. Viel würde den drei jungen Frauen auch im Falle von Ermittlungen nicht passieren. Wir sind fast am Ende angelangt, als ihr Telefon klingelt. Sie sieht mich fragend an. Ich signalisiere durch Nicken mein Einverständnis.

Charo nimmt das Gespräch entgegen. Die Anspannung fällt von mir ab. Ich lehne mich zurück und besitze erstmals die Muße, mich auf der Terrasse des *Mesón Ca'n Torrat* wirklich umzusehen. Das Restaurant ist entzückend. Sofort schließe ich das alte, massive Steinhaus mit seinen grün gestrichenen Holzläden in mein Herz. Liebevolle Details wie braune Flaschen, die in gehäkelten Aufhängungen an der Natursteinwand als Pflanzgefäße hängen, verleihen ihm seinen persönlichen Charme.

Charos Gespräch wirkt sehr ernst. Sie starrt gebannt, nahezu ängstlich vor sich hin und scheint meine Anwesenheit vergessen zu haben. Der Anrufer verlangt offensichtlich Dinge von ihr und sie bestätigt mehrmals, sie werde sich genau wie gefordert verhalten. Das weckt meine

Neugierde. Ich spitze die Ohren. In diesem Augenblick sucht sie meinen Blick, hält mir ihr Telefon hin.

»Für dich!«

Lukas Leyen reiste von Hannover aus per Anhalter fast zweitausend Kilometer durch Deutschland und Frankreich bis Barcelona. Mit der Fähre setzte er nach Malle über.

Die Sonneninsel ist für ihn bisher eine einzige Enttäuschung. In Hannover hieß es, Julia habe einen Millionär geheiratet, einen prominenten Ex-Fußballer. Als er zum ersten Mal davon hörte, flammte tatsächlich Eifersucht in ihm auf. Aber kein Flittchen war es wert, sich für sie zum Affen zu machen. Seine größte Stärke liegt darin, Chancen rasch zu erkennen und skrupellos zu nutzen. Er dachte sich, wenn Julia plötzlich wieder Geld hat, würde rasch auch er wieder welches haben. Außerdem soll Malle schön sein. Es klang wie Urlaub, dorthin zu trampen, um mit Julias Hilfe seinen vorübergehenden Liquiditätsengpass zu überwinden. Zumal sie ihm einen Job in Aussicht stellte.

Dann benötigte er für die Fahrt per Anhalter mehr als eine Woche. Seine Laune raste in den Keller. Früher nahmen ihn die Leute gerne mit, besonders allein reisende Frauen. Aber die Menschen sind misstrauischer geworden. Oft stand er stundenlang am Straßenrand.

»Du bist schon wieder zu spät!«

»Kommt nicht mehr vor.«

»Das hoffe ich! Einmal noch und du bist draußen!«

»Fick dich!«, murmelt Lukas so leise, dass sein Capo ihn nicht hören kann.

Julia bildete sich etwas darauf ein, bei dem Besitzer des Ladens ein Wort für ihn einzulegen. Dabei hätte er auch ohne sie den Job bekommen. Auch änderte ihre Fürsprache nichts daran, dass er ganz unten anfangen musste.

Dort ist er immer noch. So bindet er sich die schwarze Schürze um und schlängelt sich durchs Partyvolk, um leere Flaschen und Gläser einzusammeln. Wie lange er dies heute tun darf, hängt von der Laune des Capos ab. Zwar hat der Laden wie viele Clubs am Ballermann bis sechs Uhr morgens geöffnet, aber nicht alle werden bis zu dieser Stunde gebraucht. Durch sein Zuspätkommen hat er den Capo verärgert. Wahrscheinlich wird der ihn daher früh heimschicken, was weniger Knete bedeutet. Ärgerlich, aber nicht mehr zu ändern.

Überhaupt erweist sich die Insel bisher nicht als die erhoffte Geldquelle. Julia war der totale Reinfall. Die dumme Kuh hat doch tatsächlich keinen Millionär, sondern einen erbärmlichen Rentner geheiratet.

»Hey Lukas!«

Vor Schreck lässt er schier die Plastikwanne mit Gläsern und Flaschen fallen.

»Mann, Jason! Musst du dich so anschleichen und mir dann ins Ohr brüllen!«

»Ein Bulle war hier, ein deutscher Bulle!«

»Und?«

»Er hat mir Fragen gestellt.«

»Nach mir?«

»Nein.«

»Warum erzählst du es mir dann?«

»Er untersucht die Morde in Breitners Finca.«

»Und?«

»Ihr kanntet euch?«

»Wie kommst du denn darauf! Weder der Breitner noch sein Weib nahmen jemals Notiz von mir.«

»Rede nicht so über Marianne! Die ist echt in Ordnung!«

»Okay.«

»Ich meine die Julia und du, ihr kanntet euch doch von früher.«

Lukas schweigt. Er hat es niemandem erzählt. Woher zum Teufel weiß Jason es?

»Hast du das dem Bullen gesteckt?«

»Nein.«

»Danke.«

»Hast du was mit den Morden zu tun?«

»Ich? Spinnst du?«

»Warum soll ich dann dem Bullen nichts sagen?«

»Weil ich vor den Bullen aus Deutschland geflüchtet bin.«

»Was hast du gemacht?«

»Nichts Schlimmes.«

»Warum suchen dich dann die Bullen?«

»Ich kleine Einbrüche und Diebstähle begangen, aber nichts mit Gewalt!«

Jason sieht Lukas eindringlich an. Der hält seinem Blick stand. Jason nickt.

»Mallorca ist gut zum Untertauchen.«

»Stimmt.«

Wenigstens diesen Vorzug besitzt die Insel, zumindest bisher. Trotzdem wurde es Zeit wieder abzuhauen. Hierfür musste er sich nur ein bisschen Kapital besorgen. Sollte er die Skulptur verkaufen? Wie viel er für sie wohl bekam? Oder sollte er doch lieber noch ein weiteres Ding drehen?

Comisionado Amengual ärgert sich riesig, zunächst über sich selbst. Charo schützen zu wollen, hat sich als ein Fehler erwiesen. Sein altmodischer Machismo im Verbund mit seiner Überheblichkeit wurde ihm zum Verhängnis. Viel stärker ärgert es ihn, sich auf Drängen des Polizeipräsidenten auf krumme Touren mit Bürgermeister Marin eingelassen zu haben, dem elenden Strippenzieher. Mit seinem Versuch ihn zu erpressen hat Marin allerdings den Bogen überspannt. An ihm werden sie sich die Zähne ausbeißen! Wenn er sich jetzt nicht wehrt, haben die beiden ihn für immer in der Hand, eine unerträgliche Vorstellung. Vielleicht reißen seine Fehler ihn in den Abgrund, aber in diesem Fall wird er nicht alleine stürzen.

Unmittelbar nach dem Telefonat mit Marin hat er ein Trupp seiner härtesten Leute zusammengestellt und sich Pepe aus der Kriminaltechnik gekrallt. Pepe besitzt Eier. Solange der mitzieht, werden auch seine beiden Gehilfen nicht aufmucken.

In vier Einsatzfahrzeugen rasen sie mit Blaulicht und Martinshorn zum Hotel des Deutschen. Heute pfeift der Comisionado auf Rücksicht und Diskretion. Mit voller Festbeleuchtung halten sie direkt vor der Rezeption. Er befiehlt seinen Leuten, die Sirenen abzuschalten, aber die Festbeleuchtung anzulassen. Je mehr Leute mitbekommen, dass im Hotel Palacio etwas los ist, umso besser.

Im Trupp stürmen sie durchs Foyer in Richtung von Kommissar Hurlebaus Zimmer. Der Hotelmanager erscheint hinter der Rezeption und begreift sofort, was Amengual vorhat. Hysterisch brüllt er seiner Security zu, sie sollen die Polizisten aufhalten. Jene sind schlau genug, es gar nicht erst zu versuchen.

Er befiehlt seinen Männern, den Flur vor dem Zimmer des deutschen Gastes abzuriegeln und niemanden durchzulassen. Dann bleibt dem Comisionado nichts weiter übrig, als mit beginnendem Magengeschwür abzuwarten. Es dauert nicht lange.

»Hier ist tatsächlich eine versteckte Überwachungskamera angebracht«, erlöst Pepe ihn.

»Wie überträgt die Kamera ihre Daten?«

»Wie es aussieht mit einem Kabel.«

»Hier ist noch eine!«, ruft einer von Pepes Gehilfen vom Anfang des Flurs.

»Die Flure werden also flächendeckend von Kameras überwacht?«

»Zumindest dieser Flur hier. Aber anscheinend nicht nur er. Seht ihr das?«

Pepe hat einen Teil der Deckenverkleidung abmontiert. Er zeigt auf ein hellgraues Kabel, das sich mehrfach nach rechts und links verzweigt.

»Überwachen die etwa auch die Gästezimmer?«

»Sieht ganz so aus.«

»So eine Riesensauerei!«

Ein Stein fällt Amengual vom Herzen. Sein Magengeschwür ist wie weggeblasen. Mehrere Anrufe des Polizeipräsidenten auf seinem Handy hat er ignoriert. Jetzt fühlt er sich der Auseinandersetzung mit ihm gewachsen.

Pepes Telefon klingelt. Der Techniker nimmt den Anruf entgegen und zuckt augenblicklich zusammen. Er hört kurz zu, dann streckt er dem Comisionado sein Handy hin.

»Der Präsident will dich sofort sprechen.«

»Ich aber nicht ihn.«

»Bist du verrückt?«

Pepe starrt ihn entsetzt an. Amengual lächelt.

»Er ist auf dem Weg hierher und wird jeden Augenblick ...«

Das laute Brüllen einer herrischen Stimme scheucht die am Anfang des Flurs postierten Beamten zur Seite. Der Präsident, eine imposante Erscheinung von einem Meter fünfundachtzig bei hundertzwanzig Kilo Masse, walzt mit hochrotem Kopf auf sie zu. Unwillkürlich macht Pepe zwei Schritte rückwärts. Amengual denkt nicht daran, steht er hier doch genau richtig.

»Was fällt Ihnen ein? Wollen Sie ab morgen wieder Dienst bei der Verkehrspolizei schieben? Wie können Sie es wagen, ohne Rücksprache mit mir hier einzudringen?«

»Brüll nur noch lauter«, denkt Amengual. »Dann entgeht dir nicht nur etwas sehr Wesentliches, sondern bist du auch umso deutlicher zu verstehen.«

»Das ging nicht, Sie hätten mir nie erlaubt hier rechtzeitig Beweise zu sichern«, entgegnet er.

»Allerdings hätte ich Ihnen verboten, hier einzudringen! Was fällt Ihnen ein, ein Flaggschiff unserer Tourismusindustrie derartig zu diffamieren?«

»Wie können Sie behaupten, ich würde jemanden diffamieren?«

»Das ist ja wohl offensichtlich!«

»Offensichtlich bin ich mit meinen Leuten hier, um Beweise zu sichern!«

»Pah! Beweise sichern!« Der Präsident brüllt noch lauter. »Hören Sie augenblicklich mit diesem Unsinn auf und ziehen Sie Ihre Männer ab!«

»Das werde ich nicht!«

»Doch, das werden Sie!«

»Wollen Sie mir als leitenden Ermittler ernsthaft befehlen, die Beweisaufnahme in einem Mordfall aus einer Laune heraus abzubrechen?«

»Ich bestimme, was Beweise sind und wo Sie diese zu suchen haben!«

Pepe verfolgte gebannt den heftigen Disput der beiden Leithammel. Jetzt starrt er jedoch fasziniert an dem mit geballten Fäusten dastehenden Präsidenten vorbei und beginnt zu grinsen, was dem obersten Inselpolizisten nicht entgeht. Er fährt herum.

Cora Lässig's Kameramann filmte durch die einen Spalt geöffnete Zimmertür den Disput. Als der Präsident sich umdreht, reißt die Reporterin mit einem Mikrofon bewaffnet die Tür ganz auf und tritt ihm entgegen.

Charo fuhr von unserem Treffen in den Bergen aus direkt zur Polizei. In Begleitung ihres Vaters gab sie sich als eine der drei Einbrecherinnen in die Finca des GinKönigs zu erkennen. Sie sagte dort aus, Comisionado Amengual habe sie anhand des von mir erstellten Phantombildes sofort erkannt, der jungen Frau aber eine öffentliche Fahndung ersparen wollen. Noch am Abend nach der Erstellung des Bildes habe er mit seinem Freund und dessen Tochter gesprochen und ihr eine Frist von vierundzwanzig Stunden gesetzt, selbst zur Polizei zu gehen.

Ich raste zurück ins Hotel, um Cora und ihren Kameramann in mein Zimmer einzulassen. Als das Spektakel vor meiner Türe begann, öffneten wir vorsichtig die Tür einen Spaltbreit und filmten den Polizeipräsidenten von hinten.

Offiziell behaupteten wir, Cora sei samt Kameramann für ein Interview bei mir gewesen. Zufällig seien wir drei Zeuge des Vorfalls geworden.

Jetzt hat Cora ihre Story und Amengual Ruhe vor seinem Chef. Vermutlich wird Letzterer vorzeitig in den Ruhestand versetzt. Es ist strikt verboten, nicht öffentlich zugängliche Bereiche von Hotels mit Kameras zu überwachen. Im Hotel Palacio gehören streng genommen auch die Flure hierzu, da der Zugang dorthin kontrolliert wird. In Zimmern versteckt angebrachte Kameras gehen gar nicht. Comisionado Amengual lässt den Hotelmanager festnehmen. Er hat versucht Beweismittel in einem Mordfall zu unterschlagen, nämlich die Videoaufnahmen von Charo vor meinem Zimmer. Dabei ist dies noch sein kleinstes Problem. Wer sonst war dort aus welchen Gründen heimlich gefilmt worden? Offensichtlich wusste auch der Polizeipräsident von den Kameras und deckte die illegalen Maßnahmen.

Mich amüsiert das Ganze so, dass ich seit Langem mal wieder Sportklamotten anziehe und losrenne. Anschließend dusche ich laut pfeifend. Prächtig gelaunt ziehe ich mir eine leichte Baumwollhose und ein kurzärmliges Hemd an. Mit dem in fliederfarbenes Leder gebundenen Tagebuch der alten Frau Stöckle unterm Arm begebe ich mich hinab auf die wunderbare Terrasse des Hotels.

Die Sonne veranstaltet zum Abschied vom Tag ein wahres Drama, so spektakulär taucht sie den Himmel in leuchtendes Orange. Ich schlendere durch die Gäste zu einem kleinen Tisch im Hintergrund. Blicke folgen mir. Hinter meinem Rücken wird eifrig getuschelt. Offenbar hat es sich herumgesprochen, dass ich bei dem noch immer anhaltenden Polizeieinsatz eine kleine Rolle spiele. Die Kriminaltechniker durchforsten noch immer die Rechner des Hotels nach Videoaufzeichnungen und sichern diese.

Ich nehme Platz. Ein Kellner erscheint und bedankt sich mit einem verschwörerischen Lächeln bei mir, vermutlich für meinen Beitrag bei der Abservierung des Hotelmanagers. Ich bestelle Tapas, deren Auswahl ich ihm überlasse und eine Karaffe Mineralwasser. Dann knipse ich meine kleine LED-Leuchte an. Amengual bat mich, endlich das Tagebuch der alten Frau Stöckle zu lesen und ihm darüber zu berichten. Er verspricht sich von dem Büchlein Klarheit, ob Frau Breitner als Auftraggeberin für die Morde in Frage kommt.

Ich nehme das in fliederfarbenes Leder gebundene Büchlein zur Hand. In schwungvollen Buchstaben hat jemand »Mallorquiner Tagebuch« draufgeschrieben. Neugierig schlage ich die erste Seite auf. Die krakelige Handschrift ist nur schwer zu entziffern.

Mallorca am 17. April
Marianne hörte nicht auf mich zu bedrängen, bis ich nachgab und versprach, sie auf Mallorca zu besuchen. Die Entscheidung fiel mir so schwer, weil ich ihren Mann Robert für einen schlechten Menschen halte. Marianne tut so, als ob zwischen ihr und ihrem Mann alles in Ordnung ist, aber das stimmt nicht. Ich wollte nie Roberts Gast sein. Mir ist auch sein Alter unangenehm. Robert sollte eher mein Mann als mein Schwiegersohn sein. Aber ich habe nicht über die Wahl meiner Tochter zu richten.

Die Insel ist ein Traum, das Haus der beiden unglaublich. Marianne hat Recht, es ist an der Zeit, meine Trauer zu beenden und mich wieder dem Leben zu zuwenden. Wer weiß, vielleicht schenkt mir meine Tochter ja sogar noch das Glück eines Enkels?

Schnell wird klar, dass Tochter und Mutter ein liebevolles Verhältnis zueinander pflegten. Somit ist die Frage Comisionado Amenguals beantwortet und ich könnte das Büchlein beiseitelegen. Aber die alte Dame schrieb gut, nahezu literarisch. Außerdem interessieren mich ihre genauen Beobachtungen über das offenbar zerrüttete Verhältnis zwischen ihrer Tochter und deren Gatten. Die Stunden fliegen nur so dahin. Das Tagebuch erweist sich als unterhaltsame Lektüre. Frau Stöckle besaß nicht nur schriftstellerisches Talent, sondern fand auch im reifem Alter noch eine wunderbare Liebe. Umso grausamer und sinnloser erscheint mir der gewaltsame Tod der Seniorin.

Mit ihren letzten Eintragungen nimmt Frau Stöckles Geschichte eine völlig unerwartete Wendung. Mir stockt der Atem. Liegt hier das Motiv der drei brutalen Morde?

»Señor Schneider vom Café Feldberg soll ein Mörder sein?« Fassungslos starrt der Comisionado mich an. »Sie müssen sich irren!«

»Der Mord passierte in den Siebzigern. Wann kam er nach Mallorca?«

»Señor Schneider lebt schon seit Ewigkeiten hier! Ich kenne ihn persönlich. Er war einer der ersten Deutschen, der sich hier auf unserer Insel niederließ, zumindest in meiner Erinnerung. Sicherlich waren wir damals noch nicht Mitglied in der EU und somit alles noch schwieriger.«

»Also kam er vor 1986 auf die Insel?«

Der Comisionado nickt.

»Das passt doch prima! Er flüchtete nach Spanien, um vor Mordermittlungen der deutschen Behörden unterzutauchen. Der Bedarf der wachsenden Tourismusindustrie nach Deutsch sprechenden Mitarbeitern ermöglichte ihm einen Neustart bei euch.«

»Aber selbst wenn dies stimmt, lebte er nach dem Mord vierzig Jahre lang friedlich bei uns! Warum soll er nach so vielen Jahren auf einmal drei bestialische Morde begangen haben?«

»Weil Mord nicht verjährt! Frau Stöckles Aussage hätte ihn für den Rest seines Lebens ins Gefängnis gebracht!«

»Woher wusste die Señora von dem Mord?«

»Schneider selbst erzählte ihr davon.«

»Warum das denn?«

»Es war wohl so eine Art Vertrauensbeweis oder ein Test, vielleicht auch beides.«

»Vertrauensbeweis?«

Ich nicke.

»Schneider war in Frau Stöckle verliebt.«

»Trotzdem soll er sie erschossen haben?«

»Ja. Nachdem er ihr von seiner Vergangenheit erzählte, zog sie sich von ihm zurück. Sie bestand den Test nicht, also erschoss er sie.«

Der Spanier sieht mich nachdenklich an.

»Für wie lange zog sich die Señora von ihm zurück?«

»Zwei Wochen vor den Morden beichtete er ihr sein düsteres Geheimnis. Anschließend telefonierten sie noch mehrmals kurz miteinander. Sie wollte ihn jedoch nicht mehr sehen.«

»Vielleicht brauchte sie einfach Zeit, um diesen für sie

sicherlich extrem schwierigen Sachverhalt zu verarbeiten?«

»Das kann schon sein.« Ich zucke mit den Schultern. »Trotzdem hatte Herr Schneider viel zu verlieren und möglicherweise kein Verständnis dafür, dass sie Zeit für sich brauchte. Er fasste ihr Verhalten als Zurückweisung auf.«

»Er liebte Señora Stöckle so sehr, dass er ihr sein intimstes Geheimnis anvertraute, und brachte sie wenige Tage später eiskalt um?«

»Ich weiß, Herr Schneider wirkt wie ein harmloser alter Mann, aber …«

»Moment! Woher kennen Sie ihn?«

»Als Raul mich das erste Mal zur Finca brachte, stand Herr Schneider davor. Wir wechselten ein paar Worte miteinander.«

»Mehr nicht?«

Der Comisionado sieht mich misstrauisch an. Ich werde nicht schlau aus ihm. Auf einer abstrakten Ebene finde ich es sympathisch und menschlich, dass er sich für die Tochter eines Freundes so aus dem Fenster lehnte. Nur wirkt er im persönlichen Kontakt weder sympathisch noch menschlich. Es gefällt mir, wie er sich gegen seinen korrupten Chef wehrt und diesen zu Fall bringt. Nur munkelte man jetzt im Flur, dass er dessen Nachfolger werden soll. Ist der alte Polizeipräsident womöglich gar nicht böse, sondern stellte Amengual ihm eine Falle? Schließlich quartierte der Comisionado mich im Hotel Palacio in eines der überwachten Zimmer ein und pflegt persönliche Kontakte zu beiden Frauen, die mich dort aufsuchten. Er ist eine Spinne im Netz. Zappele ich schon in seinen klebrigen Fäden und weiß es nur noch nicht? Lässt er mich überwachen und weiß längst, dass ich mit Schneider sprach?

»Herr Schneider lud mich auf Filterkaffee und deutschen Kuchen ins Café Feldberg ein. Ich folgte seiner Einladung und wir plauderten ein bisschen.«

»Worüber?«

»Über Verschiedenes.«

»Auch über den GinKönig?«

»Ja.«

»Über Herrn Janssen?«

»Er erzählte mir von sich aus davon.«

Amengual lehnt sich in seinem Stuhl zurück und sieht mich mit dem Blick einer fetten Katze an, die träge mit einer Maus spielt.

»Ich könnte mich bei Ihren deutschen Vorgesetzten beschweren und verlangen, dass man Sie sofort abzieht.«

»Ich könnte …«

Gar nichts konnte ich. Er weiß es genauso gut wie ich. Eigentlich wollte ich nicht auf die Insel. Seltsamerweise will ich sie jetzt auf keinen Fall vorzeitig verlassen. Da mir nichts Besseres einfällt, mache ich einfach mit Herrn Schneider weiter.

»Letztendlich ist es egal, ob ich Herrn Schneider die Tat zutraue oder nicht. Es gibt Hinweise, dass er in Deutschland einen Mord beging. Als deutscher Beamter unterliege ich dem Legalitätsprinzip. Also muss ich diesen Hinweisen nachgehen und Herrn Schneider befragen.«

Er überlegt lange, lässt mich zappeln.

»Also gut! Ich lasse ihn herbringen. Wir konfrontieren ihn mit den Tagebucheinträgen und fragen ihn nach seinem Alibi.«

Er wendet sich einem Schriftstück zu und signalisiert mir dadurch, dass ich jetzt zu gehen habe. Ärger wallt in mir auf. Glaubt er wirklich, mich in der Hand zu haben und selbstherrlich über mich bestimmen zu können, nur weil ich eine Tasse Filterkaffee getrunken habe?

»Was ist mit der Witwe?«

»Welcher Witwe?«

»Frau Breitner.«

»Was soll mit ihr sein?«

»Wurde sie schon befragt?«

»Nein.«

»Warum nicht?«

Er sieht mich zornig an.

»Sie war erst nicht auf Mallorca und bei ihrer Landung machte sie ihr Ruhebedürfnis geltend.«

»Dem wurde genüge getan. Haben Ihre Leute Sie noch einmal aufgesucht?«

»Nein.«

»Warum nicht?«

»Sie ist nicht auffindbar.«

»Wie bitte? Wir sind auf einer Insel, die …«

»Ihr Handy ist ausgeschaltet und niemand weiß, wo sie sich aufhält!«

Mit offenem Mund starre ich ihn an.

»Finden Sie das normal? Ihre Mutter, ihr Mann und dessen Geliebte wurden ermordet, also drei Personen, zu denen sie eine persönliche Beziehung hat, und die Dame entzieht sich einer Befragung!«

Er antwortet nicht, starrt mich nur missmutig an.

»Wurde sie nicht zuletzt am Flughafen in Begleitung dieses Barons von Helfenstein gesehen?«

»Doch.«

»Was sagt er zu ihrem Verbleib?«

»Er ist ebenfalls nicht erreichbar.«

»Nicht erreichbar? Ist sein Handy auch ausgeschaltet?« Ich lächele zynisch.

»Nein, aber er nimmt weder mobil noch auf Festnetz unsere Anrufe an.«

»Gut, dann fahre ich bei ihm vorbei. Sie werden wohl zumindest seine Adresse kennen. Und ich werde ihn zu den Morden befragen, egal ob Sie das als Einmischung ansehen oder nicht!«

»Raul begleitet Sie!«

Schweigend fahren wir in seinem roten Seat zur Villa des Barons. Dort erwartet uns eine Überraschung.

»Das sind doch die Doggen aus der Finca des GinKönigs!«

»Bist du sicher?«

»Klar, die Teufelsbraten vergisst man so schnell nicht!«

Wir stehen vor einem hohen Tor, dessen Eisenstäbe oben spitz auslaufen. Auf der anderen Seite kläffen inbrünstig fünf riesige, schwarze Doggen. Zwischendurch blickt der eine oder andere von ihnen uns böse knurrend an. Diese Höllenhunde haben also den GinKönig beschützt. Es ist mir unerklärlich, wie der Mörder an ihnen vorbeigekommen ist.

Hinter Bäumen und Sträuchern verborgen liegt die Villa des Barons von Helfenstein. Wir läuten mehrfach. Raul hält seinen Dienstausweis vor die Kamera. Nichts rührt sich.

»Hier stimmt etwas nicht!«, meint er und zückt sein Handy.

»Wen rufst du an?«

»Das Tierheim, in das die Doggen gebracht wurden.«

Er redet schnell und die Tiere sind laut. Ich kann dem Gespräch nicht folgen.

»Und?«

»Der Baron holte in Begleitung von Frau Breitner die Hunde aus dem Tierheim ab.«

»Glaubst du, die Witwe ist noch bei ihm?«

»Keine Ahnung.«

Er klingelt erneut und brüllt in die Sprechanlage:

»Da Sie uns kein Lebenszeichen geben, gehe ich davon aus, die Hunde haben Sie und Frau Breitner schwer verletzt oder gar getötet. Ich rufe jetzt Verstärkung. Mein Kollege und ich warten vor Ihrer Tür, bis die eintrifft!«

Wir blicken gespannt auf die Sprechanlage. Nichts rührt sich. Ich will Raul gerade fragen, ob er es ernst meint, als die Hunde plötzlich aufhören zu kläffen. Sie lassen von uns ab, starren winselnd und jaulend den zwischen den Bäumen verschwindenden Fahrweg hinunter. Alle fünf Schwänze wedeln freudig erregt.

Wenig später taucht ein hagerer Mann um die sechzig auf. In der Hand hält er eine doppelläufige Schrotflinte. Die Hunde umschwänzeln ihn eifrig, werden von ihm jedoch ignoriert.

»Was wollen Sie?«

»Wir suchen Señora Marianne Breitner.«

»Die ist nicht hier!«

»Komisch, eine ihrer Freundinnen behauptet, sie sei bei Ihnen!«

»Frau Breitner war hier, ist aber wieder weg.«

»Wohin?«

»Keine Ahnung!«

»Die Doggen Señor Breitners scheinen Sie ja gut zu kennen. Wir fragen uns schon die ganze Zeit, wie der Mörder des GinKönigs an den Hunden vorbei gekommen ist.«

»Was wollen Sie damit andeuten?«

»Das wissen Sie ganz genau!«

»Ich werde ...«

»Nichts werden Sie!«, schneidet Raul ihm das Wort ab. »Schließlich ist hier nichts passiert, was mein deutscher Kollege sicherlich bezeugen wird.«

Er starrt grimmig drein, wissend, dass seine Aussage gegen die von uns beiden stünde.

»Lassen Sie uns einfach persönlich davon überzeugen, dass Señora Breitner sich nicht in Ihrem Haus versteckt! Das erspart uns allen Zeit und Ärger!«

Der Baron überlegt kurz, macht uns dann Zeichen, an die Nebenpforte zu kommen. Er öffnet diese und tritt einen Schritt zur Seite. Die fünf Höllenhunde starren uns lauernd entgegen. Wann haben die letztmals ein Stück Fleisch bekommen? Soll ich meinen jungen Kollegen nicht lieber allein nach der Witwe suchen lassen?

Coras Handy klingelt. Hat Marc etwas vergessen? Will er noch einen obendrauf setzen? Das Telefonat mit ihm verlief alles andere als erfreulich. Ihr Chef hat mehr als deutlich klar gemacht, dass sie in seinen Augen keine ernsthafte Journalistin ist, sondern lediglich eine Klatschtante. Marc hat es zwar anders formuliert, aber genau so gemeint. Seiner Ansicht nach besteht ihr Job in erster Linie darin, möglichst pikante Details aus dem Liebesleben der Promis auszugraben. Ernsthafte Recherchen zu Kriminalfällen soll sie anderen überlassen. Am liebsten würde sie das ankommende Gespräch auf ihrem Handy unbesehen wegdrücken. Aber bei so etwas versteht Marc absolut keinen Spaß. Also wirft sie zumindest einen Blick auf das Display. Der dort angezeigte Name hellt ihre Laune schlagartig auf.

»Hey Annika!«

»Hey Cornelia, dein Bericht über die junge Thomalla war super. Der Schnepfe geschieht es recht! Die hält sich für absolut unwiderstehlich. So toll ist sie aber auch wieder nicht. Was ist in der Welt der Schönen und Reichen sonst noch passiert? Kannst du mir nicht noch was erzählen, das nicht durch die Medien geistert?«

Cora, oder Cornelia, wie sie mit bürgerlichem Namen heißt, zieht scharf die Luft ein.

»Interessierst du dich eigentlich auch für mich? Oder bin ich für dich nur eine Quelle exklusiven Tratsches aus Mallorca?«

»Oh …! Äh, natürlich interessiere ich mich für dich!«

»Mir kommt es eher vor, als ob du dich mehr für die Thomalla interessierst.«

»Sorry, dass ich dich gerade so überfallen und meine Kinderstube vergessen habe. Wie geht es dir?«

»Gut.«

»Was gibt es Neues? Klappt es mit deinem Wechsel nach L.A.?«

Cora würde sich am liebsten ohrfeigen. Was ist nur los mit ihr? Sie ist doch immer gut drauf, kann jederzeit ohne Anlauf kurzweilig über Promis losplappern. Statt sich an Annikas Neid auf ihr spannendes Leben zu laben, müsste sie ihrer letzten Freundin aus der Schulzeit jetzt ihre neueste

Niederlage eingestehen. Oder sie auf eine andere Fährte locken.

»Ich bin einem Mann begegnet.«

»Du begegnest in deinem Job permanent Männern!«

»Stimmt, aber keinen, die mein Herz berühren.«

»Ich erinnere mich dunkel an einen einsamen Segler, den du letztes Jahr unbedingt sesshaft werden lassen wolltest.«

»Oh, den habe ich glatt vergessen. Mir fällt sogar sein Name nicht mehr ein.«

»Lars.«

»Richtig, er hieß Lars und kam ursprünglich aus Göteborg.«

»Gab es im Jahr davor nicht einen Fußballer? Einen Südamerikaner vom FC Barcelona?«

»Der spielte nur für Espanyol Barcelona, nicht für den FC.«

»Einigermaßen reich und berühmt war er trotzdem.«

»Und gut gebaut, was auch nicht zu verachten ist.«

Beide lächeln vor sich hin, was sie zwar nicht sehen können, aber dennoch voneinander wissen.

»Wie heißt er?«

»Wer?«

»Dein neuer Schwarm natürlich!«

»Äh ... Jens.«

»Was macht er?«

»Er ist Kommissar bei der Mordkommission.«

»Ein Kommissar?«

Annika seufzt hörbar. Ihr Leben dreht sich um ihre beiden Prinzessinnen, ihren Göttergatten und gelegentlichen Kaffeeklatsch mit anderen Mamas. Fremde Männer kommen darin nicht vor, schon gar keine mit aufregenderen Berufen als Fleischer oder Grundschullehrer.

Cora spürt den Neid und genießt ihn. Wenn sie sich mies fühlt und ihr Leben im Medienzirkus ihr hohl und sinnlos erscheint, ruft sie besonders gerne Annika an. Nach diesen Telefonaten geht es ihr meist besser, führen diese ihr doch vor Augen, welchem Leben in einer Vorstadthölle sie entkommen ist.

»Woher kommt dein Kommissar?«

»Aus Stuttgart.«

»Ein Schwabe?« Annikas Entsetzen ist echt. »Willst du dir das wirklich antun?«

Neugierig betrachte ich die Gemälde an den Wänden sowie zahllose auf Stelen ruhende Skulpturen. Selbst mir als absolutem Kunstbanausen kommen einige der Werke bekannt vor.

»Sind die alle echt?«

»Selbstverständlich!«

Der Baron deutet ein Lächeln an. Ich bin beeindruckt.

»Bestimmt beneidet Sie jedes Museum um Ihre Sammlung.«

»Im Gegenteil, kaum ein Museum dieser Welt interessiert sich für eines meiner Kunstwerke, auch wenn alle von exquisiter Qualität sind. Nur wenige, ganz besondere Menschen wissen diese Werke zu schätzen.«

»Aber …«

Ich bin verwirrt. Da hängen Werke, die selbst ich kenne an den Wänden. Warum behauptet er, kein Museum würde sich für diese interessieren?

»Es sind also alles Fälschungen?«

»Wo denken Sie hin! Alles hier sind Originale!«

Etwas ziemlich Schräges läuft hier. Entweder spielt er ein blödes Spiel mit mir oder er tickt nicht ganz richtig. Der Baron betrachtet mich, lächelt knapp und legt noch einen drauf.

»Die Dinge liegen anders, als Sie denken.«

»Wie meinen Sie das?«

»Ach, nur so.«

»Reden Sie von Frau Breitner? Oder gar von dem Dreifachmord?«

»Ich rede von Kunst. Sehen Sie dieses Bild hier? Kommt es Ihnen bekannt vor?«

Bereits auf den ersten Blick erinnert mich das Bild an quälende Stunden im Kunstunterricht meiner Gymnasialzeit. Unsere schrullige Kunstlehrerin hat von uns verlangt, mit kleinen, aus Kartoffeln geschnitzten Stempeln unter Verwendung verschiedener Farben ein großformatiges Bild zu erstellen.

Das Bild hier ist viel besser, als alles was wir seinerzeit zustande brachten. Es zeigt eine Gruppe nackter Menschen beim Picknick am Strand, auf dem Meer liegt ein Segelboot. Eine jüngere Erinnerung an das Bild taucht auf.

»Eine Freundin schleppte mich während einer Reise an die Côte d'Azur in ein Museum. Kann es sein, dass es früher dort hing?«

»Matisse lebte viele Jahre in Nizza, weshalb dort ein ihm gewidmetes Museum gegründet wurde.«

»Ein Matisse? Wow!«

Selbst ich kenne den Namen des Künstlers.

»Natürlich nicht! Einen solchen könnte ich mir nie leisten. Das Bild ist ein echter Beltracchi!«

Er lächelt. Diesmal erfasst das Lächeln auch seine Augen. Der Baron ist nicht irre, sondern spielt ein Spiel mit mir, eines das ihn amüsiert.

»Bel… was?«

»Beltracchi.«

»Nie gehört.«

»Wolfgang Beltracchi ist ein begnadeter Maler. Wegen Kunstfälschung saß er einige Jahre im Gefängnis. Sein Leben ist absolut faszinierend. Ich verfolge seine Geschichte genau. 2015 begegnete ich ihm auf seiner ersten deutschen Vernissage in München. Ein Galerist stellte dort Beltracchis Werke aus. Wir kamen miteinander ins Gespräch.

Ein Werk von ihm darf in meiner Sammlung nicht fehlen. Dieses hier gehörte einem Mann, der im New-Economy-Boom der Nullerjahre aus nichts ein riesiges Vermögen schuf und zum Liebling der Medien avancierte, ehe er eine spektakuläre Pleite hinlegte. Ich konnte das Bild aus der Konkursmasse günstig erwerben. Normalerweise kostet ein Beltracchi sechzigtausend Euro.«

»Eine Fälschung? Ist deren Besitz nicht illegal?«

Ich beuge mich nach vorne.

»Suchen Sie ruhig, Sie werden keine Signatur finden. Eine Fälschung ist es nur, wenn ein Maler das Werk eines Künstlers kopiert und es als echt ausgibt, indem er zum Beispiel auch dessen Signatur fälscht. Beltracchi imitiert aber von Henri Matisse nur dessen Art zu malen und wählt Motive, die den seinen ähneln. Natürlich kann man nicht bestreiten, dass jenes Werk eine gewisse Ähnlichkeit mit dem Werk Luxe von Matisse aufweist. Aber eine Fälschung ist es dennoch keine.«

Ich schüttele den Kopf. Wie kann man für eine Fälschung, die aufgrund irgendwelcher Tricks juristisch keine ist, mehr Geld ausgeben, als ich im Jahr verdiene? In diesem Augenblick tritt Raul zu uns.

»Was gefunden?«

»Nichts. Señora Breitner befindet sich nicht im Haus.«

Erneut lächelt der Hausherr. Sein Lächeln erscheint mir eine Spur zu selbstgefällig.

»War Señora Breitner hier?«

»Das habe ich nie bestritten.«

»Wann?«

»Vorgestern verließ sie mein Haus.«

»Im Taxi?«

»Nein.«

»Wie sonst?«

»Ich lieh ihr ein Auto. Wir vereinbarten, wo sie den Wagen in Palma abstellt und den Schlüssel deponiert.«

Wie schlau von ihm. Er holte die Verschwundene vom Flughafen ab und lieh ihr angeblich sein Auto. Nach Spuren von ihr braucht die Kriminaltechnik somit weder in seiner Villa noch in seinem Wagen zu suchen. Es sei denn, sie finden Blut. Aber damit ist nicht zu rechnen.

»Wann holten Sie die Doggen aus dem Tierheim ab?«

»Vorgestern.«

»Die Doggen sind also ungefähr seit zwei Tagen bei Ihnen?«

Er nickt.

»Dafür sind die aber schon sehr vertraut mit Ihnen.«

»Ich bin ein Alphatier. Hunde merken das sofort und

ordnen sich unter. Außerdem war ich mit dem GinKönig gut befreundet. Die Tiere kannten mich von meinen Besuchen bei ihm.«

»Sie behaupteten am Flughafen, der GinKönig sei von der Mafia bedroht worden.«

»Exakt.«

»Nur weiß außer Ihnen niemand etwas davon.«

Der Baron zuckt gleichmütig mit den Schultern.

»Besaß der GinKönig außer der Mafia noch weitere Feinde?«

»Nicht dass ich wüsste. Ich fordere Sie jetzt auf, mein Haus und mein Land zu verlassen. Schließlich kooperierte ich mit Ihnen und ließ Sie sich auf freiwilliger Basis persönlich davon überzeugen, dass Marianne nicht mehr mein Gast ist.«

»Eine letzte Frage noch: Die Schrotflinte, wozu ist die?«

»Ich habe früher gejagt. Außerdem wurde bei mir zweimal eingebrochen. Da gibt mir die Flinte ein Gefühl von Sicherheit.«

»Ich vermute, Sie besitzen einen Waffenschein?«

Er nickt.

»Auf dem ist sicher die Schrotflinte eingetragen ...«

Ein weiteres Nicken.

»... und eine kleinkalibrige Pistole.«

Der Baron zuckt zusammen.

»Ich denke, Sie gehen jetzt!«

»Zeigen Sie uns ...«

»Raus! Sofort!«

Er weist mit dem ausgestreckten Arm in Richtung Ausgang. Die Hunde vor dem Haus reagieren auf seine Stimme und sehen durch das bodentiefe Fenster ihn mit ausgestrecktem Arm vor uns stehen. Wild kläffen sie los. Der Baron hält noch immer die Flinte in der Hand. Mit der anderen greift er nach dem Telefon und wählt eine Nummer.

»Komm Jens, lass uns gehen!«

Raul packt mich am Arm. Widerwillig lasse ich mich von ihm Richtung Ausgang zerren. An der Haustür nehmen uns die Doggen im Empfang. Unbehaglich mustere ich ihre muskulösen Beine, imposanten Brustkästen und spitzen Reißzähne. Bedrohlich knurrend eskortieren uns die fünf Tötungsmaschinen bis zur Pforte. Was hält sie eigentlich davon ab, über uns herzufallen? Auf ein Kommando des Barons hin würden sie es vermutlich ohne Zögern tun. Es ist erstaunlich, wie gut er die Höllenhunde im Griff hat.

Ich bin froh den Ausgang zu erreichen. Dort erfolgt eine böse Überraschung. Die Pforte ist verschlossen. Wir können das Grundstück nicht verlassen. Vor meinem inneren Auge sehe ich uns, umringt von den Hunden beim Baron um Auslass betteln. Eine beschämende Vorstellung.

Raul betrachtet den Zaun, legt eine Hand an eine Eisenstange. Gleich wird der junge Kollege sich über den Zaun kletternd in Sicherheit bringen, während ich alleine zurückbleibe. Die Hunde umkreisen uns mit gefletschten Zähnen. Langsam aber sicher kommen sie immer näher. Warum habe ich nicht im Auto gewartet? Baron von Helfenstein wird behaupten, wir seien über den Zaun unerlaubt in seinen Besitz eingedrungen. Der Schweiß läuft mir in Strömen hinab. Raul langt nach seiner Pistole, im Angesicht der fünf Höllenhunde ein aussichtsloses Unterfangen. Da ertönt ein Summer. Die Pforte springt auf.

»So ein Arschloch!«, murmle ich vor mich hin.

Erleichtert laufen wir auf Rauls Seat zu. Als ich mich auf den Beifahrersitz seines roten Flitzers zwänge, klingelt mein Telefon. Ich hole es hervor und stutze, als ich den auf dem Display angezeigten Namen lese.

»Was ist?«, fragt Raul, dem meine Reaktion nicht entgangen ist.

»Nichts.«

Ich drücke den Anruf weg und stecke das Telefon wieder ein. Raul startet den Motor und fährt los. Mein Handy klingelt erneut. Nach einem kurzen Zögern hole ich es wieder hervor. Überrascht starre ich aufs Display.

»Der gleiche Anrufer?«

»Ja.«

»Eine Ex?«

»Schlimmer.«

»Deine Mutter?«

»Noch schlimmer.«

»Dein Chef?«

»Nein, mein Bruder.«

»Dein Bruder? Mensch Jens, dann musst du rangehen. Wenn dein Bruder dich zweimal hintereinander erreichen will, ist es wichtig!«

Da hat er vermutlich Recht, zumal Saschas letzter Anruf so lange zurückliegt, dass ich mich nicht mehr daran erinnern kann. Also überwinde ich meinen Unwillen.

»Was willst du?«

»Fara ist verschwunden. Du musst sie suchen!«

»Seit wann interessiert es dich, wo Fara sich herumtreibt? Ich dachte, du wolltest sie nie wiedersehen!«

In der Leitung herrscht Schweigen. Ich höre ihn schwer

atmen. Warum legt er nicht auf? Überhaupt, wieso hat Sascha, der bisher auf jeden Pups von mir äußerst beleidigt reagierte, erneut angerufen, nachdem ich seinen Anruf wegdrückte?

»Es geht gar nicht um Fara, oder?«

»Natürlich geht es um sie!«

»Hat sie Amir mitgenommen?«

Erneut höre ich ihn nur schnaufen.

»Jetzt sag schon!«

»Nein, hat sie nicht.«

»Nicht? Wo ist er dann?«

»Bei mir.«

Ärger wallt in mir auf.

»Ach darum geht es also! Dir ist es zu viel, dich einmal im Leben um deinen Sohn zu kümmern! Da überwindest du sogar deine Abscheu vor deinem spießigen kleinen Bruder und rufst bei mir an! Werde endlich erwachsen und verhalte dich wie ein Mann!«

Innerlich kochend beende ich das Gespräch und stecke das Telefon wieder ein.

»Ihr scheint euch nicht gut zu verstehen.«

»Ach? Merkt man uns das an?«

»Seit wann?«

»Wir haben uns von klein auf noch nie verstanden. Trotzdem war mein Bruder der Grund, warum ich zur Polizei gegangen bin. Das ist alles ziemlich irre. Du bist aber nicht mein Psychiater und ich habe keine Lust, mit dir darüber zu reden!«

Er mustert mich, setzt zum Reden an, überlegt es sich dann aber anders. Ich koche weiter vor mich hin, würde am liebsten gegen etwas treten oder schlagen.

»Okay« lenkt Raul ein, »lass uns jetzt lieber über den Baron …«

»Der tickt doch nicht richtig! Was war das eben für eine Scheißaktion mit den Hunden? Und überhaupt! Wer außer ihm besitzt ein Riesenhaus voller fragwürdiger Kunstwerke? Der hat eindeutig Dreck am Stecken!«

»Dreck am Stecken?«, fragt Raul irritiert.

»Na, er hat etwas angestellt, etwas verbrochen oder zumindest zu verbergen.«

»Das nennt ihr Dreck am Stecken haben?«

Er grinst.

»Welcher Stecken da wohl gemeint ist?«

Sein Grinsen wird noch breiter.

»Das ist doch jetzt scheißegal! Keine Ahnung, wo die Redewendung herkommt. Kannst du Einblick in den Waffenschein des Barons nehmen?«

Raul wird wieder ernst.

»Klar, aber wozu soll das gut sein?«

»Was jagt man mit einer Schrotflinte?«

»Vögel, Hasen und sonstiges Kleinvieh, nichts Interessantes.«

»Wenn du zu einem Hasen kommst, der noch lebt, weil du ihn nicht richtig getroffen hast, was machst du dann?«

»Ich verpasse ihm einen letzten Schuss.«

»Und? Klingelt's?«

Raul starrt mich mit offenem Mund an.

»Mann, schau lieber auf die Straße, da kommt eine Kurve!«, schreie ich entsetzt.

Er bremst scharf. Trotzdem quietschen die Reifen in der engen Kurve bedenklich. Ich sehe uns das niedrige

Mäuerchen durchbrechen und den felsigen Abhang hinunterstürzen.

»Musst du so rasen!«

Mein Herz pocht wild.

»Musst du mich mit Rätseln vom Fahren ablenken!«

Eine Weile fahren wir schweigend weiter. Ich starre seitlich aus dem Fenster auf die verdorrte, felsige Landschaft mit ihren Steineichen. Es bringt nichts, mich länger über seinen Fahrstil aufzuregen. Am besten ich führe das Gespräch einfach dort fort, wo es geendet hat.

»Würdest du dem Hasen mit einer Schrotflinte den Fangschuss verpassen?«

Er wirft mir einen genervten Seitenblick zu.

»Natürlich nicht, dann könnte ich ihn ja nicht mehr essen!«

»Eben! Aus genau diesem Grund trägt jeder Jäger eine kleinkalibrige Pistole bei sich, mit der er dem Hasen einen Schuss in den Kopf verpasst!«

Sein Gesichtsausdruck hellt sich auf.

»Jetzt verstehe ich, worauf du hinaus willst! Du meinst, der Baron hat mit seiner Pistole die drei Morde begangen!«

»Soweit würde ich jetzt nicht gleich gehen. Jedenfalls ist es komisch, dass die Witwe des Mordopfers als Erstes den Baron aufsucht und …«

»Das stimmt nicht!«

»Was?«

»Ich wollte Frau Breitner am Flughafen in Empfang nehmen. Sie schien mir überrascht, dass der Baron sie dort abpasste.«

»Immerhin fuhr sie mit ihm!«

Raul schweigt. Wenn er die Witwe nicht so bedrängt

hätte, wäre sie möglicherweise nicht mit dem Baron von Helfenstein in dessen Haus gefahren. Befindet sie sich noch dort? Oder gar schon unter der Erde?

»Ich muss dir noch etwas sagen. Gut, dass du den Baron abgelenkt hast, so konnte ich mich einigermaßen ungestört umsehen. Die Villa des Barons ist entweder nur teilweise unterkellert oder …«

Er überlässt es mir, seine Überlegungen selbst zu Ende zu denken.

»Du meinst, es gibt dort eine Geheimkammer?«

Er nickt.

»In der die Witwe gefangen gehalten wird?«

Erneutes Nicken.

»Hast du nach der verborgenen Tür gesucht?«

»Dafür war die Zeit dann doch zu knapp. Aber ich fertigte eine Skizze mit Lage und Abmessung der Räume im Untergeschoss an. Die kann ich mit den Plänen der Baubehörde vergleichen.«

Er meint es gut. Aber es würde Tage dauern, erst die Pläne und dann den notwendigen Durchsuchungsbeschluss zu bekommen. Sofern sich überhaupt ein Richter findet, der letzteren ausstellt. Was geschah währenddessen mit Frau Breitner, falls sie wirklich im Keller des Barons gefangen gehalten wurde?

»Ich hätte lieber gleich die verborgene Tür gesucht«, murmele ich vor mich hin.

Es ist meinem spanischen Kollegen anzusehen, wie sehr ihn meine Bemerkung trifft. Am liebsten würde ich meine unbedachten Worte zurücknehmen. Aber das geht leider nicht.

Raul berichtet dem Comisionado unter vier Augen. Ich muss vor der Tür warten, fühle mich einmal mehr wie ein Bittsteller oder gar lästiger Hausierer behandelt. Soll ich einfach das Präsidium verlassen, etwas essen gehen? Vor meinem inneren Auge sehe ich die Spanier über das kindische Verhalten des deutschen Kollegen tuscheln, also bleibe ich.

Mit geschlossenen Augen lehne ich mich zurück. Wegen Burn-outs wurde ich im Frühjahr zur Kur geschickt. Dort zeigte mir ein Psychologe eine Technik, Ärger weg zu atmen. Bei mir funktioniert sie nicht. Trotzdem bleibe ich mit geschlossenen Augen sitzen, versuche zu entspannen. Als die Tür geht, öffne ich die Augen wieder. Mit einer Mischung aus Wut und Frust im Gesicht verlässt Raul fluchtartig das Büro seines Vorgesetzten. Dieser tritt hinter ihm in den Flur, brüllt auf Katalanisch etwas hinter ihm her. Raul gibt nicht zu erkennen, ob er Amengual verstanden hat. Dessen Blicke folgen ihm, bis er in sein Büro abbiegt. Der Comisionado bleibt noch einen Augenblick stehen, dann zuckt er mit den Schultern und wendet sich ab. Mit einem knappen Nicken signalisiert er mir, ihm zu folgen.

»Beantragen Sie einen Durchsuchungsbeschluss für die Villa des Barons?«

»Nein.« Er schüttelt den Kopf. »Raul soll zunächst alle Freundinnen und Bekannten von Frau Breitner anrufen. Vielleicht ist sie bei einer von denen.«

Eine vorausschauende Entscheidung. Damit erspart er sich und seinen Leuten womöglich eine Blamage und unnötigen Ärger.

»Einer unserer Dolmetscher hat die letzten Seiten von Señora Stöckles Tagebuch übersetzt.«

»Und? Haben Sie ihn daraufhin vorgeladen?«

Erneut schüttelt er den Kopf.

»Immer langsam, der alte Señor läuft uns nicht davon. Eine meiner Beamtinnen ermittelt gerade, wann genau er sich hier niedergelassen hat. Außerdem versucht sie Menschen aufzutreiben, die ihm damals begegnet sind und diese zu befragen. Nicht zuletzt sucht sie nach Fotos aus jener Zeit. Sie könnten Ihre deutschen Kollegen um Folgendes bitten …«

Zu meinem Bedauern bin ich weder für eine feste Beziehung geschaffen, noch dafür, mehrere Abende hintereinander alleine zu verbringen. Viele Menschen kenne ich auf Mallorca nicht, also versuche ich mein Glück bei Cora.

»Hast du wieder was für mich?«

»Wir haben einen neuen Verdächtigen. Wenn sich der Verdacht erhärtet, wird es ein ziemlicher Hammer.«

»Lass hören.«

»Dafür ist es noch zu früh.«

Eine kurze Pause entsteht.

»Warum rufst du dann an?«

»Wir beide haben gestern gar nicht unseren gemeinsamen Erfolg gefeiert. Sollen wir das heute nachholen?«

Cora antwortet nicht gleich. Ich höre sie schwer atmen. Mein erster Eindruck von ihr hat wohl getäuscht, sie ist keineswegs frivol. Oder findet sie mich schlicht und einfach langweilig?

»Was verstehst du unter Feiern?«

»Zusammen was essen und trinken, ein bisschen quatschen.«

»Mehr nicht?«

»Nein.«

»Gut! Mehr wird es auch nicht geben!«

Während des Essens erzählt Cora amüsante Anekdoten über ihre Arbeit. Mir gefällt es, wie sie sich meist leicht ironisch, aber nie bösartig über die Promis auslässt. Ich fühle mich gut unterhalten, lache mehrmals laut und herzhaft. Schließlich sieht sie mich auffordernd an.

»So, jetzt bist du dran!«

»Womit?«

»Was gibt es über deinen Job zu erzählen?«

»Leider nichts Amüsantes, ich wühle in Dreck und menschlichen Schattenseiten.«

»Wie hältst du das aus?«

»Zunehmend schlechter.«

Ich bestelle eine weitere Flasche Anima Negra. In ihrem Blick liegen mehr Mitgefühl und Interesse, als ich ertragen kann.

»Was heißt das?«

Die Versuchung, mit einem lockeren Spruch über ihre Frage wegzugehen, ist groß. Aber selbst ich habe begriffen, dass ich draufgehen werde, wenn ich weiter den toughen Kerl gebe.

»Ich war wegen Burn-outs in einer Klinik.«

»Oh!« Ihr Gesicht verrät ihre Überraschung. »Scheiße!«

»Stimmt.«

»Warum machst du weiter?«

»Weil ich gut bin. Und weil ich bei einem reinen Schreibtischjob draufgehen würde. Meine Chefin will mich ins Innenministerium oder Regierungspräsidium abschieben, vielleicht auch in die Kriminalprävention. Aber das ist nichts für mich. Von früh bis spät in einem Büro zu hocken und sinnlose Dinge zu tun, ist einfach nicht mein Ding.«

Sie nimmt einen großen Schluck Rotwein. Dann sieht sie mich mit einem Blick an, der mich ganz schwach werden lässt.

»Was reizt dich daran, Bulle zu sein?«

»Der sportliche Wettkampfcharakter. Ich treffe auf Menschen, die lügen, um ihre Taten zu verbergen. Meine Aufgabe besteht darin, sie dazu zu bringen, die Wahrheit zu sagen oder ihnen ihre Taten nachzuweisen. Nur einer kann gewinnen, sie oder ich.«

Sie sieht mich irritiert an, leert dann ihr Glas auf einen Zug. Ich schenke ihr reichlich nach. Wir werden bald beide betrunken sein, was auch immer dann passieren wird.

»Du hast ein seltsames Motiv, Bulle zu sein!«

»Wieso?«

Cora zuckt mit den Schultern.

»Ich dachte, Polizist wird man, um für Recht und Ordnung zu sorgen oder meinetwegen auch aus Liebe zum Gesetz.«

»Ich sage ja nicht, dass dies mein einziges Motiv ist. Aber es ist auf jeden Fall mein zentraler Antrieb, mich gegen die Abschiebung in ein Büro zu wehren! Ich brauche die Auseinandersetzung und das Gefühl richtig gut zu sein, in dem was ich tue. Geht es dir nicht auch so?«

Unsere Unterhaltung ist interessanter und irgendwie auch echter, als alle Gespräche die ich in den letzten Jahren mit einer Frau geführt habe. Rasch leeren wir die zweite Flasche Wein. Auch Käse und Espresso liegen hinter uns.

»Jetzt ist der Zeitpunkt, an dem die Frage üblicherweise lautet zu mir oder zu dir«, versuche ich mein Glück.

»Weder noch. So war es abgemacht.«

»Du hast deine Meinung also nicht geändert?«

Sie schüttelt den Kopf.

»Enttäuscht?«

»Nein.«

»Nicht?« Sie wirkt beleidigt. »Warum hast du dann überhaupt gefragt?«

»Gehört doch irgendwie dazu. Womöglich kämst du dir unattraktiv vor, wenn ich es nicht zumindest versuchte.«

»Blödmann! Genau das tu ich jetzt!«

»Sollen wir also doch?«

»Spinnst du?«

Ich seufze.

»Siehst du, das finde ich so schwer mit euch. Es ist einfach nicht möglich, es euch Recht zu machen.«

»So schwer ist das gar nicht. Die Frage lautet eher, ob du es wirklich willst.«

Am nächsten Morgen klopft es laut an meiner Zimmertür. Mühselig rappele ich mich aus dem Bett und schlurfe Richtung Tür. Dort angekommen zögere ich. Soll ich wirklich öffnen? Bisher bereiteten mir klopfende Gäste nur Scherereien. Anderseits sind Cora und Charo überdurchschnittlich attraktive Frauen. Meine Neugierde, welche Schönheit diesmal davorsteht, obsiegt.

»Du?«

»Kann ich bitte reinkommen?«

Ich trete beiseite.

»Muss das sein? Wir sehen uns nachher ohnehin im Präsidium.«

»Ich muss dir vorher etwas sagen.«

»Was?«

Raul sieht aus, als ob er die Nacht kein Auge zugemacht hat. Seine Augen sind dunkel umrandet und sein rechtes Lid zuckt nervös.

»Señora Breitner verfolgte mich die ganze Nacht und hielt mich vom Schlafen ab.«

»Das ist doch prima. Dann ist sie zumindest wieder aufgetaucht.«

Er wirft mir einen genervten Blick zu.

»Das ist nicht witzig! Du weißt genau, wie ich das meine! Ich konnte kaum schlafen. Wenn mir doch einmal die Augen zufielen, träumte ich von Señora Breitner. Sie sah mich vorwurfsvoll an, während sie im Sarg liegend bei lebendigem Leibe begraben wurde. Schaufel um Schaufel donnerte Erde auf den Sarg, in dem sie gefangen war.«

Mir liegt auf der Zunge zu fragen, wie er die Dame durch den geschlossenen Sargdeckel hindurchgesehen hat, lasse es aber sein. Er würde es weder witzig finden, noch würde es ihn trösten. Außerdem mache ich mir selber ernsthafte Sorgen um sie.

»Lässt sich ihr Handy nicht orten?«

»Nein. Es war letztmals nach ihrer Ankunft am Flughafen eingeschaltet. Seither schweigt es.«

Ohne dass er es ausspricht, weiß ich genau, warum er hier ist, warum er mich außerhalb des Präsidiums und ohne Zeugen sprechen will. Irgendwie ziehe ich Dinge magisch an, die Scherereien mit sich bringen.

»Hast du die Baupläne der Finca?«

»Ja. Derentwegen mache ich mir die schwersten Vorwürfe. Dort sind im Untergeschoss fünf Räume eingezeichnet, von denen drei mit meiner Skizze übereinstimmen. Dies bedeutet, dass der Baron den Zugang zu den restlichen beiden Räumen in irgendeiner Weise verborgen hat. Jedenfalls habe ich diese nicht kontrolliert!«

Er seufzt schwer.

»Warst du damit beim Comisionado?«

»Ja. Trotz seiner Skepsis erlaubte er mir beim Staatsanwalt vorzusprechen.«

»Und?«

»Nichts. Er erlaubt uns die Durchsuchung nicht.« Raul sieht mich gequält an. »Womöglich stirbt sie, weil ich nicht nach der Geheimtüre suchte!«

»Was ist mit dem Waffenschein? Vielleicht hilft ...«

»Tut er nicht!« Raul schüttelt heftig mit dem Kopf. »Du hattest Recht, dort ist tatsächlich eine Pistole mit Kaliber 4,4 mm eingetragen ...«

»Das ist doch super!«

»Ist es nicht! Der Baron meldete noch gestern die Pistole als vermisst. Über seinen Anwalt ließ er uns eine Erklärung zukommen. Angeblich hat er sich nach unserem gestrigen Besuch, ausgelöst durch unsere Nachfrage, auf die Suche nach der Ceska begeben. Im Waffenschrank ist sie nicht mehr. Er vermutet, dass sie bei einem der beiden Einbrüche in sein Haus gestohlen wurde.«

»Was für Einbrüche?«

»In sein Haus wurde zweimal eingebrochen. Das erste Mal vor etwa einem Jahr. Als er von einer Veranstaltung in Palma spät nachts zu seiner Villa zurückkehrte, begrüßten seine beiden Hunde ihn freudig und taten so, als sei nichts gewesen. Dabei hatte jemand eine Terrassentür aufgehebelt und war in sein Haus eingestiegen. Er rief unsere

Kollegen, die das Haus durchsuchten und die Einbruchsspuren dokumentierten. Laut dem Protokoll der Kollegen war er seinerzeit wegen seiner vielen Kunstwerke sehr besorgt, aber es fehlte keins. Nur seine teure HiFi-Anlage war verschwunden. Es ist unwahrscheinlich, dass die Einbrecher es auf sie abgesehen hatten.«

»Sind das nicht merkwürdige Parallelen zum Einbruch in die Finca des GinKönigs? Beide Häuser wurden von Hunden bewacht und in beide wurde eingebrochen, ohne wirklich etwas zu stehlen?«

»Stimmt. Abgesehen von der Kleinigkeit, dass beim GinKönig drei Menschen erschossen wurden.«

Ich stutze, sehe dann aber über seinen Zynismus hinweg.

»Und der zweite Einbruch?«

»Der war noch merkwürdiger. Der Baron ließ seine Hunde einschläfern und stattdessen eine richtig teure Alarmanlage installieren. Als bei ihm erneut eingebrochen wurde, hielt er sich für ein paar Tage im Ausland auf. Die Alarmanlage löste aus und Leute der Sicherheitsfirma waren eine Viertelstunde später vor Ort. Sie …«

»Eine Viertelstunde? Das ist verdammt viel Zeit!«

»Du warst doch selbst dort. Normalerweise braucht man von Palma bis zu seiner Villa in den Bergen bei Valldemossa eine halbe Stunde. Jedenfalls war erneut die gleiche Terrassentür aufgehebelt. Die Wachmänner durchsuchten das ganze Haus, ohne einen Einbrecher zu finden. Auch sonst schien alles unberührt. Der Baron gab nach seiner Rückkehr den Kollegen gegenüber an, ihm sei dieses Mal überhaupt nichts gestohlen worden.«

»Und jetzt behauptet er, bei einem der beiden Einbrüche sei seine Pistole abhandengekommen?«

»Wir werden seine Behauptung nicht widerlegen können.«

»Das klingt nicht gut. Warum bist du eigentlich hier? Die Sache hättest du mir auch später im Büro erklären können.«

Raul sieht mich eindringlich an.

»Ich will in die Villa einbrechen und mir die beiden verborgenen Räume ansehen. Mich macht der Gedanke schier verrückt, dass Señora Breitner dort möglicherweise gefangen gehalten wird. Stell dir vor, wir finden in ein paar Tagen ihre Leiche und der Pathologe stellt fest, dass sie gestern, während wir die Villa durchsuchten, noch lebte!«

Bianca beneidet ihren Kollegen Hurlebaus. Der darf auf Mallorca die Sonne genießen und erlebt allerhand Abenteuer, während sie im Stuttgarter Amt langweilige Recherchen erledigt. Möglicherweise fasst der Glückspilz ganz nebenbei noch einen Tatbeteiligten an einem vierzig Jahre zurückliegenden Mord. Wenigstens hier will sie ihren Beitrag leisten. Leider erweist sich das keineswegs als einfach. Es gab im fraglichen Zeitraum in Deutschland keinen einzigen ungeklärten Mord, bei dem das Opfer erschossen wurde. Ihr fällt nichts mehr ein, was sie noch tun könnte.

Ihr Dienstapparat klingelt. Das Display zeigt eine Nummer mit der Vorwahl 0721 an. Zögernd hebt sie ab und meldet sich.

»Guten Tag Frau Walter, hier spricht Staatsanwalt Lenz von der Bundesanwaltschaft in Karlsruhe.«

»Oh!«

Bianca ist perplex. In ihrer Verzweiflung richtete sie sogar eine Anfrage an die Bundesanwaltschaft, ohne ernsthaft eine Antwort zu erwarten. Bestimmt bekommt sie gleich eins aufs Dach, was ihr einfällt, die hohen Herrschaften mit ihrem Mist zu belästigen.

»Ich melde mich wegen Ihrer Anfrage ...«

»Entschuldigen Sie vielmals, die war wohl etwas vermessen und voreilig von mir.«

Ihr Gegenüber schweigt. Bianca beißt sich auf die Zunge. Musste sie ihn jetzt zu allem Überfluss auch noch unterbrechen?

»Ist das Ihre ehrliche Meinung?«

»Ähh ...«, sie überlegt fieberhaft, beschließt, nichts auf seine Meinung zu geben und sich selbst treu zu bleiben. »... nein. Ich bin der Meinung, Sie in manchen Ermittlungen durchaus um Unterstützung bitten zu dürfen.«

Erneut schweigt er. Bianca sinkt das Herz endgültig in die Hose.

»Da bin ich aber froh, mich in Ihnen nicht getäuscht zu haben. Unser Land braucht hartnäckige und mutige Polizisten wie Sie!«

Sie muss sich verhört haben. Normalerweise sind die anderen von ihr genervt, stempeln sie als giftige Wadenbeißerin oder gar Querulantin ab. Bianca hegt den Verdacht, in Wahrheit Hurlebaus zugeordnet worden zu sein, weil niemand mit ihnen beiden zusammenarbeiten will.

»Was mich wundert, ist das Timing Ihrer Anfrage«, fährt der Staatsanwalt fort.

»Wie meinen Sie das?«

»Nun, vor ein paar Tagen ...«

Wieso bin ich hier? Lana würde behaupten, wegen meiner Unfähigkeit, aus meinen Fehlern zu lernen. Ich könnte dagegen halten, weil ich im Unterschied zu ihr ein Gewissen besitze und dieses auch als Polizist nicht ablege. Aber vermutlich stimmt beides nicht. Ich lerne durchaus, lege aber keinen besonderen Wert darauf, ein guter Mensch zu sein.

Jetzt sitze ich zur Geisterstunde bei Dunkelheit in einem unbeleuchteten Auto und starre durch die Windschutzscheibe. Der Mond zeigt sich als dünne Sichel und die Sterne leuchten am wolkenlosen Himmel, vor dem sich der schwarze Umriss des Puig des Teix deutlich abzeichnet.

Ich spüre Angst, nicht davor, dass mir körperlich etwas Ernsthaftes passiert. Aber wenn rauskommt, was ich hier treibe, verliere ich möglicherweise meine Arbeit. Ich bilde mir ein, ein freier Geist zu sein. Trotzdem hänge ich an meiner Arbeit.

Ob Raul schon drin ist? Er will genau die gleiche Terrassentür aufhebeln, die schon zweimal zuvor aufgebrochen wurde, um sein Tun als Teil einer Serie erscheinen zu lassen, für deren ersten beiden Elemente er Alibis besitzt. Es ist egal, wenn er Fingerabdrücke oder Bio-Spuren hinterlässt, da er gestern mit Billigung des Barons das gesamte Haus durchsuchte. Sie dürfen ihn nur nicht in flagranti erwischen. Auch Bildaufnahmen von ihm wären gefährlich. So ist Raul mit Sturmhaube und weit geschnittener Kapuzenjacke komplett maskiert. Zur Flucht wird er sein Mountainbike nutzen, mit dem er ohne Licht bergabwärts auf schmalen Pfaden zu entkommen hofft.

Mein Job besteht darin, aus sicherer Entfernung die zur Villa führenden Straßen im Auge zu behalten. Wir haben vereinbart, dass Raul sich spätestens nach einer Viertelstunde vom Acker macht. Sollte sich eine Streife in der Nähe befinden und vorher eintreffen, werde ich ihn mit einem Walkie-Talkie warnen. Aus unseren Handys haben wir vor unserem Aufbruch in Palma die Akkus entfernt.

Die Außenbeleuchtung an der Villa des Barons schaltet sich ein. Mir stockt der Atem. Baron von Helfenstein befindet sich in Palma auf einer Vernissage. Wir erwarten ihn frühestens um ein Uhr zurück. Vermutlich reagierte ein Bewegungsmelder und schaltete die Scheinwerfer ein. Ein auf dem Dach installiertes Warnlicht leuchtet rot. Ich schaue auf die Uhr. Fünf nach zwölf brach Raul die Tür auf und löste dadurch den Alarm aus. Es ist vereinbart, dass er sich aus dem Keller meldet. Obwohl der Weg dorthin keine Minute in Anspruch nehmen darf, höre ich ewig nichts von ihm. Dann knackt das kleine Sprechfunkgerät.

»Schläfst du schon?«

»Nein, ich warte auf dich.«

Der kurze Kontakt soll sicherstellen, dass er mich im Keller empfangen kann. Es wäre zu blöd, wenn ich versuche, ihn vor einer Streife zu warnen und er mich nicht hören kann.

Als Polizist habe ich oft Gauner überwacht und kenne die Anspannung vor einem Zugriff. Meine jetzige Nervosität ist nicht damit vergleichbar. Weil ich erstmals auf der anderen Seite stehe? Die Sekunden ziehen sich endlos hin. Aus beiden Richtungen rührt sich auf der an der Zufahrt zur Villa vorbeiführenden Straße nichts.

Raul trägt als Werkzeug nicht mehr als ein großes Brecheisen bei sich. Für die Terrassentür hat es locker gereicht, aber wird er damit auch den Zugang zur Geheimkammer aufbekommen? Meine Fantasie produziert Bilder dessen, was der Baron dort verbirgt. Ich sehe ein karges Gefängnis, Frau Breitner mit einer rostigen Kette an der Wand fixiert. Das Bild wird abgelöst von dem einer Kammer, in der er Kinder und Frauen zur Befriedigung seiner abartigen Sexualität quält. Oder handelt es sich um eine verborgene Wohnung, in der sich der Hausherr seit Jahren seine Natascha Kampusch hält?

Ich schüttele mich, um die verstörenden Bilder loszuwerden. Zwei Minuten sind erst vergangen. Kaum zu glauben, wie langsam die Uhr kriecht. Wahrscheinlich verbirgt sich im Untergrund etwas völlig Harmloses, etwa ein gut sortierter Weinkeller.

Vermutlich ist der Zugang hinter einem verschiebbaren Regal oder Schrank verborgen. Diesen wird Raul mit dem Stemmeisen beseitigen können. Aber dann? Drei Zoll Edelstahl zwischen ihm und der Gesuchten werden ihn kläglich scheitern lassen. Gut, er könnte sich durch Klopfzeichen und Rufen auf der anderen Seite der Tür …

Scheiße! Da kommt ein Auto! Hektisch drücke ich auf die Ruftaste:

»Schatz, ich sehe schon dein Auto auf der Straße, noch dreihundert Meter zur Abfahrt, … zweihundert, … hundert«, ich halte den Atem an. »Oh, das warst du wohl doch nicht.«

Erleichtert lasse ich das Gerät wieder sinken. Für so einen Mist bin ich langsam zu alt. Ich komme mir albern vor, wie ich mit ihm spreche. Aber es ist nicht auszuschließen, dass jemand mithört. Raul rannte auf meine Warnung hin vermutlich mit dem Stemmeisen in der Hand Richtung Ausgang. Und jetzt? Befindet er sich auf dem Weg zurück in den Keller? Oder hat er die verborgene Tür bereits gewaltsam geöffnet und verlässt gerade das Haus? Nein, Letzteres kann nicht sein. Wir haben vereinbart, dass er mir vorher Bescheid gibt.

Fünf Minuten ist er jetzt drinnen. Vielleicht sieht in diesem Augenblick die Witwe voller Erleichterung ihren Retter eintreten. Oder sie bricht soeben in Panik aus, schließlich ist Raul schwarz vermummt und somit nicht als Polizist erkennbar.

Am Ende der Straße erscheint ein Wagen mit Blaulicht.

»Schatz, diesmal bin ich mir sicher, dass du es bist!«

Schweiß rinnt an mir herunter, während ich den Motor starte. Aus der anderen Richtung taucht ebenfalls ein Wagen mit Blaulicht auf. Es scheint, als wollen sie diesmal dem Einbrecher keine Chance lassen, ihnen zu entkommen.

»Nanu, aus der anderen Richtung kommt ebenfalls ein Wagen, der genau wie deiner aussieht!«, brülle ich aufgeregt.

»Verstanden«, antwortet Raul laut keuchend.

Offensichtlich befindet er sich bereits auf der Flucht. Ich hoffe, dass sie keine Straßensperren errichten. Trotz meiner Sorge kann ich mich vom Anblick der Fahrzeuge nicht losreißen. Raul kann mit seinem Mountainbike auf Seitenwegen an ihnen vorbeischlüpfen. Mich werden sie hingegen anhalten. Anderseits kann mir niemand verbieten, einen nächtlichen Ausflug über die Insel zu unternehmen. Ohne besondere Eile erreichen die beiden Einsatzfahrzeuge fast gleichzeitig die Abfahrt zum Anwesen. Dicht hintereinander fahren sie die Zufahrt hinab. Ich habe genug gesehen und lege den Gang ein.

Die Bar Abaco logiert in der Altstadt von Palma in einem barocken Palazzo. Säulen und Gewölbebögen bestehen aus einem glänzenden Naturstein, die verputzten Wände sind mit einem warmen Gelb gestrichen. Ich hocke an der Bar, vor mir steht bereits mein zweiter Cocktail. Das Muttertier hat in der Zeit, in der mein Handy ausgeschaltet war, mehrmals versucht, mich zu erreichen. Um diese Uhrzeit kann man eine wie die Kollegin Walter natürlich nicht mehr zurückrufen. Aber das ist egal, alles, was von ihr kommt hat ohnehin Zeit bis morgen.

Wo bleibt Raul? Okay, er ist mit dem Mountainbike unterwegs, aber sein Weg führt weitgehend bergab. Ich habe sicherheitshalber einen Umweg gemacht und lange gebraucht, einen Parkplatz zu finden. Daher habe ich eine Stunde benötigt und halb erwartet, ihn schon am vereinbarten Treffpunkt vorzufinden. Ich beschließe die Zeit zu nutzen und nehme mein Telefon zur Hand.

»Was willst du?«

Sie klingt verschlafen, nicht so tough wie sonst.

»Es ernsthaft versuchen.«

»Was?«

»Es richtig zu machen.«

Cora erwidert nichts. Ich glaube sie lächelt.

»Lächelst du?«

»Ruf morgen noch einmal an. Gute Nacht.«

»Gute Nacht.«

Glücklich stecke ich das Telefon weg. Eine Rothaarige, vermutlich wenige Jahre älter als ich, wirft mir einen interessierten Blick zu. Ich sehe schnell weg und erhebe mich. Eine mit einem roten Läufer belegte Steintreppe führt nach oben. Soeben stöckeln zwei völlig überdrehte, grell geschminkte Frauen die Stufen herab. Ist der Bereich oben für normale Gäste zugänglich? Wartet Raul womöglich dort? Eilig steige ich die Tritte hinauf. In einer Art Salon sitzen Pärchen sowie kleine Gruppen herausgeputzter Gäste beisammen. Die Zunge eines jungen Mannes erforscht unermüdlich die Mundhöhle seiner Begleiterin. Raul ist nirgends zu sehen. Ich drehe um. Gegenüber dem Salon befindet sich eine verschlossene Tür aus einem rötlich glänzenden Holz, vielleicht Kirschbaum. Ein breitschultriger Mann in schwarzem Anzug und mit Knopf im Ohr hält davor Wache. Offensichtlich handelt es sich um eine geschlossene Gesellschaft. Dort kann also Raul nicht sein. Ich werfe einen weiteren Blick auf die Uhr. So viel Beachtung wie in den letzten Stunden habe ich ihr schon lange nicht mehr gewährt. Raul ist vor über eineinhalb Stunden aufgebrochen. Haben Sie ihn geschnappt?

In diesem Augenblick tritt der Türsteher einen Schritt zur Seite. Die von ihm bewachte Tür öffnet sich. Automatisch blicke ich dorthin. Überrascht sehe ich zwei mir bekannte Männer heraustreten. Nur einer von beiden könnte mich identifizieren, da ich Bürgermeister Marin bloß aus dem Fernsehen kenne. Trotzdem trete ich zur Seite und spicke hinter der Ecke vor. Der Bürgermeister diskutiert heftig mit dem Witwer der toten Tierpflegerin. Wieso erstaunt es mich, dass die beiden sich kennen? Sie sind so in ihren Streit vertieft, dass sie mich nicht bemerken. Zur Sicherheit warte ich zwei Minuten, dann steige ich ebenfalls die Treppe hinunter.

Mitten im stilvollen Innenhof blickt Raul suchend um sich. Erleichtert mache ich ihn auf mich aufmerksam. Mit dem Kopf weist er in Richtung eines kleinen, abseitsstehenden Tisches, der soeben frei wird. Kurz darauf sitzen wir uns dort gegenüber.

»Und?«

»Den Schrank, der den Zugang verbirgt, fand ich sofort. Er ließ sich von Hand nicht bewegen. Um Zeit zu sparen, setzte ich kurzerhand das Stemmeisen an. Dahinter kam eine massive Stahltür mit einem elektronischen Zahlenschloss zum Vorschein.«

»Wow!« Ich pfeife durch die Zähne. »Hast du sie aufbekommen?«

»Leider nicht.« Er schüttelt betrübt den Kopf. »Es gab nicht die kleinste Spalte, in der ich hätte ansetzen können.«

»Schade.«

»Ich klopfte wild gegen die Tür, fragte, ob sich jemand dahinter befinde und sagte ich sei hier, um Hilfe zu bringen.«

Er sieht mich lächelnd an. Warum redet er nicht weiter? Kam er so spät, weil er gemeinsam mit seinen Kollegen Frau Breitner befreite?

»Nichts!« Sein Lächeln verglimmt. »So angestrengt ich auch lauschte, außer meinem Herzschlag war nichts zu hören!«

Nach der langen Nacht stehe ich erst gegen Mittag auf und frühstücke ausgiebig, ehe ich mich auf den Weg mache. Im Präsidium herrscht eine Stimmung emsiger Betriebsamkeit, gepaart mit freudiger Erregung, die ich gut kenne.

»Habt ihr ihn gefasst?«, frage ich Raul.

»Den Baron?«

Ich nicke.

»Nein, wir haben Señor Schneider verhaftet. Bei der Durchsuchung seiner Wohnung wurde die Ceska des Barons sichergestellt. Die Kriminaltechniker nehmen gerade Beschussproben. Bald wissen wir, ob es sich um die Mordwaffe handelt.«

»Habt ihr nun doch seine Wohnung durchsucht?«

»Deine Kollegin Señora Walter aus Deutschland lieferte Comisionado Amengual die entscheidenden Informationen. Auf deren Basis beantragte er einen Durchsuchungsbeschluss und bekam ihn auch.«

Mir bleibt der Mund offenstehen. Da habe ich das Muttertier wohl unterschätzt. Egal.

»Und die Pistole wurde bei Herrn Schneider gefunden?«

Raul nickt.

Ich kann es nicht glauben, aber Mordermittlungen nehmen manchmal die seltsamsten Wege. Da Schneider Deutscher ist, erlaubt mir der Comisionado nach kurzem Zögern, an seiner Befragung teilzunehmen. Sie ist für den späten Nachmittag geplant.

So bleibt mir Zeit, mit dem Muttertier zu telefonieren.

»Was haben Sie den Spaniern über Herrn Schneider gesagt?«

»Ich habe zuerst versucht, Sie zu erreichen! Erst …«

»Schon gut, ich bin nicht sauer. Sagen Sie mir einfach, was die von Ihnen wissen.«

»Als ich in unseren Datenbanken keinen passenden, ungeklärten Mordfall fand, wandte ich mich an die Bundesanwaltschaft in Karlsruhe. Die haben tatsächlich einen passenden Mord. Im Mai 1976 wurde an einem Baggersee in der Nähe Frankfurts ein Polizist erschossen. Den

Tatverdächtigen aus der Terroristenszene konnte der Mord nie nachgewiesen werden.«

»Wollen Sie damit behaupten, Schneider ist ein ehemaliger RAF-Terrorist?«

»Zumindest war er seinerzeit im Umfeld der RAF unterwegs.«

»Wie ist der Mord passiert?«

»Zwei Polizeibeamte sollten am Baggersee einen des Exhibitionismus verdächtigten Mann verhaften. Dieser lag in einer Gruppe aus drei jungen Männern und zwei jungen Frauen. Die Beamten nahmen ihn mit zu ihrem Wagen. Dort wurde auf sie geschossen und der Verdächtige befreit. Bei der Schießerei starb ein Kollege.

Jetzt erhielt die Bundesanwaltschaft einen Brief. Eine der beiden jungen Frauen will vor ihrem Tod ihr Gewissen entlasten und bezichtigt Herbert Schneider, damals die tödlichen Schüsse abgefeuert zu haben.«

»Der Brief geht in etwa zur gleichen Zeit bei der Bundesanwaltschaft ein, wie Schneider sein eigenes Gewissen bei Frau Stöckle erleichtert? Erscheint Ihnen das nicht als ein verdächtiger Zufall?«

»Keineswegs. Die Briefschreiberin behauptet, zuvor Herrn Schneider aufgefordert zu haben, sich selbst zu stellen. Erst als er ihrer Aufforderung nicht nachkam, schrieb sie der Bundesanwaltschaft. Schneider wurde wahrscheinlich durch den an ihn gerichteten Brief zu seinem Geständnis gegenüber Frau Stöckle inspiriert.«

Das Muttertier berichtet mir noch einige weitere Details, dann beenden wir das Gespräch. Mir bleibt nichts übrig, als zu warten, bis der Comisionado mit der Befragung beginnt. Um die Zeit zu überbrücken, lese ich auf meinem Handy deutsche Zeitungen. Alles scheint mir tausendmal gehört. Der zumeist von Empörung und unerträglichem Moralismus getragene Grundton der meisten Artikel nervt mich. Politik besteht im Kern aus Macht- und Verteilungsfragen. Ich sehne die Zeiten zurück, als Politiker und Journalisten diesen Umstand noch nicht mit dem Mäntelchen überlegener Moral verbrämten. Selbst die Angstkeule einer roten Gefahr aus dem Osten war mit plausibler erschienen, als die Drohung mit zwei Grad Erderwärmung. Ich lebe nicht in Hamburg, daher erscheint mir das Ausmaß der Angst vor dem Klimawandel absurd. Mein Bruder Sascha würde mir jetzt Egoismus vorwerfen, dabei ist er selbst genauso egoistisch wie ich. Nur tut er so, als mache ein Kreuz auf dem Wahlzettel einen zu einem besseren Menschen.

Die Ceska des Barons entpuppt sich tatsächlich als die Tatwaffe. Wie ein Lauffeuer macht die Nachricht die Runde. Ich will loslegen, doch Amengual rührt sich nicht. Dafür versucht Cora unentwegt, mich zu erreichen. Sicherlich hofft sie auf Insiderinformationen zu Schneiders Verhaftung. Daher ignoriere ich ihre Anrufe.

Endlich verlässt der Comisionado sein Büro. Im Vorbeigehen nickt er mir zu, ich folge ihm in den Verhörraum. Amengual klärt die Formalien. Eine Kamera zeichnet das Verhör auf.

Dem alten Herrn Schneider sind Verunsicherung und Angst anzusehen. Als mein spanischer Kollege ihn nach seinem Alibi für die Mordnacht fragt, wird er blass und ringt so schwer nach Luft, dass ich Angst um ihn bekomme.

»Sie glauben allen Ernstes, ich habe Klara erschossen?«

»Eine naheliegende Vermutung, schließlich haben wir die Mordwaffe bei Ihnen gefunden.«

»Die Mordwaffe?«

Erneut zeigt Schneider sich auf eine Art erstaunt, die entweder echt ist oder ein enormes schauspielerisches Talent erfordert.

»Wo?«

»Sagen Sie es uns.«

»Wie soll ich es Ihnen sagen? Ich habe keine Ahnung, um welche Waffe es sich handelt. Noch viel weniger kann ich Ihnen sagen, wo Sie diese gefunden haben. Ich kann mir allerdings nicht vorstellen, dass es in meinem Appartement war.«

»Wir fanden die Waffe in dem zu Ihrem Appartement gehörenden Keller.«

»Im Keller? Der ist mit einem einfachen Schloss versehen! Jeder Trottel kann es mit einem Dietrich öffnen! Die Waffe hat mir jemand untergeschoben! Mit Sicherheit finden Sie keinen Fingerabdruck von mir auf ihr!«

»Sagen Sie uns einfach, wo Sie letzten Freitag zwischen zwanzig und zweiundzwanzig Uhr waren.«

»Letzten Freitag kochte ich für mich alleine Spaghetti mit einer Gemüse-Tomaten-Soße. Dazu trank ich einen wunderbaren Wein aus der Region Jumilla. Nach dem Essen las ich in einem Roman von Hakan Nesser aus dessen New Yorker Zeit. Gegen halb elf war ich müde und ging schlafen.«

»Sie waren also alleine?«

»Ja.«

»Warum leistete Señora Stöckle Ihnen an jenem Abend keine Gesellschaft?«

»Klara und ich hatten unsere festen Tage miteinander, zu denen der Freitag nicht gehörte.«

»Sind Sie sicher? Lag es nicht vielmehr daran, dass Señora Stöckle sich von Ihnen zurückgezogen hat?«

»Quatsch! Wer erzählt denn so etwas?«

»Señora Stöckle selbst.«

»Frau ...«

Schneider starrt meinen spanischen Kollegen verständnislos an. Erneut bewundere ich sein Talent. Eigentlich müsste Herr Schneider zur ersten Garde der deutschen Schauspieler gehören. Oder er ist unschuldig.

»Klara ist doch tot! Wie kann sie Ihnen da so etwas erzählen?«

»Sie schrieb Tagebuch.«

»Stimmt, aber das wurde ihr doch vor zwei Wochen gestohlen!«

Für einen Augenblick gerät der Comisionado aus dem Konzept. Wir haben es oft mit schlagfertigen und kreativen Klienten zu tun, die für fast alles eine Erklärung finden. Unser Job besteht darin, diese kunstvoll entworfenen Lügengebäude zum Einsturz zu bringen.

»Das hat sie Ihnen erzählt?«

»Natürlich, Klara war absolut fassungslos, dass jemand ihr Tagebuch gestohlen hat. Sie saß auf der Terrasse der Arrocería Sa Cranca. Bei einer Tasse Tee schrieb sie, wie oft zuvor, ihre neuesten Gedanken und Erlebnisse auf. Als sie von der Toilette zurückkam, war das Buch verschwunden.«

Amengual und ich wechseln einen kurzen Blick. Wenn das stimmt, wirft es ein völlig neues Licht auf den Fall. Schneider spürt unsere Verunsicherung und legt nach:

»Warum hätte ich Klara ermorden sollen? Ich war mit ihr nicht nur befreundet, sondern liebte sie.«

»Um zu verhindern, dass sie redet und Sie daraufhin den Rest Ihres Lebens hinter Gittern verbringen müssen!«

»Den Rest ...«

Schneider wird aschfahl, sackt förmlich in sich zusammen. Diesmal ist es wirklich zu viel für ihn. Er kippt seitlich vom Stuhl. Wir sind beide zu langsam, es zu verhindern. Amengual flucht, gibt in Richtung Kamera Zeichen, umgehend einen Arzt zu rufen.

Erneut steht Raul vor der Villa des Barons, diesmal in Begleitung einer Handvoll Polizisten.

»Ein Durchsuchungsbeschluss? Dann hätten Sie sich den Einbruch heute Nacht auch sparen können!«

Der Baron sieht Raul voller Sarkasmus an. Dieser errötet leicht, kompensiert dann seine Unsicherheit durch ein besonders barsches Auftreten.

»Keine Ahnung, wovon Sie reden! Treten Sie einfach zur Seite und lassen uns unsere Arbeit machen!«

»Ich rede davon, dass letzte Nacht erneut bei mir eingebrochen wurde. Ihre Kollegen haben sich vor weniger als einer Stunde hier verabschiedet. Wahrscheinlich wird der Einbrecher wieder nicht ermittelt werden. Kein Wunder, schließlich hackt eine Krähe der anderen kein Auge aus!«

»Passen Sie auf, was Sie sagen! Mit Ihrer Pistole wurden drei Menschen erschossen! Außerdem versäumten Sie es, mich darauf hinzuweisen, dass Sie zwei verborgene Kellerräume haben, als wir Ihr Haus nach der verschwundenen Señora Breitner durchsuchten!«

Der Baron zuckt kaum merklich mit den Schultern.

»Tun Sie, was Sie nicht lassen können. Den Weg kennen Sie ja.«

Raul bleibt stehen, gibt Pepe mit seinem Team zu verstehen, ohne ihn im Keller anzufangen.

»Wo bewahrten Sie zuletzt die Pistole auf?«

»Das weiß ich nicht. Wie gesagt habe ich diese mindestens zehn Jahre …«

»Maximal neun Jahre!«

Der Baron stutzt.

»Woher wollen Sie das wissen?«

»Die Patronen in der Pistole wurden vor neun Jahren hergestellt.«

»Und wenn es sich nicht um meine Munition handelt?«

»Wurde Ihre Munition nicht auch gestohlen?«

»Doch, aber trotzdem …«

»Auf einer der Patronen aus der Ceska befindet sich ein Fingerabdruck. Sie müssen sich noch heute auf dem Präsidium einfinden, um dort Ihre Fingerabdrücke zu hinterlegen.«

»Können die mir Ihre Leute nicht einfach gleich hier vor Ort abnehmen?«

»Nein.«

Pepe tritt zu ihnen.

»Der Raum im Keller ist mit einem elektronischen Schloss gesichert. Würden Sie diesen bitte öffnen.«

Der Baron lächelt zynisch.

»Ich bin mir nicht sicher, ob ich mich noch an die Kombination erinnere.«

»Draußen im Wagen haben wir einen Schweißbrenner. Wir können ihn auch …«

»Soeben fällt mir die Kombination wieder ein.«

Sie folgen dem Hausherrn die mit Kunststein belegte Betontreppe in den Keller. Der Schrank ist zur Seite geschoben. Raul steht zum zweiten Mal vor der verschlossenen Edelstahltür. Der Baron verbirgt das an der Tür angebrachte Schloss mit seinem Körper, während er die Kombination eintippt. Pepe und seine Männer setzen die Kapuzen ihrer Ganzkörperanzüge auf und streifen Plastikkappen über ihre Schuhe. Der Baron beobachtet sie mit ausdruckslosem Gesicht.

»War Señora Marianne Breitner jemals in diesen Räumen?«

»Nein.«

»Wir werden darin also keinerlei Spuren von ihr finden?«

»Da sie meines Wissens nie dort drinnen war, wüsste ich nicht, wie diese dorthin gelangt sein sollen.«

Der Trupp tritt ein. Endlich kann auch Raul einen Blick in die Geheimkammer erhaschen.

Erneut ruft mich das Muttertier an. Da Schneiders Verhör unterbrochen ist und ich nichts zu tun habe, nehme ich ihren Anruf entgegen.

»Habt ihr ihn verhört?«

»Ja.«

»Und?«

»Entweder ist der alte Mann der beste Schauspieler, dem ich je begegnet bin oder er ist unschuldig. Er hatte während des Verhörs einen Zusammenbruch. Gerade untersucht der Arzt ihn.«

»Scheiße!«

»Allerdings. Wo wurde der Brief an den Bundesanwalt eigentlich aufgegeben.«

»Auf Mallorca.«

»Das stinkt doch zum Himmel!«

»Warum? Die Briefschreiberin behauptet, Herrn Schneider aufgefordert zu haben, sich zu stellen.«

»Du meinst, sie hat ihn in einem persönlichen Gespräch aufgefordert?«

»Davon ging ich aus. Wobei sie das nicht schreibt.«

»Wurde der Brief kriminaltechnisch untersucht?«

»Klar. Das Schreiben enthält weder Fingerabdrücke noch sonst verwertbare Spuren. Auf dem Umschlag wurden hingegen welche gefunden. Die Briefmarke weist weibliche Speichelspuren auf. Allerdings sind alle Spuren in keiner Datenbank erfasst.«

»Die können von der Postbeamtin stammen, bei welcher der Brief aufgegeben wurde. Hier stimmt etwas ganz und gar nicht. Hast du Leute aufgetrieben, die Schneider von früher kennen?«

»Ja.«

»Und?«

»Niemand weiß etwas Interessantes zu berichten. Alle geben an, sich an ihn nicht mehr erinnern zu können.«

»Keine Ex-Freundin oder enger Freund, die ihn näher kannten?«

»Nein. Obwohl…«

»Ja?«

»Bei einer Frau hatte ich schon das Gefühl, sie würde gerne mehr erzählen.«

»Dann fahr zu ihr hin! Von Angesicht zu Angesicht

bringst du sie vielleicht zum Reden. Wir müssen herausbekommen, ob er sich wirklich im Umfeld der RAF herumtrieb.«

»Wie stellst du dir das vor? Die wohnt in Pirmasens und ich habe drei kleine Kinder!«

»Was ist mit dem Vater der Kinder? Der kann sich doch auch mal um seine Plagen kümmern!«

Raul ist enttäuscht. Die Geheimkammer hat er sich geheimnisvoller vorgestellt. Es sieht darin nicht anders aus als im Lagerraum eines Krämers. Dutzende Kartons und Kisten unterschiedlicher Größe und Form stapeln sich neben- und übereinander.

»Was ist in den Kisten drin?«

»Kunst. Ich kann nur einen kleinen Teil meiner Werke ausstellen.«

Ob sich in einer der Kisten die Leiche der Witwe befindet? Wohl eher nicht, bleibt nur noch die Hoffnung auf den zweiten Geheimraum, den es laut den Bauplänen geben muss.

»Das musst du dir ansehen!«, ruft in diesem Augenblick Pepe.

Raul wirft dem Baron einen triumphierenden Blick zu, dann streift er sich die Schutzkleidung zur Vermeidung von Verunreinigungen über.

Zwischen den Regalen, in denen sich die Kunstwerke stapeln, bleibt nur ein schmaler Gang übrig. Diesem folgt Raul bis zum Ende des Raums. Zwischen dem letzten Regal und der Rückwand aus Beton biegt ein schmaler Gang links ab. Raul folgt ihm und sieht Pepe mit seinen beiden

Kollegen im Nebenraum stehen. Ratlos wirkend starren sie nach rechts. Rauls Herzschlag beschleunigt. Was erwartet ihn in der Kammer, die deutlich kleiner als der Lagerraum sein muss? Er tritt ein und bleibt perplex stehen.

Die Mitte des Raumes nimmt ein riesiger Clubsessel aus braunem Leder ein. Er sieht fleckig und abgenutzt, zugleich aber auch gemütlich aus. Auf einem Tischchen daneben steht eine Kristallflasche, gefüllt mit einer hellbraunen Flüssigkeit, vermutlich Whiskey. Die Wände ringsum sind mit schmalen Streifen eines gelblichen Natursteins verkleidet, der im Raum eine heimelige Atmosphäre erzeugt. Der Sessel ist in Richtung einer Wand ausgerichtet. An dieser hängt, was die Kriminaltechniker ratlos macht.

Der Notarzt weist Herbert Schneider mit Verdacht auf einen Herzinfarkt ins Hospital vom Roten Kreuz ein. Vor seinem Abtransport kommt er wieder zu sich. Als er auf der Trage an mir vorbeirollt, blicke ich nachdenklich auf ihn hinab. Wen hat der harmlos aussehende Alte auf dem Gewissen?

Völlig unerwartet fährt er blitzschnell seine krallenartige Hand aus. Eisern umklammert er mein Handgelenk. Mit der Linken reißt er sich die Atemmaske vom Gesicht.

»Herr Kommissar, Sie sind ein guter Mensch! Sie müssen mir glauben!«

Ich zucke zusammen, während die Sanitäter die Trage anhalten.

»Helfen Sie mir, dass ich Ihnen glauben kann.«

»Fragen Sie in der Arrocería Sa Cranca nach. Der Diebstahl von Klaras Tagebuch fand am Donnerstag vor zwei

Wochen statt. Klara fragte die Bedienungen, ob sie etwas beobachtet haben. Irgendjemand dort muss sich an den Diebstahl des Tagebuchs erinnern!«

Dem Flehen seiner Augen kann sich mein Herz nicht entziehen. Ich will ihm eben antworten, als er kraftlos in sich zusammensackt und die Augen schließt. Ein an der Trage angebrachtes Gerät piept. Eilig legt einer der Sanitäter die Atemmaske wieder an, ehe sie ihn im Laufschritt fortbringen.

»Was wollte er?«, fragt der Comisionado.

»Dass wir uns bei den Kellnerinnen nach dem Diebstahl des Tagebuchs erkundigen.«

Amengual starrt mich nachdenklich an. Er will gerade etwas sagen, als Raul um die Ecke biegt. Seinem Gesicht ist anzusehen, dass die Durchsuchung beim Baron nichts erbrachte. Der Comisionado lässt sich kurz berichten, dann schickt er Raul erneut los. Ich darf ihn begleiten. Auf der Fahrt frage ich mich, wie Herr Schneider darauf kommt, ich könnte ein guter Mensch sein.

Tatsächlich finden wir in der Arrocería Sa Cranca zwei Kellnerinnen, die sich lebhaft an die Señora und die Aufregung um ihr verschwundenes Tagebuch erinnern können. Sie identifizieren Frau Stöckle anhand eines Bildes und wissen, dass das verschwundene Tagebuch in violettes Leder gebunden ist. Gedankenversunken laufen wir zurück zu Rauls Wagen und steigen ein.

»Was zum Teufel bedeutet das?«, fragt Raul.

»Habt ihr auf der Ceska Fingerabdrücke gefunden?«

Er zaudert, sieht mir in die Augen, setzt zum Reden an und lässt es sein. Stattdessen starrt er lieber durch die Windschutzscheibe hinaus auf den Hafen und die sich majestätisch dahinter erhebende Kathedrale. Eine schnittige Jacht in Dunkelblau, auf deren Vordeck sich zwei Bikinischönheiten sonnen, läuft soeben aus.

»Nun sag schon!«

»Die Techniker fanden den Teil eines Daumenabdrucks.«

»Stammt er von Schneider?«

»Nein. Die Waffe selbst wurde gründlich abgewischt. Der Abdruck war auf einer Patrone im Magazin.«

Wir sehen beide schweigend auf die Schiffe im Hafen.

»Vielleicht hat jemand das Tagebuch manipuliert und die Pistole in seinem Keller versteckt, um ihm die Morde unterzuschieben.«

»So ein Quatsch!« Raul starrt mich verärgert an. »Den allwissenden Unbekannten, der im Hintergrund seine Fäden zieht, gibt es nicht! Das mit dem Tagebuch ist seltsam, trotzdem ist Señor Schneider unser gesuchter Mann. Er hat die Morde begangen und damit basta!«

»Warum tötete er drei Menschen? Wie brach er überhaupt in die Finca ein? Es wäre für ihn doch viel weniger riskant gewesen, bei einem Treffen Frau Stöckle zu vergiften und es wie ein Herzanfall aussehen zu lassen. Bei dem Alter der Dame hätte kaum ein Arzt gezögert eine natürliche Todesursache zu bescheinigen.«

»Er hat halt schon seinen ersten Mord mit einer Pistole begangen und kam vielleicht gar nicht auf die Idee, es könne auch einen einfacheren und weniger riskanten Weg geben.«

»Aber ...«

»Es reicht, Jens! Schneider ist unser Mann und damit basta!«

Raul startet den Motor und fährt mit quietschenden Reifen los. Ich zögere. Wieder einmal bin ich an einem Punkt angelangt, an dem ich mich bei Kollegen und Vorgesetzten unbeliebt machen werde. Dabei kann ich nichts dafür, dass mein Denken in anderen Bahnen verläuft. Querdenker wie ich liefern manchmal Lösungen in ausweglos scheinenden Situationen. Trotzdem mag man uns nicht. Bleibt nur zu hoffen, das Muttertier bekommt etwas heraus.

Die Bundesstraße 10 schlängelt sich durch den Pfälzer Wald. Bianca ist überrascht, wie viele trutzige, aus rotem Sandstein errichtete Burgen auf Bergkuppen beiderseits der Straße thronen. Pfälzer Wald hörte sich bisher für sie langweilig und altbacken an. Jetzt beschließt sie, mit ihrer Familie ein Wochenende hier zu verbringen. Benjamin ist gerade in einer Burgen- und Ritterphase. Bestimmt wird er mit seinem Holzschwert begeistert die mittelalterlichen Relikte erobern.

Eine Viertelstunde vor der vereinbarten Zeit erreicht die junge Kommissarin den vereinbarten Treffpunkt in Pirmasens. Neugierig betritt sie das Café Kunstgenuss. Kleine, quadratische Tische, an denen je zwei bequem aussehende Sessel mit kaffeebraunen Stoffbezügen stehen, verbreiten eine wohlige Atmosphäre. Auf jedem Tischchen steht ein hübsches Sträußchen. An den weißen Wänden hängen großformatige Kunstwerke in kräftigen Farben. Bianca fühlt sich sofort wohl. Ohne Zögern entscheidet sie sich für ein Tischchen in Fensternähe. Aus ihrer Handtasche holt sie das vereinbarte Erkennungszeichen, einen alten Krimi von Agatha Christie, den sie gut sichtbar auf dem Tisch platziert, ehe sie sich in die Tageskarte vertieft. Ihr Magen knurrt und es spricht nichts dagegen, sich vor der Befragung zu stärken. Sie entscheidet sich für einen mit Cowboy Spice gewürzten Pulled-Pork-Burger. Eine freundliche junge Frau nimmt ihre Bestellung auf. Die Kommissarin sucht die rückwärtigen Räumlichkeiten auf, um sich zu erfrischen.

Bei ihrer Rückkehr steht der Burger auf ihrem Platz. Bianca läuft das Wasser im Mund zusammen. Allerdings fragt sie sich, wie sie das Monster essen soll. Soweit es geht, sperrt sie ihren Mund auf und bemüht sich verzweifelt, den dick belegten Burger hineinzubekommen. Genau in diesem Augenblick nimmt eine ältere Frau ihr gegenüber Platz.

»Guten Appetit!« Die Unbekannte lacht sympathisch. »Lassen Sie sich von mir nicht stören, die Burger hier sind wirklich klasse!«

Bianca errötet und legt das sperrige Teil zurück auf den Teller.

»Sind Sie Frau Kraft?«

»Ja und Sie müssen Frau Kommissarin Walter sein.«

»Die bin ich. Wollen Sie meinen Dienstausweis …«

»Geschenkt!«

Die beiden Frauen sehen einander an. Frau Kraft besitzt ein offenes Gesicht mit tiefgründigen, dunklen Augen, um die sich Lachfältchen eingegraben haben. Bekleidet ist sie mit einer Jeans und einem dunkelblauen Sweatshirt, viel zu jugendlicher Kleidung für eine Rentnerin.

»Wundern Sie sich, dass ich keine geblümte Kittelschürze trage?«

Bianca fühlt sich ertappt. Erneut errötet sie leicht.

»Ich äh …«

»Keine Sorge!« Die Ältere tätschelt erstaunlich sanft die

Hände der jungen Polizistin. »Ich nehme Ihnen das nicht übel. Früher habe ich selbst gedacht, dass man mit dem Alter seinen Kleidungsstil ändert. Aber dafür gibt es keinen Grund. Warum sollte ich nicht die gleichen Klamotten tragen, in denen ich mich schon immer wohlfühlte?«

»Äh, natürlich, ja …«

»Übrigens stammen die Kunstwerke an den Wänden hier von mir.«

»Oh! Wow! Schön!«

»Bitte sehen Sie einer alten Frau ihren letzten Rest Eitelkeit nach. Ich konnte der Versuchung nicht widerstehen, eine Besucherin aus dem fernen Stuttgart hier zu treffen.«

»Ach, das ist schon okay. Auch wenn ich den weiten Weg hierher in erster Linie gefahren bin, um von Ihnen etwas über Herbert Schneider zu erfahren.«

»Von dem habe ich schon lange nichts mehr gehört.«

»Mich interessiert die Zeit um 1976. Da standen Sie doch in Kontakt mit ihm, oder?«

Sie nickt.

»Was interessiert Sie?«

»Ich glaube, das wissen Sie ganz genau.«

Die beiden Frauen sehen einander erneut an. Ein Ausdruck von Wehmut und Trauer legt sich auf das Gesicht der Älteren.

»Wenn sich die Polizei nach vierzig Jahren für Herbert interessiert, muss es sich um etwas sehr Schwerwiegendes handeln.«

Diesmal nickt Bianca.

»Wurde Herbert Schneider jemals mit einem unnatürlichen Todesfall in Verbindung gebracht? Mich interessiert jeder Verdacht, sei er auch noch so vage und unwahrscheinlich.«

Die Ältere seufzt.

»Einen solchen Verdacht gab es tatsächlich ...«

Cora sieht aus wie eine satte Katze. Ob sie schnurrt, wenn ich sie streichle? Ich habe sie ins Abaco ausgeführt. Die Atmosphäre in dem barocken Patio trägt ihren Teil zu unserem Wohlgefühl bei. Wir speisten mit Verstand und begnügten uns mit einer Flasche Wein. Jetzt sieht sie mich erwartungsvoll an.

»Was hältst du von einem Spaziergang?«

»Eigentlich habe ich auf eine andere Frage gehofft.«

»Man bekommt nicht immer, was man sich wünscht. Außerdem ist es nicht besser, langsam zu machen?«

»Doch, gute Idee.«

Arm in Arm spazieren wir am kleinen See im Parc de la Mar entlang. Die Kathedrale und Reste der alten Stadtmauer bilden eine romantische Kulisse.

»Was reizt dich am Society-Journalismus?«

Sie seufzt.

»Ursprünglich dachte ich, durch die Arbeit viele interessante Menschen kennenzulernen.«

»Ist dem nicht so?«

»Ich begegne vielen mehr oder weniger berühmten Menschen. Diese reden mit mir und beantworten meine Fragen, zumindest einen Teil davon. Aber wirklich kennenlernen tue ich sie nicht, auch nicht in sogenannten Hintergrundgesprächen.«

»Sondern?«

»Die Promis präsentieren mir das Image von sich, das sie gerade öffentlich zeigen wollen.«

»Klingt ziemlich ernüchtert.«

»Ist es auch. Und du? Bist du Polizist geworden, um die Welt gerechter zu machen?«

»Nein, sondern um das Gleichgewicht wieder herzustellen.«

Sie sieht mich ratlos an.

»Mein großer Bruder studierte Sozialpädagogik. Selbst die übelsten Verbrecher sah er als arme Opfer an, deren Taten er mit den Umständen ihrer schrecklichen Kindheit rechtfertigte. Ich dachte, da muss zum Ausgleich auch jemand aus unserer Familie die Rolle des bösen Buben übernehmen und den einen oder anderen üblen Gesellen hinter Schloss und Riegel bringen.«

Sie lächelt schelmisch, schmiegt sich an mich. Ich bin glücklich. Endlich eine Frau, die meine Worte nicht zu ernst nimmt. Ob sie nicht vielleicht doch …?

Mein Handy klingelt. Ich kann es nicht fassen, wer mich da mit sicherem Instinkt erneut zu einem absolut unpassenden Zeitpunkt anruft!

»Willst du nicht rangehen?«

»Nein.«

Ich drücke Sonjas Anruf weg. Die Stimmung ist dahin. Cora hält plötzlich Abstand. Schweigend trotten wir einige Schritte nebeneinander her.

»Wer war das?«

»Meine Ex.«

»Deine Ex? Wieso ruft die dich um so eine Zeit an?«

Eine gute Frage, auf die ich keine Antwort weiß.

»Wie heißt sie?«

»Sonja.«

»Bist du dir sicher, dass Sonja deine Ex ist?«

»Wie meinst du das?«

»Na, ihr scheint mir immer noch eine Art von Beziehung zu führen.«

»Aber nein!«

Ich versuche meine Hand auf Coras Schulter zu legen, sie schlägt diese weg.

»Lass das!«

»Aber …«

»Klär erst einmal deine Beziehung zu Sonja, ehe du anderen Frauen Hoffnung machst!«

Ich schlucke. Eigentlich dachte ich, die Beziehung zu meiner Ex sei geklärt. Jetzt ahne ich, dass es nicht stimmt.

»Glaubt Comisionado Amengual wirklich, der alte Herr Schneider hat diesen schrecklichen Dreifachmord begangen?«

»Ja.« Ich zaudere kurz, beschließe dann aber den Themenwechsel mitzumachen. »Der Staatsanwalt wird morgen U-Haft beantragen. Vorher gibt es noch eine Befragung des Barons von Helfenstein, da er bereits vorgeladen wurde. Allerdings halten sowohl der Comisionado als auch der Staatsanwalt Herrn Schneider für den Täter. Sie sind der Meinung, über genügend Beweise zu verfügen, um einen Prozess wagen zu können.«

»Was denkst du?«

»Herrn Schneiders Lebenswillen ist gebrochen und es gibt einige belastende Indizien. Wenn er sich nicht rechtzeitig aufrappelt und sich einen vernünftigen Anwalt besorgt, wird er verurteilt werden.«

»Du glaubst aber nicht, dass er es war?«

»Nein.«

»Warum nicht?«

»Unter anderem, weil ich mir nicht vorstellen kann, wie er an den Doggen vorbeigekommen sein soll.«

»Man munkelt, die Tiere seien mittels valiumverseuchten Fleischs betäubt worden.«

»Wahrscheinlich wurden sie das. Aber es waren gut ausgebildete Wachhunde. Die nehmen Futter nur von einer vertrauten Person an. Ich dachte ursprünglich, dass hierfür eigentlich nur der GinKönig, die Tierpflegerin Julia Janssen …«

»Die beide tot sind!«

»… oder die Witwe …«

»Die spurlos verschwunden ist!«

»… in Frage kommen. Neuerdings würde ich auch den Baron zu diesem Personenkreis zählen.«

Wir erreichen ihr Auto. Hier werden sich unsere Wege trennen. Unschlüssig stehen wir einander gegenüber.

»Was willst du tun? Du kannst doch nicht zulassen, dass ein Unschuldiger verurteilt wird!«

»Was soll ich deiner Meinung nach tun? Offiziell bin ich nicht einmal Teil des Ermittlerteams, sondern nur Verbindungsbeamter. Der Comisionado und der Staatsanwalt haben mich nicht einmal angehört.«

»Trotzdem!«

»Was trotzdem?« Ich werde sauer. »Als Beamter auf die Obrigkeit pfeifen und einfach eigene Ermittlungen anstellen? So etwas klappt nur in schlechten Krimis! Im wahren Leben zahlt man dafür einen ziemlich beschissenen Preis!«

In Coras Blick liegt Verachtung. Soll ich ihr erklären,

dass genau solch eigenmächtiger Mist zu meinem Burnout führte?

»Ich hätte dir mehr Charakter zugetraut!«

Wortlos wende ich mich von ihr ab.

»Was ist jetzt los? Haust du einfach ab?«

Guten Morgen, Herr Kollege Hurlebaus, ich habe Sie hoffentlich nicht geweckt!«

»Ach Sie sind's!«

»Sie klingen enttäuscht. Wessen Anruf haben Sie erwartet?«

»Wie verlief Ihr Ausflug nach Pirmasens?«

»Äußerst ergiebig. Es gab 1976 tatsächlich Gerüchte, dass Herbert Schneider einen Mord begangen haben soll.«

Ich spüre leise Enttäuschung. Wie hatte ich nur an die Unschuld des alten Mannes glauben können? Zugleich verspüre ich eine gewisse Erleichterung, mich Cora gegenüber nicht zu dessen Retter aufgeschwungen zu haben.

»Allerdings soll er nicht einen Polizisten ermordet haben, sondern gemeinsam mit anderen Burschenschaftlern einen linken Studenten so verprügelt haben, dass es zunächst hieß, der sei daran gestorben.«

Bianca Walter legt eine Pause ein. Ich brauche lange, um zu begreifen, was sie gesagt hat.

»Burschenschaftler? Willst du damit sagen, Schneider war gar nicht im RAF-Umfeld unterwegs?«

»Exakt dies will ich damit sagen. Im Gegenteil, er war Mitglied in der Burschenschaft Germania Frankfurt. Um ganz sicher zu gehen, habe ich heute Morgen mir das noch von denen bestätigen lassen, ehe ich Sie anrief. Da hat sich jemand von Herrn Trump inspirieren lassen. Zumindest ist der Brief ein Fake von jemand, der sich nicht einmal die Mühe machte, die Biografie von Herrn Schneider gründlich zu recherchieren.«

»Bianca, du bist ein Schatz und eine großartige Polizistin!«

»Mir scheint, Sie schlagen mir soeben als eine Art Auszeichnung das Du vor.«

Bin ich nachtragend? Nun, vielleicht bin ich es tatsächlich ein winziges Bisschen. Der Comisionado hält es nicht für nötig, mich nach meiner Meinung zu fragen. Im Gegenzug befinde ich es nicht für nötig, ihn vor der bevorstehenden Enthüllung der unbestechlichen Reporterin Cora Lässig zu warnen.

Ich schluckte meinen verletzten Stolz hinunter und informierte sie knapp über die Ergebnisse von Biancas Recherche. In diesem Augenblick befindet sich ein Team von Coras Sender auf dem Weg nach Pirmasens. Cora hat heute, am Samstagabend zur besten Sendezeit, einen Platz für ihre Anmoderation und den anschließenden Beitrag aus Pirmasens. In diesem Augenblick bedauere ich es, nicht dabei zu sein, wenn Comisionado Amengual vom Platzen der Bombe erfährt. Allerdings weiß ich zu diesem Zeitpunkt auch noch nicht, dass ohnehin alles ganz anders kommen wird.

Einmal mehr warte ich darauf, dass der Comisionado mich endlich zur Befragung abholt. Da ich viele Jahre meist selbst der leitende Ermittler war, fällt mir das Warten besonders schwer. Endlich taucht er aus seinem Büro auf und bedeutet mir mit einem knappen Nicken, ihm zu folgen.

»Was halten Sie von unserer Entscheidung, gegen Señor Schneider U-Haft zu beantragen?«

»Ich halte diese für verfrüht.«

»Das dachte ich mir schon.«

»Vor allem …«

»Nicht jetzt!«

Wir erreichen den Baron und dessen Anwalt. Stellte Amengual die Frage extra auf dem Gang, um sich eine Diskussion mit mir zu ersparen? Begrüßungsfloskeln werden ausgetauscht und Formalien geklärt.

»Wird mein Mandant als Zeuge oder als Verdächtiger befragt?«, will Anwalt Da Silva wissen.

»Mit einer auf Ihren Mandanten zugelassenen Pistole wurden drei Menschen erschossen. Hieraus ergeben sich einige Fragen.«

»Das beantwortet meine Frage nicht! In diesem Fall rate ich meinem Mandanten, sehr umfassend von seinem Recht auf Verweigerung der Aussage Gebrauch zu machen.«

Das fängt ja gut an.

»Die Waffe wurde bei einer Person gefunden, gegen die noch weitere Verdachtsmomente existieren.«

»Das heißt, Sie haben einen anderen Hauptverdächtigen, als meinen Mandanten?«

»Ich greife damit zwar etwas vor, aber in wenigen Stunden werden wir genau dies auf einer Pressekonferenz ohnehin verkünden.«

»Gut. Was wollen Sie wissen?«

Der Comisionado wendet sich dem Baron zu.

»Wir benötigen eine Liste mit den Namen aller Personen,

die jemals Ihre Ceska oder auch nur eine einzige Patrone Ihrer Munition in der Hand gehalten haben könnten.«

»Woher soll ich das wissen?«

»Fangen wir einfach mit den Personen an, mit denen Sie jagen waren!«

Anwalt Da Silva mischt sich ein und rät dem Baron, die Liste zu erstellen. Schließlich könne eine solche, möglichst weit gefasste Liste, ihn nur entlasten. Daraufhin schreibt dieser nach reiflicher Überlegung eine Handvoll Namen auf. Der Comisionado betrachtet die Liste.

»Wie gut kennen Sie Herbert Schneider?«

»Sein Name steht doch gar nicht drauf!«

»Bitte beantworten Sie einfach meine Frage.«

Baron von Helfenstein sieht zu seinem Anwalt, der nickt.

»Schneider betreibt das Café Feldberg. Im Mallorca Magazin las ich einen Artikel über ihn und sein Café. Anschließend trank ich dort gelegentlich deutschen Kaffee und aß Schwarzwälder Kirschtorte.«

»Sonst bestehen keinerlei Kontakte zwischen Ihnen?«

»Nein.«

»Was für einen Grund könnte Herr Schneider haben, bei Ihnen einzubrechen.«

»Der alte Mann ist bei mir eingebrochen?«

»Das habe ich nicht gesagt. Beantworten Sie einfach meine Frage.«

»Sie meinen also eher so hypothetisch?«

Amengual nickt.

»Das weiß ich doch nicht! Fragen Sie ihn!«

»Bei Señor Schneider haben Sie also die Waffe meines Mandanten gefunden.«

Es ist keine Frage, sondern eine Feststellung des Anwalts. Der Comisionado zögert nur kurz.

»Mit Ihrer Vermutung liegen Sie richtig. Ihr Mandant behauptet, die Ceska sei ihm bei den Einbrüchen entwendet worden.«

»Zum Teufel auch!«, mischt der Baron sich ein. »Ich weiß nicht, warum bei mir ständig eingebrochen wird, zumal die Einbrecher nichts stehlen!«

»Ich hätte da einen Vorschlag, warum bei Ihnen eingebrochen wurde.«

Alle Augen, auch die des Comisionados, richten sich überrascht auf mich.

»Darf ich?«

Amenguals Stirn ist gerunzelt. Schließlich nickt er.

»Die Einbrüche waren eine Auftragsarbeit. Jemand wollte ein ganz bestimmtes Kunstwerk stehlen lassen. Vermutlich beschrieb er es im ersten Anlauf dem Einbrecher nicht genau, sondern sagte nur, wo sich das Werk befindet. Der Täter stemmte die Terrassentür auf und drang in Ihre Villa ein. Dann stellte er jedoch fest, dass es sich dort nicht mehr befand. Aufgrund der Vielzahl an Kunstwerken in Ihrem Haus sah er keine Chance, es zu finden. In seinem Frust nahm er Ihre teure Stereoanlage und die Ceska mit.

Später versorgte sein Auftraggeber ihn mit einem Foto des gewünschten Werkes. Er unternahm einen zweiten Versuch.«

Alle drei lassen sich inzwischen meine Theorie durch den Kopf gehen.

»Und der dritte Einbruch?«, fragt schließlich der Anwalt. »Warum erfolgte der?«

»Weil der Auftraggeber herausfand, dass der Baron einen

Teil seiner Schätze in einer Geheimkammer hinter einer Stahltür hortet.«

Letzteres ist natürlich völliger Quatsch. Aber ich kann schlecht zugeben, dass der dritte Einbruch auf Rauls Konto geht.

»Eine sehr interessante Theorie!«, spottet der Baron. »Sicherlich können Sie uns noch sagen, welches meiner vielen, ach so wertvollen Werke unbekannter Künstler der Auftraggeber im Auge hatte.«

»Natürlich kann ich das.«

Der Baron zuckt bei meinen Worten kaum merklich zusammen. Ich beuge mich vor, lege die Hände mit ineinander verschränkten Fingern auf den Tisch und sehe ihn lächelnd an.

»Auch wenn es sich bei dem gestohlenen Objekt um das Werk eines der bekanntesten Künstler der Welt handelt, das Sie unter vielen Nachahmungen zu verbergen suchten.«

Seine Augen weiten und seine Pupillen vergrößern sich für einen Moment.

»So?« Er räuspert sich. »Dann lassen Sie hören.«

»Ich kann Ihnen sogar den Namen des Werkes sagen. Er lautet *Figur*, eine von Giacometti geschaffene Skulptur.«

»Wie können Sie sich erdreisten …«

Die Sache endet in einem Eklat. Natürlich regen sich der Baron und sein Anwalt furchtbar auf. Beide werfen mir üble Dinge an den Kopf. Leider teilt auch der Comisionado ihre Empörung und beendet kurzerhand die Befragung.

»Was soll das?«, faucht er mich an. »Wieso sprechen Sie so etwas nicht vorher mit mir ab?«

»Weil es mir erst während der Befragung klar wurde. Nur so machen die Einbrüche Sinn!«

»Das glaube ich Ihnen nicht! Wie hätten Sie während der Befragung ausgerechnet auf eine ganz bestimmte Skulptur von Giacometti kommen sollen?«

»Vermutlich bekamen Sie es hier auf Mallorca nicht mit. Aber 2007 lachte ganz Deutschland über die Hamburger Kunsthalle.«

Der Comisionado sieht mich verständnislos an.

»Während einer langen Nacht der Museen, bei der sich insgesamt sechzehntausend Besucher in der Kunsthalle drängten, stahl ein Dieb vor aller Augen eine Skulptur Giacomettis mit dem Schätzwert von einer halben Million.«

»Wie das?«

»Gekleidet mit einem blauen Arbeitskittel, einen kleinen Wagen durch die Besuchermassen schiebend, forderte er die Besucher lautstark auf, zur Seite zu gehen. Dann tauschte er vor Publikum die Skulptur gegen eine billige Kopie aus. Von den Besuchern fragte niemand auch nur nach, ob er hierzu berechtigt war. Sein Tun war so offensichtlich, dass keiner es in Frage stellte.

Während der Befragung erinnerte ich mich plötzlich, dass der GinKönig die Kopie eines Zeitungsartikels über diesen dreisten Diebstahl aufbewahrte. Sie befindet sich in einer der Kisten voller sichergestellter Unterlagen auf Deutsch. Als er mir in die Hände fiel, schmunzelte ich, da sich Herr Breitner offensichtlich genau wie ich über die Chuzpe der Diebe amüsierte. Ein wenig wunderte ich mich, dass er den Artikel aufhob. Wenn ich mich richtig erinnere, hat er sogar etwas an den Rand des Artikels gekritzelt. Am besten wir sehen nach.«

»Das werden wir nicht tun!«

»Warum nicht?«

»Der von Ihnen geschilderte Fall ist skurril, hat aber mit den Morden nichts zu tun!«

»Woher ...«

»Ich weiß zwar nicht wieso, aber aus irgendeinem Grund wollen Sie mit aller Macht den Verdacht von Herrn Schneider ablenken. Der Staatsanwalt wird in einer Stunde U-Haft beantragen. Mich will er dabei haben. Ich habe daher keine Zeit für sinnlose Diskussionen. Vielen Dank für Ihre Unterstützung, die wir nicht länger benötigen.«

Den Abend verbringe ich alleine in meinem Zimmer. Ich zappe durch die spanischen Kanäle, finde zu meiner Verwunderung aber keinen Bericht über die Pressekonferenz meines spanischen Kollegen. Ich kann mir das nicht erklären. Normalerweise stürzt sich die Presse doch auf die Präsentation eines Verdächtigen in einem derart spektakulären Mordfall.

Mein Telefon klingelt. Es ist Cora. Mit einem flauen Gefühl nehme ich ihren Anruf entgegen.

»Was soll der Bullshit!«, faucht sie. »Wolltest du mich aus Rache für meine offenen Worte ins Messer laufen lassen?«

»Wovon sprichst du?«

»Davon, dass Schneider nicht in U-Haft gesteckt, sondern freigelassen wurde! Du bist so ein Arschloch! Dein sogenannter Tipp war keinen Pfifferling wert! Da schickt mein Sender extra ein Team in das hinterletzte Kaff der Pfalz und dann so was!«

»Aber ...«

Sie hat aufgelegt. Ich versuche sie zu erreichen, aber mein Anruf dringt nicht einmal durch. Ich überlege gerade, ob ich es vom Festnetzapparat des Hotels aus versuchen soll, als mein Telefon läutet.

»Du?«, begrüße ich Raul überrascht. »Hat Comisionado Amengual dich gebeten, mich anzurufen?«

»Bilde dir nur nichts ein! Der Comisionado weiß nichts von meinem Anruf. Wenn er davon erfährt, ist er sicher alles andere als erbaut davon.«

»Wieso habt ihr doch keine U-Haft gegen Schneider beantragt?«

»Das haben wir.«

»Aber?«

»Der Staatsanwalt ging davon aus, dass Señor Schneider sich keinen Anwalt nimmt und ihm vom Gericht ein Pflichtverteidiger zugewiesen wird, mit dem er leichtes Spiel hat. Dann erschien Vallespin und sein Herz sank ihm in die Hose. Vallespin ist nicht nur ein exzellenter Jurist, sondern bissig wie ein Bullterrier und mit besten Kontakten zu den Medien gesegnet. Der machte in aller Deutlichkeit klar, dass die gesamte Anklage auf leicht zu widerlegende Indizien beruht. Ich wurde auch als Zeuge herbeizitiert und musste darlegen, was wir über das Tagebuch der Señora Stöckle herausfanden. Da auch keine Fluchtgefahr besteht, ordnete der Richter Schneiders Freilassung an.«

Jetzt begreife ich Coras Verärgerung. Ich beschließe Rauls Vertrauen zu erwidern und erzähle ihm von Biancas Recherche zu Schneiders Studienzeiten.

»Hast du dem Comisionado davon berichtet?«

»Ich habe es versucht, aber er wollte nichts von mir hören.«

Das ist immerhin nur halb gelogen.

»Was für einen Sinn macht so eine gefälschte Anschuldigung? Wer auch immer Señor Schneider beschuldigte; der Person muss doch klar gewesen sein, dass wir früher oder später die Sache überprüfen.«

»So einfach ist das nicht. Schneider studierte in Frankfurt Soziologie. Seinerzeit waren nahezu alle Studenten dieses Faches links. Ein Verbindungsmann wie Schneider stellte die große Ausnahme dar. Bei jedem anderen wäre es schwer geworden, die anonyme Anschuldigung zu widerlegen. Irgendetwas bleibt ...«

Plötzlich kommt mir ein verstörender Gedanke.

»Was ist? Wieso hörst du mitten im Satz auf zu reden?«

»Wie heißt Schneiders Anwalt?«

»Villespin.«

»Hat der im Auftrag des GinKönigs nicht schon mehrfach Strandgut-Deutsche verteidigt?«

»Doch. Warum ...«

»Wir müssen los! Sofort! Schneider schwebt in großer Gefahr!«

Obwohl Raul sonst immer rast, bin ich vor ihm dort. Als er endlich kommt und aussteigt ist ihm anzusehen, dass er am liebsten gar nicht hier wäre. Allerdings bleibt keine Zeit, auf seine Empfindlichkeiten Rücksicht zu nehmen.

»Schneider macht nicht auf, aber in seiner Küche brennt Licht. Wir müssen die Tür eintreten.«

»Du spinnst! Da mache ich auf keinem Fall mit!«

»Beim Baron warst du nicht so zimperlich. Stell dich also jetzt bloß nicht an!«

»Willst du mir drohen?«

»Nein, aber im Gegenzug einen Gefallen von dir einfordern. Hast du deine Waffe dabei?«

»Wozu?«

»Weil sein Mörder sich womöglich noch in seinem Appartement befindet. Ich trete die Tür ein, du gibst mir Deckung!«

»Sein Mörder? Aber Jens …«

»Dann gehe ich halt ohne dich.«

Schneider wohnt im zweiten Stock des kleinen Appartementhauses. Ohne weiter auf Raul einzugehen, stürme ich die Treppen hinauf. Die Tür sieht nicht besonders massiv aus, ist nur mit einem einfachen Schloss gesichert. Einem gezielten Tritt wird sie nicht standhalten. Ich nehme Maß, als Raul mit missmutigem Gesichtsausdruck eintrifft. Er zieht seine Pistole, lädt durch und signalisiert durch ein knappes Nicken, bereit zu sein.

Es läuft ab, als ob wir ein eingespieltes Team wären. Die Tür schlägt krachend gegen die Wand, als Raul auch schon mit lauten Rufen in das Appartement stürmt. Ich folge ihm mit grummelnder Angst in den Eingeweiden. Ohne Waffe fühle ich mich in dieser heiklen Situation schwach und wehrlos.

Wie von mir befürchtet, finden wir den alten Mann leblos vor. Er liegt mit dem Oberkörper in einem Teller Spaghetti, in seiner rechten Hand befindet sich ein umgekipptes Glas. Eine fast leere Flasche Rotwein steht vor ihm. Daneben liegt ein handgeschriebener Zettel. Raul ruft sofort einen Notarzt, was meiner Meinung nach sinnlos ist, da ich keinerlei Puls mehr spüre. Dann informiert er seinen Chef.

Der Comisionado trifft wenige Minuten nach dem Arzt

ein. Bei Schneiders Anblick bekreuzigt er sich. Wortlos reicht Raul ihm den Zettel. Amengual überfliegt ihn.

»Ein Abschiedsbrief? Also handelt es sich um Selbstmord.«

»Nein! Das will der Mörder uns glauben machen! Wir dürfen ihm aber nicht auf den Leim gehen!«

Der Spanier sieht mich verärgert an.

»Sehen Sie nicht, dass dies von Anfang an der Plan des Mörders war? Er baute Schneider mit geschickt platzierten Indizien zu Ihrem Hauptverdächtigen auf. Ehe Sie diese einer genauen Prüfung unterziehen, bringt er ihn um und lässt es wie einen Selbstmord aussehen!«

»Was machen Sie überhaupt hier? Habe ich mich nicht klar genug ausgedrückt, dass Ihre Mitarbeit nicht länger erwünscht ist?«

»Aber sehen Sie …«

»Verlassen Sie augenblicklich die Wohnung oder ich lasse Sie rausbringen!«

Raul will eingreifen, aber ich bringe ihn mit einem Blick zum Schweigen. Schließlich ist er für mich wertvoller, wenn er Teil der Ermittlungen bleibt.

Spät in der Nacht weckt mich mein Telefon. Schlaftrunken greife ich nach ihm. Das Display zeigt, dass es sich um Raul handelt.

»Schön, dich zu hören«, begrüße ich ihn.

»Ich dachte, dich interessiert der aktuelle Stand der Ermittlungen.«

»Den kann ich mir denken. Amengual will die Akte schließen, mit Schneider als Dreifachmörder.«

»Stimmt genau. Er hat von der Kriminaltechnik Rodriguez angefordert. Der steht kurz vor der Pensionierung. Außer seiner Flasche Wein am Abend ist ihm nichts wichtig. Ihn holt man nur, wenn es nichts zu finden gibt oder man nichts finden will.«

»Irgendwie verstehe ich Amengual sogar. Es gibt keinen besseren Weg, um eure Insel möglichst rasch wieder aus den Schlagzeilen zu bringen. Das Geschäft mit dem Tourismus soll möglichst wenig beeinträchtigt werden.«

»Aber das ist doch kein Grund, einen Mehrfachmörder davonkommen zu lassen!«

»Was willst du dagegen tun?«

Das Schweigen zieht sich hin. Ich erlöse ihn aus seiner Verlegenheit.

»Lass mich raten, Schneider starb an einer Überdosis flüssigem Valium, das seinem Wein beigemischt war.«

»Zumindest fanden wir eine angebrochene Flasche des Mittels in seinem Müll. Mit demselben Mittel wurden die Doggen des GinKönigs betäubt. Das sieht der Comisionado als weiteres Indiz für Señor Schneiders Täterschaft an.«

»Um einen letzten Gefallen würde ich dich noch bitten …«

Ein letztes Mal genieße ich das Frühstück auf der herrlichen Terrasse des Hotels. Als ich fast fertig bin, sehe ich Cora auf mich zukommen. Sie ist ungeschminkt, trägt wieder ein blau-weiß geringeltes Shirt zu einer weißen Jeans und blauen Sneakers. Ihr Anblick versetzt mir einen heftigen Stich.

Grußlos nimmt sie mir gegenüber Platz. Wir mustern einander kurz.

»War er es?«

»Nein.«

»Wer dann?«

»Das weiß ich nicht. Aber der Täter handelte im Auftrag des Barons.«

»Wieso glaubst du das?«

»Weil der Baron sich wie kaum ein Zweiter mit Fälschungen auskennt. Entweder hat er Frau Stöckles Tagebuch und Schneiders Abschiedsbrief selbst gefälscht oder einen Profi damit beauftragt. Außerdem ist er einer der wenigen, von denen die Doggen das mit Valium vergiftete Fleisch als Futter akzeptiert hätten.«

»Von der Witwe Breitner hätten die das Futter ebenfalls angenommen. Die ist nach wie vor spurlos verschwunden.«

Wahrscheinlich gehört sie ebenfalls zu den Opfern des Barons. Das behalte ich aber für mich.

»Welches Motiv hätte der Baron?«

»Sein Motiv hängt mit den Einbrüchen in seine Villa zusammen.«

»Mehr weißt du nicht?«

»Ich habe eine Vermutung, kann diese aber noch nicht beweisen.«

»Verrätst du sie mir?«

Ich schüttele den Kopf. Sie schluckt, langt dann über den Tisch in meine Richtung. Ich lasse ihre Hand in der Mitte des Tisches liegen.

»Wieso bist du eigentlich so derart sauer auf mich?«

»Weil du von einer unerträglichen moralischen Warte

auf mich, den kleinen, schmierigen Polizisten herabgesehen hast.«

Sie zuckt zusammen, zieht dann ihre Hand zurück.

»Du bist kein kleiner Polizist und schmierig bist du schon gar nicht.«

»Das weiß ich, aber im Moment unseres Streites war ich es für dich!«

Cora schließt die Augen, holt tief Luft. Als sie die Augen wieder öffnet, liegt echtes Bedauern in ihrem Blick.

»Du hast recht, während unseres Streites saß ich auf meinem hohen, moralischen Ross und schaute auf dich herab. Das war ein Fehler von mir, für den ich dich um Verzeihung bitte.«

Etwas wird ganz weich in mir. Sie streckt mir erneut ihre Hand entgegen. Diesmal ergreife ich sie.

»Ich verzeihe dir.«

So sitzen wir uns eine Weile gegenüber. Unsere Hände spielen miteinander.

»Wirst du berichten, dass Schneider vermutlich nicht der gesuchte Mörder ist?«

Sie sieht mich erschrocken an.

»Ich weiß nicht, ob ich das kann.«

»Ach!« Ich entziehe ihr meine Hand. »Genau das ist es, was ich an euch Moralaposteln so hasse! Ihr wisst immer ganz genau, was die anderen zu tun und zu lassen haben. Aber sobald es ans Eingemachte geht, kneift ihr den Schwanz ein!«

»Ich kann das nicht alleine entscheiden, sondern muss das mit meinem Chef absprechen.«

»Ach! Glaubst du bei mir ist das anders? Hat dich das davon abgehalten, mich zu verurteilen?«

»Was glaubst du eigentlich, wer du bist?«

Cora springt auf, schnappt sich ihre Handtasche und eilt davon. Bedauernd sehe ich ihr hinterher. Seit meiner Frau Sonja war keine näher dran, mein Herz zu erobern.

»Mit uns wäre es trotzdem nichts geworden«, murmle ich. »Du bist einfach meinem Bruder zu ähnlich.«

Zurück auf meinem Zimmer packe ich die wenigen auf der Insel erstandenen Sachen in einen Stoffbeutel und lasse ein Taxi kommen. Auf der Fahrt zum Flughafen wähle ich die Nummer des Comisionados. Zu meiner Erleichterung nimmt er meinen Anruf entgegen.

»Ich will mich bei Ihnen für mein gestriges Verhalten entschuldigen«, beeile ich mich zu sagen. »Und Ihnen außerdem für die gute Zusammenarbeit danken.«

»Oh … das … äh … überrascht mich jetzt«, entgegnet er.

»In den letzten Jahren leitete ich jeweils selbst die Ermittlungen. Da fällt es mir einfach schwer, als Verbindungsbeamter nur eine unbedeutende Nebenrolle zu spielen. Ich hoffe, Sie nehmen meine Entschuldigung an und sind nicht nachtragend.«

»Nein, kein Problem, ist bereits vergessen.«

Wir machen noch ein bisschen Bullen-Small-Talk, ehe wir uns verabschieden. Beim ihm ist der Boden bereitet. Zumindest hoffe ich es. Bei der Adressatin meines nächsten Anrufes wird es schwerer werden.

»Was willst du noch?«

»Mich entschuldigen. Ich habe mich gerade wie ein Arschloch benommen. Meine Worte galten eigentlich meinem großen Bruder und nicht dir!«

»Deinem großen Bruder? Wie meinst du das?«

»Nun, er …«

Zurück in Stuttgart führt mich am folgenden Tag mein erster Gang zu meiner Chefin Lana Lansik. Nach dem Ende meines Berichts sieht sie mich misstrauisch an.

»Ihr habt den Fall tatsächlich innerhalb so kurzer Zeit abgeschlossen?«

»Nicht wir, die spanischen Kollegen ermittelten so schnell. Bianca und ich leisteten nur minderschwere Dienste als Wasserträger.«

»Und du hast niemanden verärgert oder gegen dich aufgebracht?«

»Hat sich jemand über mich beschwert?«

Ich bemühe mich um einen unschuldigen Gesichtsausdruck.

»Bisher nicht.«

»Na also.«

»Ich traue dem Braten nicht. Wenn du plötzlich so handzahm bist, muss doch irgendwo ein Haken sein.«

»Keineswegs. Ich bin auf der Insel übrigens auf eine interessante Querverbindung zu einem unserer ungeklärten Mordfälle gestoßen. Wenn du es erlaubst, würden Kollegin Walter und ich gerne den alten Fall neu aufrollen.«

»Welcher alte Fall?«

»Der Tote im Nachtzug aus Hamburg.«

Lana holt tief Luft für eine Erwiderung, bremst sich dann aber selbst und schließt die Augen. Bianca und ich werfen uns einen Blick zu, bei dem ich mein Grinsen nicht ganz unterdrücken kann. Ehe unsere Chefin die Augen wieder öffnet, senke ich schnell meinen Kopf.

»Ich warne dich!« Ihr Unterton klingt gereizt. »Wenn das wieder eines deiner Spielchen ist …«

Sie lässt das Ende ihres Satzes bewusst offen. Ich halte ihrem Blick stand. Schließlich seufzt sie.

»Worauf bist du gestoßen?«

»Unter anderem auf das hier.«

Meiner Mappe entnehme ich das oberste Blatt Papier und lege es ihr hin.

»Ein Phantombild? Noch dazu eines von uns?«

Unter dem Bild stehen Daten wie die geschätzte Körpergröße des Gesuchten und dass es im Mai 2007 in Stuttgart erstellt wurde.

»Das hier ist das Original.«

Ich habe es aus unserer Datenbank ausgedruckt. Jetzt lege ich es neben das erste Dokument. Lana sieht sofort, worauf ich hinauswill.

»Jemand malte mit einem schwarzen Stift im Bild herum. Unter anderem machte er die Augenbrauen etwas breiter und veränderte die Form des Mundes. Woher stammt es?«

»Die Spanier stellten es bei den Unterlagen des sogenannten GinKönigs sicher.«

»Wie kam der GinKönig in seinen Besitz?«

»Keine Ahnung.« Ich beuge mich vor, sehe sie eindringlich an. »Aber wenn er darin herummalte, dann wohl, weil er den Gesuchten erkannte.«

Ich lege ihr die bei Herrn Breitner gefundenen Zeitungsartikel dazu und weiße sie auf die handschriftliche Anmerkung des GinKönigs hin. »Sie ist es!«, steht in krakeliger Handschrift neben dem Foto der gestohlenen Skulptur von Giacometti. Dann erläutere ich ihr meine Theorie. Als ich damit fertig bin, sieht sie mich lange an.

»Der Baron soll den Mord im Nachtzug begangen haben?«

Ich nicke.

»Und der GinKönig erkannte dies, allerdings erst mit zehnjähriger Verspätung?«

»Ich vermute, Baron von Helfenstein beauftragte Herrn Breitner mit dem Diebstahl des Giacomettis. Ähnlich dreist wie die Skulptur aus der Hamburger Kunsthalle wurde einige Jahre zuvor aus der Stuttgarter Musikhochschule ein Flügel gestohlen. Die Täter fuhren mit einem Lastwagen vor und luden am helllichten Tag den Flügel ein. Durch einen Zufall wurde dieser später entdeckt. Sein neuer Besitzer konnte mittels eines Kaufvertrages nachweisen, ihn von Herrn Breitner erworben zu haben, der daraufhin wegen Hehlerei verurteilt wurde. Der Fall erzeugte einigen Wirbel und ging durch die Medien.

Als beim Baron der Plan reifte, den Giacometti während der langen Nacht der Museen stehlen zu lassen, suchte er Herrn Breitner auf. Der kannte einen geeigneten Mann und nahm den Auftrag an. Der Baron wusste, was passieren würde und brauchte nur zu warten. Als der Dieb zuschlug, verfolgte er ihn unauffällig und narkotisierte ihn im Nachtzug. Wahrscheinlich wollte er den Mann nicht töten, sondern sich schlicht die vereinbarte Bezahlung sparen.«

»Was wissen wir über den Baron? Ist sein Adelstitel eigentlich echt?«

»Ja, der ist echt!«, übernimmt Bianca.

»Er entstammt also richtig altem Adel?«

»Das wiederum nicht! Er erwarb den Titel im zarten Alter von einundfünfzig Jahren, kurz bevor er nach Mallorca übersiedelte.«

»Wie das?«

»Der eigentliche Träger des Adelstitels, Baron Ulrich von Helfenstein, war unverheiratet und ohne Nachkommen. Was man so hört, war dies keineswegs ein Problem für ihn, seine chronische Geldknappheit hingegen schon. Da bot ihm ein gewisser Lothar Schwab ein erkleckliches Sümmchen, man munkelt von einer Million Euro, wenn der Baron ihn adoptiert. Der ging darauf ein. Lothar änderte seinen Vornamen in Edmund. Fortan trat er als Edmund von Helfenstein auf. Als der Baron das Zeitliche segnete, erbte er dessen Titel. Das Geld hatte der alte Herr hingegen rechtzeitig durchgebracht, um zu verhindern, dass es wieder an seinen Adoptivsohn zurückfiel.«

»Woher stammt sein Vermögen?«

»Den Grundstock legte er als Schlachter in einem Schlachthof.«

»Das ist jetzt nicht Ihr Ernst!«

»Durchaus! Früher war dies ein gut bezahlter Akkordjob. Herr Schwab war extrem flink und geschickt. Dementsprechend verdiente er außerordentlich gut. Mit dem Geld eröffnete er in Wiesbaden ein Bordell für gehobene Ansprüche.«

»Warum in Wiesbaden?«

»Er wurde in der Nähe Frankfurts geboren und arbeitete im dortigen Schlachthof. Da lag Wiesbaden wohl nahe. Jedenfalls lief das Bordell so gut, dass er in Mainz ein ähnliches Etablissement eröffnete. Herr Schwab war noch vor seinem dreißigsten Lebensjahr Millionär. Bald danach verkaufte er beide Häuser. Er selbst gab in Interviews an, wegen des Schmuddelimages verkauft zu haben. Es wird allerdings gemunkelt, recht eindeutige Drohungen aus etablierten Kreisen des Rotlichtmilieus seien der eigentliche

Grund gewesen. Schon damals kleidete er sich teuer und fuhr nur im Jaguar durch die Gegend.«

»Das heißt der Typ lebt seit Anfang dreißig quasi als Rentner?«

»Nein. Er gründete anschließend eine Im- und Exportfirma. Die Firma verkaufte allen möglichen Tand aus asiatischen Ländern. Der Laden lief wohl eher schlecht als recht. Schwab bereiste oft persönlich Asien auf der Suche nach interessanten Produkten. Auf der thailändischen Insel Ko Samui lernte er einen Niederländer namens Riessen kennen. Dieser hauste in einem Atelier in den Bergen, wo er erstklassige Giacometti-Kopien fertigte. Schwab kaufte ihm seinen kompletten Bestand ab. Mit viel Geschick verscherbelte er diese für rund zwanzigtausend Euro pro Stück an Menschen, mit viel Geld und wenig Ahnung von Kunst. Die meisten Käufer glaubten anfangs noch ein echtes Schnäppchen gemacht zu haben.«

»Zeigte ihn keiner der Betrogenen an?«

»Erstaunlich wenige unternahmen diesen Schritt. Die meisten schämten sich wohl zu sehr für ihre eigene Gier und Dummheit, schrieben die Sache lieber schnell ab. Aber passen Sie auf, was Sie sagen! Betrug war das Ganze nämlich nicht!«

»Wie ist das möglich?«

»Schwab suggerierte, er sei ein vermögender Erbe eines Mittelständlers vom Fuße der Schwäbischen Alb ...«

»Wobei ihm sein Nachname half!«

»... der allen möglichen Krempel zu Hause rumstehen habe, mit dem er nichts anzufangen wisse und den er eigentlich nur loswerden wolle. Dann zeigte er Bilder dieses Krempels herum. Jedes Mal war auf einem Foto überdeutlich eine Skulptur zu sehen, die einem Giacometti ähnelte. Dessen Werke sind so bekannt und von ihrem Stil her so eigen, dass selbst die reichen Kunstbanausen sie erkannten. Genauer gesagt glaubten diese, einen Giacometti zu erkennen. Schwab selbst behauptete nie, dass es sich um ein Werk Giacomettis handelte und die Skulpturen waren auch nicht signiert. Außerdem hatte der Niederländer peinlich darauf geachtet, Werke im Stile Giacomettis zu erschaffen, aber kein Werk des Meisters zu kopieren. In den wenigen Fällen, in denen eine Anzeige erfolgte, kam Schwab dank eines guten Anwalts stets davon.

Allerdings wurde in verschiedenen Medien über diese Prozesse und sein Tun berichtet. Der Name Lothar Schwab erhielt hierdurch eine für das Geschäft keineswegs förderliche Bekanntheit. Vermutlich lag hierin einer der Gründe, seinen Namen zu ändern und den Adelstitel zu kaufen.«

»Sicherlich war beides förderlich fürs Geschäft.«

»Vermutlich. Ein Richter verurteilte ihn schließlich doch zu einer Bewährungsstrafe. Der Baron ließ sich dies als Warnung dienen, beendete das Geschäft und übersiedelte nach Mallorca. Übrigens reiste er viel, betrieb sein Geschäft in diversen Ländern. Er war wohl auch ein echter Fan Giacomettis. In einem Interview prahlte er gegenüber einer Reporterin, keiner habe sich häufiger die Giacomettis in allen Museen der Welt angesehen, als er.«

»Wollen Sie damit sagen, der Baron wusste ganz genau, dass in Hamburg die am lausigsten bewachte Giacometti-Skulptur der Welt zu einem Diebstahl einlud?«

»So könnte man es formulieren.«

»Weiterhin gehen wir davon aus«, übernehme ich wieder,

»dass Herr Breitner schon damals ahnte, vom Baron betrogen worden zu sein.«

»Wie soll der GinKönig in den Besitz des Phantombildes gelangt sein?«

»Es gab damals einen Zeugen, einen gewissen Herrn di Lorenzo. Dieser schlief mit dem Mordopfer und vermutlichen Dieb des Giacomettis in einem Abteil des Nachtzuges. Er sah auch dessen mutmaßlichen Mörder. Aufgrund seiner Angaben wurden eine Täterbeschreibung und sogar eine Phantomzeichnung angefertigt. Sein Name tauchte in den Medien auf. Herr Breitner könnte ihn aufgesucht haben und über ihn an das Phantombild gelangt sein.«

»Sie«, Lana wendet sich an Bianca, »überprüfen dies!«

Bianca nickt, während Lana sich wieder mir zuwendet.

»Was erwartest du von mir?«

»Deine Erlaubnis, als leitender Ermittler gemeinsam mit Kollegin Walter den Mord im Nachtzug neu zu untersuchen.«

»Okay«, sie nickt. »Ihr bekommt eine Woche, dann sehen wir weiter. Natürlich gilt dies nur unter der Voraussetzung, dass uns kein aktueller Mord dazwischen kommt. Was noch?«

»Du ersuchst die Spanier um Amtshilfe und genehmigst mir eine Dienstreise nach Mallorca, um vor Ort den Baron zu befragen.«

Da muss selbst Lana lachen.

»Du meinst, die schmeißen dich zur Vordertür raus und du kommst einfach über die Hintertür wieder rein?«

Ich bemühe mich, nicht allzu sehr zu grinsen. Aber ihre Worte beschreiben die Situation durchaus treffend. Schnell wird sie wieder ernst.

»Du glaubst also nicht, dass Schneider der Mörder ist?«

»Nein. Der spanische Kollege will schlicht den Fall schnell vom Tisch und Ruhe vor den Medien.«

»Ausnahmsweise teile ich deine Einschätzung. Zumindest wenn König, Baron oder auch alle beide tatsächlich ihre Finger bei dem Giacometti mit im Spiel hatten. Wir sind es unseren ermordeten Landsleuten schuldig, dass gründlich ermittelt wird. Ich spreche mit dem Präsidenten.«

Bevor ich zurück nach Mallorca fliege, muss ich dringend noch etwas Privates erledigen. Also setze ich mich in meinen alten Daimler und fahre Richtung Hallschlag. Im Römerkastell sieht nichts mehr so aus, wie ich es in Erinnerung habe. Alles ist renoviert, gepflegt, nahezu schnieke. Der Charme des Geländes kurz nach Abzug der amerikanischen Soldaten ist verloren gegangen. Ich parke an der Ausfahrt Richtung Weingärtnergenossenschaft Cannstatt und steige aus. Mit dem Ziel Travertinpark verlasse ich das Römerkastell.

Ein auf der gegenüberliegenden Straßenseite am Zaun angebrachtes Transparent klärt mich darüber auf, dass die Genossenschaft jetzt Weinfactum heißt. Zumindest die Hässlichkeit der Müllverbrennungsanlage drunten im Tal ist die Gleiche wie eh und je.

Sonja will sich entweder an der alten Steinsäge mit mir treffen oder gar nicht, zumindest nicht heute. Mir behagt der emotional aufgeladene Treffpunkt nicht, aber wie so oft lässt sie mir keine Wahl. Durch die vor sich hinrostende Stahlträgerkonstruktion des alten Industriekrans hindurch laufe ich zur Steinsäge. Aus Schauzwecken steht neben dem Industriedenkmal eine kleine Lore, beladen mit einem

Block Travertin. Ich setze mich auf den gelb-braunen Quader. Hier, an der alten Steinsäge, mit Blick über Cannstatt und das Neckartal hinweg auf die Hügel Stuttgarts, küssten wir uns erstmals. Damals war das Gelände aber noch kein angelegter Landschafts- und Industriepark, sondern ein aufgegebener Steinbruch mit einem ganz eigenen, morbiden Charme. Heruntergekommene Orte ziehen mich magisch an. Bestimmt sagt dies etwas über meine Psyche aus. Vielleicht glaube ich, mein eigener, ziemlich heruntergekommener Zustand, fällt dort weniger auf.

Meine Augen werden von hinten zugehalten. Durch meine dünne Jacke spüre ich die weiche Wärme weiblicher Brüste an meinem Rücken. Ihr Duft lässt mich vor Sehnsucht fast vergehen.

»Kuckuck.«

Ich rühre mich nicht. Mit geschlossenen Augen genieße ich ihre Berührung und ihre Nähe, angesichts der Umstände ein schmerzlich bitterer Genuss.

Schließlich gibt sie meine Augen frei, legt ihre Arme von hinten locker um mich und ihr Kinn auf meine Schulter.

»Ich muss dir etwas sagen.«

Meine Stimme klingt rau und belegt. Ich spüre, wie sie sich verkrampft.

»Ich will dich nicht mehr sehen und nicht mehr mit dir telefonieren«, fahre ich fort.

Sie lässt mich los, läuft mit wenigen Schritten um mich herum und starrt mich wütend an.

»Was soll das jetzt auf einmal?«

»Solange du meine Hoffnung nährst, dass es mit uns wieder wird, kann ich mich nicht ernsthaft auf eine andere Frau einlassen.«

Diego muss es hilflos hinnehmen. Einer nach dem anderen verabschieden sich seine Kumpels von ihm. Alleine bleibt er am Tresen zurück.

»Soll ich dir ein Taxi rufen?«

»Ich nehme lieber noch einen!«

Der Wirt schüttelt den Kopf.

»Du hast genug. Außerdem will ich auch ins Bett.«

»Alle schleicht ihr aus Angst vor euren Hausdrachen heim, statt weiter mit mir zu feiern! Ich bin als Einziger von euch noch ein freier Mann! Was soll ich jetzt schon in meiner Bude?«

»Ich rufe dir ein Taxi.«

»Nicht nötig!«

Frustriert erhebt er sich und torkelt aus der Bar. Sein Alfa parkt glücklicherweise dort, wo er ihn vermutet. Leicht schwankend steht er vor der Fahrertür. Der Schlüssel will einfach nicht den Weg ins Schloss finden. Mierda! Die neuen Autos sind zwar allesamt stillos, aber so eine Fernbedienung besitzt eindeutig ihre Vorzüge!

Plötzlich wird er von hinten gepackt, gegen seinen Alfa geworfen und mit dem Kopf brutal aufs Autodach gedrückt.

»Hey …«, protestiert Diego.

Eine Pranke im Lederhandschuh hält ihm Mund und Nase zu. Er bekommt keine Luft. Panisch zappelt er, versucht, sich vom Auto wegzudrücken. Der Mann ist kräftiger als er und lässt ihm keine Chance. Warmer Urin rinnt seine Beine hinab.

»Wenn du nicht schreist, nehme ich meine Hand weg!«, zischt ihm sein Peiniger auf Deutsch ins Ohr.

»Hast du verstanden?«

Diego beeilt sich zu nicken. Tatsächlich nimmt der Typ zögernd seine Hand weg. Gierig schnappt der Spanier nach Luft.

»Was willst du? Ich habe kein Geld!«

»Das weiß ich doch! Deine guten Zeiten sind schließlich lange vorbei.«

»Was dann? Den Wagen? Bitte nicht! Nimm alles, nur nicht den Alfa!«

»Was hast du sonst noch zu bieten?« Ein verächtlicher Lacher erklingt. »Etwa dein erbärmliches Leben?«

Diego ist kurz davor aus lauter Angst die Besinnung zu verlieren. Er will schreien, doch kein Ton kommt heraus. Stattdessen spürt er den heißen Atem des Typs an seinem rechten Ohr. Erneut erklingt ein verächtlicher Lacher.

»Keine Sorge, dein Leben lasse ich dir, zumindest solange du niemandem ein Sterbenswörtchen von unserer kleinen Unterhaltung hier verrätst. Sollte ich erfahren, dass du ein Vögelchen bist und singst, wirst du mich nächstes Mal nicht kommen hören. Erst wenn die hier über deine Kehle fährt, bekommst zu mit, dass ich da war. Aber dann ist es zu spät, niemand kann dir dann mehr helfen!«

Die Hand drückt ihm ein Messer an den Hals, dessen scharfe Klinge leicht seine Haut einritzt. Erneut steht Diego kurz davor, die Besinnung zu verlieren. Ein klägliches Winseln entschlüpft seiner Kehle. Der Typ hält ihn weiter fest gepackt, atmet ihm heiß ins Ohr. Diego kann es kaum erwarten endlich zu hören, was der Typ von ihm will. Aber der lässt sich Zeit. Unwillkürlich muss Diego an Harry Potter denken, an diese schrecklichen, schwarzen Gefängniswärter, die sich von der Angst ihrer Opfer nähren. Will der Typ ihn einfach nur demütigen, ihn winseln hören? Was für kranke Arschlöcher spült der Massentourismus auf seine schöne Insel?

»Deinen Alfa kannst du behalten. Der ist genauso ein Wrack, wie du eins bist! Wie kommst du eigentlich darauf, dass ich dir etwas nehmen möchte? Dafür würde ich mir andere aussuchen. Dir will ich etwas geben!«

Erneut ertönt ein gehässiges Geräusch. Diego zittert am ganzen Körper.

»Willst du gar nicht wissen, was ich dir geben will?«

»D...doch... natürlich.«

Beim Betreten des Flugzeugs schenkt mir jede einzelne Stewardess ein Lächeln, nicht etwa ein professionelles Hochziehen der Mundwinkel, sondern ein richtiges, echtes, vom Herzen kommendes Lächeln. Ich würde sogar sagen, dass die Damen mich allesamt mehr oder weniger verliebt ansehen und ihre Herzen bei meinem Erscheinen reihenweise dahinschmelzen. Nun liegt dies keineswegs daran, dass ich über Nacht eine nahezu unwiderstehliche Ausstrahlung entwickelt habe. Schlicht und einfach investierte ich ein kleines Vermögen in einen äußerst beeindruckenden Strauß roter Rosen. Vermutlich assoziieren die Damen bei seinem Anblick, vom Kavalier ihres Herzens bald ebenso bedacht zu werden oder erinnern sich an romantische Augenblicke ihres eigenen Liebeslebens. Die Wirkung der Rosen beschränkt sich nicht auf die Uniformträgerinnen, sondern greift auch auf weibliche Passagiere über. Als mir eine Stewardess resolut den Strauß aus der Hand nimmt, um ihn für den Flug zu versorgen, verpufft meine Wirkung auf die Frauen augenblicklich.

Beim Verlassen des Passagierbereichs am Flughafen in Mallorca verstecke ich mich hinter dem gewaltigen Strauß roter Rosen. Frauen stecken ihre Köpfe zusammen und tuscheln. Cora, auf die ich zielstrebig zusteuere, die mich jedoch erst im letzten Augenblick erkennt, klappt vor Überraschung die Kinnlade nach unten. Dann fällt sie mir um den Hals und küsst mich leidenschaftlich.

Coras Dachterrasse bietet einen reizvollen Blick über die Dächer der Altstadt, einem Puzzle hunderter verschiedener Terrakottatöne. Sie hat sogar für mich gekocht, eine vegetarische Lasagne, die selbst bei einem Raubtier wie mir keine Wünsche offen lässt. Als Aperitif reicht sie einen aromatischen Porto und als Dessert eine selbst gemachte Crème brulée. Mit dem Wein halten wir uns in stillschweigender Übereinkunft zurück. Nach dem kulinarischen Genuss bin ich zu allem bereit. In Erwartung weiterer sinnlicher Genüsse lächele ich sie an.

»Meinst du, ein Strauß Rosen reicht, um alles wieder einzurenken?«

»Ist er nicht zumindest ein Anfang?«

»Doch, aber er reicht nicht!«

»Mit Worten habe ich mich bereits am Telefon entschuldigt. Was willst du noch?«

»Sicherheit, dass sich eine Szene wie neulich nicht wiederholt.«

»Dann steige du mir gegenüber nie wieder auf dein moralisches Ross!«

»Willst du mir etwa verbieten zu sagen, was ich denke?«

»Moralisieren ist das genaue Gegenteil von Denken. Ich wünsche mir, dass du mehr deinen Kopf benutzt, als …«

»Das ist ja wohl die Höhe! Hältst du mich für eine hohlköpfige Blondine?«

»Aber ...«

Wie sind wir in diesen Streit geraten? Eigentlich wollte ich ihr doch etwas ganz anderes sagen.

Hinter Bianca liegt eine schlaflose Nacht. Ihr Mann Bernhard überrumpelte sie mit dem Vorschlag, ein Reihenhaus im Scharnhäuser Park zu erwerben. Das Ganze endete im schlimmsten Streit ihrer zehnjährigen Beziehung. Bernhard verzog sich beleidigt aufs Sofa und sie machte alleine im Ehebett kaum ein Auge zu. Jetzt sitzt sie übernächtigt im Vierziger Bus. Soeben passiert Bianca den auf einem Sockel aus weißem Sandstein errichteten Backsteinbau der russischen Kirche. Das Kirchlein ist nicht etwa aus schwäbischer Sparsamkeit nur von einer, statt der sonst üblichen fünf Zwiebelkuppeln gekrönt, schließlich finanzierte der Zar deren Bau. Ende des neunzehnten Jahrhunderts war die russisch-orthodoxe Gemeinde in der schwäbischen Residenzstadt zu winzig, um einen größeren Bau zu rechtfertigen.

Die Blindenanstalt thront in herrlicher Aussichtslage auf einem Berg über dem Stuttgarter Westen, im dem Bianca seit ihrem Umzug in die Landeshauptstadt wohnt und wo sie auch wohnen bleiben will. Schon beim Bezug ihrer Wohnung im Westen fiel ihr das nachts hell angestrahlte Jugendstilgebäude auf. Ein Nachbar behauptete, das herrschaftliche Gebäude beherberge eine Blindenanstalt. Sie wollte ihm nicht glauben, Blinde ausgerechnet in einer der teuersten Aussichtslagen der Stadt?

Gestern entschied Bianca sich dafür, ohne vorherige Ankündigung zur Befragung Herrn di Lorenzos aufzutauchen. Eine sicherlich nicht nur von kriminalistischen Erwägungen, sondern auch von ihrer Neugierde bestimmte Entscheidung. Die Gelegenheit, die Blindenanstalt von innen zu sehen, lässt sie sich nicht entgehen.

An der Haltestelle der Blindenanstalt verlässt sie den Bus. Sie wirft einen kurzen, sehnsüchtigen Blick auf den Kräherwald, aus dem ein vielstimmiges Vogelkonzert erklingt. Vielleicht findet sie nach der Befragung noch Zeit für einen kurzen Spaziergang. Zunächst wendet sie sich der Blindenanstalt zu. Rechts des historischen Haupthauses steht ein hässlicher Neubau. Beide Gebäude sind durch einen flachen Zwischenbau miteinander verbunden, in dem sich der Haupteingang befindet. Bianca landet in einem flachen Foyer mit quadratischen, schmutzig aussehenden Fliesen. Rechter Hand befindet sich eine Art Empfangstresen, hinter dem leicht vorgebeugt ein junger Mann mit geschlossenen Augen sitzt. Auf dem Kopf trägt er ein Headset, mit dem er vermutlich Musik hört. Bianca schüttelt den Kopf. Kurz nach neun Uhr morgens hält der in aller Öffentlichkeit ein Schläfchen!

»Kann ich Ihnen helfen?«, fragt in diesem Augenblick der junge Mann, ohne seine Haltung zu ändern oder auch nur die Augen zu öffnen.

Bianca fühlt sich ob ihrer lästerlichen Gedanken ertappt und zuckt zusammen. Sie fasst sich jedoch rasch wieder. Mit gezücktem Dienstausweis tritt sie an den Tresen.

»Ich muss Herrn di Lorenzo sprechen!«

Forsch streckt sie ihm den Ausweis hin.

»Unseren Psychologen? Was wollen Sie von ihm?«

Der Polizistin bleibt vor Überraschung der Mund offen stehen. Noch immer sitzt der Typ unverändert da. Er macht sich nicht einmal die Mühe seine Augen zu öffnen, um ihren Ausweis anzusehen.

»Das geht nur ihn und mich etwas an!«

»Haben Sie überhaupt einen Termin?«

»Öffnen Sie endlich Ihre Augen und schauen sich meinen Ausweis an! Dann müssen Sie nicht mehr so unnötig fragen!«

Er hebt den Kopf, lässt die Augen aber geschlossen.

»Das würde nichts bringen. Ich bin blind.«

»Oh!«

Bianca starrt auf den Ausweis in ihrer Hand. Verlegen steckt sie ihn wieder ein.

»Wen soll ich Herrn di Lorenzo melden?«

»Frau Kommissarin Walter von der Kripo.«

»Kommissarin?« Ein breites Grinsen erscheint in seinem Gesicht. »Kein Scheiß?«

Er lächelt sie glücklich an. Sie rettet ihm soeben seinen von Langeweile bedrohten Tag.

»Nein, kein Scheiß.«

»Wow! Ich bin noch nie einer echten Kommissarin begegnet. Haben Sie eine Pistole?«

»Ja. Aber jetzt rufen Sie bitte Herrn di Lorenzo an!«

»Klar!«

Er tippt drei Ziffern in eine Tastatur.

»Herr di Lorenzo, hier ist eine echte Kommissarin für Sie!«, spricht er sichtlich aufgeregt in sein Headset.

»Nein, sie hat nicht gesagt, was sie von Ihnen will!«

»Sagen Sie Herrn di Lorenzo, das sage ich ihm persönlich.«

»Sie kommen? Gut.«

Er beendet das Gespräch.

»Er kommt gleich.«

»Danke.«

Keine Minute später kommt ein schlanker Mann die Treppe neben dem Tresen herunter. Bianca erkennt ihn von dem Foto des Interviews wieder.

»Ich bin Frau Kommissarin Walter.«

Die Polizistin hält ihm ihren Dienstausweis hin, den er keines Blickes würdigt.

»Guten Tag, ich bin Herr di Lorenzo.«

Er streckt ihr die Hand entgegen. Seine Handfläche fühlt sich feucht an. Auch sonst wirkt er nervös.

»Was wollen Sie von mir?«

»Ich denke, das sage ich Ihnen besser unter vier Augen.«

»Arbeitet Frau Schenk noch bei Ihnen?«

»Die ehemalige Dezernatsleiterin?«

»Ja.«

»Woher kennen Sie Frau Schenk?«

»Wir begegneten uns vor etlichen Jahren im Zuge eines Mordfalls hier im Hause. Kommen Sie doch bitte mit.«

Bianca folgt ihm die Treppe nach oben.

»Nein, Frau Schenk ist nicht mehr bei uns.«

»Schade, sonst hätte ich Sie gebeten, sie lieb von mir zu grüßen. Ich war seinerzeit sogar auf ihrer Hochzeit.«

Offensichtlich versucht er, gut Wetter bei ihr zu machen. Ob er bei dem Mord in der Blindenanstalt zu den Verdächtigen gehörte? Sie würde es überprüfen.

In seinem Büro angelangt bittet er sie, in der Besprechungsecke Platz zu nehmen.

»Es geht um den Mord im Nachtzug.«

Der Psychologe schließt kurz die Augen, schluckt dann.

»Sie haben die ganze Zeit über darauf gewartet, dass die Polizei Sie noch einmal darauf anspricht, oder?«

Er holt tief Luft.

»Sagen wir einmal so, es überrascht mich nicht.«

»Warum nicht?«

Di Lorenzo sieht Bianca lange in die Augen.

»Möglicherweise, weil ich damals einen Fehler beging.«

»Dann ist es jetzt Zeit, mit mir über diesen Fehler zu reden.«

»Ich bin mir nicht sicher, ob ich das nicht besser im Beisein eines Anwaltes tun sollte.«

»Private Ermittlungen sind nicht verboten. Sollte Sie jemand nach dem Vorfall befragt haben, wäre dies nicht strafbar. Auch dann nicht, wenn er Ihnen Geld dafür bezahlt hat.«

»Woher wissen Sie, dass es so war?«

Bianca lächelt.

»Bis jetzt wussten wir es nicht, aber wir vermuteten es.«

»Komisch, dass Sie erst nach über zehn Jahren kommen.«

»Im Zuge einer anderen Ermittlung ergab sich eine Querverbindung. Können Sie mir den Mann beschreiben?«

»Er sprach Schwäbisch, war mindestens fünfzig, sein Gesicht zierte eine Knollennase und seine Haare waren schwarz gefärbt.«

Seine Beschreibung passt auf den GinKönig. Bianca holt ein zehn Jahre altes Foto von ihm hervor.

»War er es?«

Der Psychologe nimmt das Bild hoch und betrachtet es eingehend. Dann legt er es mit einem Nicken zurück.

»Gut. Dann erzählen Sie mir alles, und zwar bitte möglichst detailliert.«

Sie schaltet ihr Aufnahmegerät ein und legt es zwischen ihnen auf das Tischchen. Di Lorenzo zaudert, legt dann aber los.

»Schuld war nur dieses verdammte Interview. Eine junge Journalistin hatte mich überrumpelt. Sie hatte von der Sache gehört und empfand so eine Art wohliges Gruseln bei der Vorstellung, dass ich knapp dem Mörder entkommen war und die Nacht keinen Meter vom Mordopfer entfernt geschlafen hatte, noch dazu ohne etwas mitzubekommen. Sie bat mich, ihr davon zu erzählen. Es tat gut, dass sich jemand für meine schrecklichen Erlebnisse interessierte und ich davon erzählen durfte. Also erzählte ich. Am Ende erlaubte ich ihr sogar, ein Foto von mir zu machen. Als ihr Artikel erschien, bereute ich es. Aber da war es zu spät.

Am Tag nach Erscheinen des Artikels passte der Mann mich beim Verlassen der Blindenanstalt ab. Er stieg mit mir an der Bushaltestelle vor dem Haus in den Bus. Als ich am Hölderlinplatz den Bus verließ, stieg er ebenfalls aus. Wenige Meter weiter sprach er mich an und fragte, ob er mich zum Essen in ein Lokal meiner Wahl einladen dürfte. Ich war natürlich misstrauisch und lehnte ab. Daraufhin behauptete er, das Mordopfer persönlich gekannt zu haben und fing an zu weinen. Er wolle einfach mit mir über die letzten Momente im Leben seines Freundes reden. Rückblickend betrachtet schäme ich mich, aber ich ließ mich von ihm einlullen.

Er interessierte sich in erster Linie für den Mann, mit dem der Ermordete vor dem Abteil Wodka getrunken hatte. Auch für die Tasche des Mordopfers interessierte er sich, zu der konnte ich allerdings nicht wirklich etwas sagen. Ganz aufgeregt wurde er, als er vom Phantombild erfuhr. Er bedrängte mich, ihm eine Kopie davon zu besorgen. Ich lehnte ab, wusste nicht, wie ich da herankommen sollte. Er meinte, dies wäre kein Problem. Ich sollte am folgenden Tag möglichst früh bei der Kripo anrufen und sagen, ich hätte im Traum ganz deutlich das Bild des Mörders vor mir gesehen. Dieses wolle ich mit dem von mir erstellten Phantombild abgleichen. Am Schluss sollte ich um eine Kopie bitten. Ich lehnte seinen Vorschlag ab, da bot er mir Geld. Auch dieses lehnte ich ab, bis er sein Angebot auf dreihundert Euro erhöhte und vor meinen Augen drei grüne Scheine auf den Tisch legte. Das war damals verdammt viel Geld für mich. Nach dem Abitur auf dem zweiten Bildungsweg und sechs Jahren Studium arbeitete ich erst wenige Tage als Psychologe. Um Miete und Kaution bezahlen zu können, hatte ich einen Vorschuss von meinem Arbeitgeber bekommen.«

»Bekamen Sie das Phantombild?«

»Ja.«

»Und dann?«

»Rief ich ihn an und händigte es ihm aus.«

»Sie riefen ihn an?«

»Ich habe vorsichtshalber seine Handynummer aufgehoben.«

Di Lorenzo lächelt stolz.

Von Cora aus fahre ich mit dem Taxi zu Comisionado Amengual. Lana informierte ihn über mein Kommen. Wie erwartet verbringe ich viel Zeit damit, den Getränkeautomaten im Flur zu betrachten, bis er mich schließlich in sein Büro bittet.

»Was sind das für blöde Spielchen?«

Es war klar, dass er mich nicht mit offenen Armen empfangen würde.

»Das ist kein Spielchen. Baron von Helfenstein beging vermutlich vor zehn Jahren in Deutschland einen Mord im Nachtzug von Hamburg nach Stuttgart.«

Ich fasse knapp zusammen, auf welchen Indizien meine Annahme beruht. Dabei hebe ich besonders die in den Unterlagen des GinKönigs gefundenen Zeitungsartikel und das ebenfalls dort gefundene Phantombild hervor. Amengual ist seine Skepsis deutlich anzusehen. Also spiele ich meinen letzten Trumpf aus.

»Meine Kollegin rief mich, während ich vor Ihrem Büro wartete, an. Der Überlebende aus dem Schlafwagenabteil des Nachtzugs identifizierte soeben Herrn Breitner eindeutig als den Mann, der sich intensiv für den mutmaßlichen Mörder interessierte. Er bezahlte den Zeugen auch dafür, ihm ein Abzug des Phantombildes zu besorgen.«

»Eine eindeutige Identifizierung nach über zehn Jahren? So gut ist kein Gedächtnis!«

»Wenn wir uns nur auf das dem Zeugen vorgelegte Bild verließen, würde ich Ihnen zustimmen. Herr Breitner gab ihm damals aber eine Handynummer, die sich der Zeuge vorsorglich notierte. Zum Glück hob er den Zettel auf. Die Nummer ist bis zum heutigen Tag auf Herrn Breitner zugelassen.«

»Na und? Dann interessierte sich der GinKönig damals für einen Mordfall im Zusammenhang mit einem spektakulären Kunstdiebstahl. Das heißt noch lange nicht, dass

Baron von Helfenstein etwas mit der Sache zu tun hat. Die Ähnlichkeit mit dem Phantombild ist mehr als vage. Außerdem kann ich mir nicht vorstellen, dass die beiden, trotz der Geschichte damals, die ganze Zeit über miteinander befreundet waren, bis der Baron aus heiterem Himmel beschloss, seinen Freund umzubringen.«

»Es war nicht aus heiterem Himmel! Der GinKönig wartete geduldig ab, bis der Baron sich sicher genug fühlte. Als er den Giacometti endlich unter seinen vielen Fälschungen gut versteckt in seiner Villa aufstellte, ließ er ihn stehlen, woraufhin der Baron aus Rache den GinKönig erschoss!«

»Das ist nicht mehr als eine Theorie, für die es nicht einmal das kleinste Indiz gibt!«

Der Spanier strahlt eine Unversöhnlichkeit aus, die mich zutiefst frustriert. In seiner Borniertheit ist er nicht bereit, auch nur in Erwägung zu ziehen, dass er sich möglicherweise zu früh auf Herrn Schneider als Täter festlegte.

»Bereitet Ihnen die verschwundene Witwe Breitner keine Sorgen? Sie hielt sich zuletzt beim Baron auf. Vielleicht ist sie das vierte Opfer des Barons?«

Seinem Lächeln ist anzusehen, dass er die ganze Zeit auf diesen Augenblick wartete.

»Da kann ich Sie beruhigen. Señora Breitner tauchte gestern unangemeldet in der Gerichtsmedizin auf und verlangte die Leichen ihrer Mutter und ihres Gatten zu sehen. Da sich die Señora bisher der Befragung entzog, bestellte ich sie hierher ein. Wenn Sie wollen, können Sie gerne dabei sein.«

Ohne meine Antwort abzuwarten, erhebt er sich. Ich nehme sein Angebot an und trotte hinter ihm her zu dem

Zimmer, in dem die Witwe wartet. Was bedeutet deren unerwartetes Auftauchen? Täusche ich mich doch mit meinem Verdacht gegen den Baron? Ohne mich vorzustellen, klärt der Comisionado die Formalitäten und startet die Befragung. Ich bin so in Gedanken, dass ich den Anfang nicht mitbekomme. Erst als Frau Breitner den Spanier anfaucht, wende ich meine Aufmerksamkeit dem Gespräch zu.

»Ich kann ja wohl fahren, wohin ich will!«

Ich kann ein Grinsen nicht unterdrücken. Die Witwe ist so richtig in Kampfstimmung. Bestimmt hat sie schon andere Kaliber als meinen aufgeblasenen Kollegen zurechtgestutzt.

»Meine Beamten haben Ihnen am Flughafen übermittelt, dass wir mit Ihnen sprechen wollen!«

»Richtig! Ihre Beamten übermittelten mir Ihren Wunsch. Wünsche können erfüllt werden, müssen sie aber nicht.«

»Jeder normale Mensch …«

»Wenn Sie so anfangen, gehe ich jetzt!«

Die Witwe steht auf und wendet sich zur Tür.

»Bitte bleiben Sie!«, rufe ich auf Deutsch hinter ihr her.

Sie hält inne, dreht sich wieder um und nimmt mich erstmals wahr.

»Wer sind Sie?«

»Kommissar Jens Hurlebaus von der Kripo Stuttgart. Ich wurde als Verbindungsbeamter hierher geschickt. Freundlicherweise erlauben mir die spanischen Kollegen bei Befragungen deutscher Staatsbürger zugegen zu sein. Ich kann Ihnen versichern, dass Sie gegenwärtig in keiner Weise zum Kreis unserer Verdächtigen gehören.«

Sie bleibt stehen, wiegt meine Worte gründlich ab. Schließlich nimmt sie wieder Platz.

»Das heißt Sie haben einen Verdacht?«

Ich nicke.

»Den haben wir. Allerdings bin ich nicht befugt, Ihnen diesen kundzutun. Das kann nur mein Kollege Herr Amengual als Leiter der Ermittlungen entscheiden. Unabhängig davon wäre es für die Aufklärung der schrecklichen Morde hilfreich, wenn Sie zunächst sagen, wem Sie die Tat zutrauen.«

Sie zögert einen verräterischen Moment zu lange.

»Niemand! Wirklich niemand!«

»Sind Sie da absolut sicher? Ich verstehe Ihre Hemmungen, trotzdem ist mir Ihre Einschätzung sehr wichtig.«

Sie ringt mit sich und ich lasse sie ringen. Auch der Comisionado begreift, worum es geht und hält sich zurück.

»Ich will wirklich keinen anschwärzen. Im Grunde traue ich niemandem eine solch bestialische Tat zu. Ich habe aber mal gelesen, Mörder und Opfer kennen sich in den meisten Fällen …«

Sie sieht mich fragend an.

»Das stimmt.«

»Wenn also der Täter nicht irgendein Irrer wäre, sondern jemand aus unserem engeren oder auch weiteren Bekanntenkreis und ich sagen müsste, wem ich es da am ehesten zutraue, dann, und auch nur dann, würde ich sagen Edmund von Helfenstein.«

Als habe der lange Schachtelsatz sie komplett erschöpft sinkt sie ein Stück in sich zusammen. Ich hingegen frohlocke.

»Wieso er?«

»Edmund … ist … seltsam. Irgendwie tickt er anders als normale Menschen.«

Bei ihren Worten sieht sie mich nicht an. Stattdessen blickt sie züchtig, nahezu schüchtern in ihren Schoss. Plötzlich wirkt die starke Frau zart, nahezu zerbrechlich. Nonverbal fordert sie mich auf, ihr Stückchen für Stückchen die Gründe ihres Verdachts aus der Nase zu ziehen und sie hierbei möglichst zu schonen. Mir wird die immense Wandlung bewusst, die sie innerhalb weniger Minuten vollzog, von der kampferprobten Emanze zum schutzbedürftigen Weibchen. Die Lobeshymne des kauzigen Kellners aus dem Club GinKönig auf Frau Breitner fällt mir ein. Glaubt man ihm, kann die Frau Dutzende schwierige Charaktere so führen, dass sich ein Pleiteladen in eine Goldgrube verwandelt. Mir wird klar, dass sie auch mich soeben manipuliert und ich jedes ihrer folgenden Worte mit äußerster Vorsicht zu prüfen habe.

»Inwiefern seltsam?«

»Edmund hat es nicht so mit den Menschen. Er sammelt stattdessen lieber Dinge, und zwar solche, die ihm Begegnungen mit Menschen ersetzen.«

»Andere sammeln auch.«

»Er machte mir am Tag vor meiner Hochzeit selbst einen Heiratsantrag. Ich hatte schon damals das Gefühl, dass es ihm dabei überhaupt nicht um mich ging. Nur weil Robert sich für mich interessierte, tat dies auch Edmund.«

Das ist zwar interessant, bringt im Moment aber nichts. Ich lege das Foto der Skulptur vor ihr auf den Tisch.

»Kommt die Ihnen bekannt vor?«

Sie wirft nur einen kurzen Blick drauf.

»Ich kenne mich nicht wirklich in der Kunst aus, scheint mir aber ein Werk von Giacometti zu sein.«

»Sehr gut. Schauen Sie es sich bitte genauer an. Ist es nur

irgendein Werk des Künstlers oder haben Sie genau dieses schon einmal gesehen?«

Sie sieht mich fragend an, nimmt schließlich das Bild in die Hand und studiert es gründlich.

»Nein, tut mir leid.«

»Hat Ihr Mann ...«

»Robert?« Sie lacht müde auf. »Dem wäre nie im Traum eingefallen, für so etwas Geld auszugeben!«

»Er hat also nie diese kleine Statue angebracht oder davon erzählt, sich ein Giacometti zulegen zu wollen?«

»Nein.«

»Sind Sie sich da ganz sicher?«

»Ja, aber sowohl in seinem Büro als auch in seinem Schlafzimmer war ich schon lange nicht mehr. Wenn Robert sie dort aufstellte, bekam ich es nicht mit. Da müssen Sie Adriana fragen, sie hielt seine Räume sauber.«

Der Comisionado macht in Richtung der Kamera ein Zeichen. Raul würde sich auf den Weg machen, Adriana zu befragen. Die Witwe sieht mich mit einer Mischung aus Neugierde und Misstrauen an.

»Und der Baron von Helfenstein?«, frage ich sie.

»In dem seiner chaotischen Sammlung befindet sich möglicherweise genau jenes Stück, aber es fiel mir nicht auf. Was sollen diese Fragen? Worauf wollen Sie hinaus?«

Ich sehe zum Comisionado, der zögert jedoch. Plötzlich erblasst die Witwe.

»Meinte Robert mit den Perlen diese Skulptur? Hat mein Mann mit seinen schmutzigen Geschäften meine Mutter auf dem Gewissen?«

»Ich verstehe nicht ...«

»Vor ungefähr einem Jahr hatte Robert ein bestimmtes

Glitzern in den Augen, das er immer kurz vor einem besonders guten Geschäft zeigt. Er faselte etwas von Perlen zwischen dem Ramsch beim Baron. Jetzt frage ich mich, ob Robert die Skulptur aus Edmunds Villa stehlen ließ, woraufhin dieser …«

Sie bricht ab, schlägt sich die Hände vors Gesicht. Schließlich sinkt sie nach vorne und beginnt laut zu weinen.

Natürlich kann ich nicht mit Sicherheit ausschließen, versehentlich mal ein Original erworben zu haben. Schwebt Ihnen da ein bestimmtes Kunstwerk vor?«

Der Baron lächelt unverbindlich. Sein Anwalt sitzt entspannt zurückgelehnt neben ihm. Ich balle unter dem Tisch die Faust.

»Wie wäre es mit einer Skulptur von Giacometti?«

»Ausgerechnet ein Giacometti!«

Er verdreht die Augen.

»Ich vermute, Sie wissen von meinem einstigen kleinen Nebenerwerb?«

»Wenn Sie die gefälschten Gia…«

»Vorsicht Herr Kommissar!«, mischt sich sein Anwalt energisch ein. »Keine vorschnellen Unterstellungen!«

»Also gut, über Ihren Verkauf von Skulpturen, die entfernt den Werken Giacomettis ähneln, wissen wir Bescheid.«

»Dann werden Sie auch nachvollziehen können, dass ich seine Kunst über habe.«

»Oder vielleicht gerade auf ein Original von ihm besonders scharf sind!«

»Quatsch! Seine Kunst ist langweilig. Es gibt unzählige Künstler, deren Oeuvre unendlich viel spannender ist. Giacomettis einzige Leistung bestand darin, einen sehr eigenen, leicht wiedererkennbaren Stil kreiert zu haben, den selbst ein Banause sofort erkennt. Ich konnte daher nicht umhin, einigen der Herrschaften eine kleine Lektion zu erteilen.«

Er grinst.

»Kleine Lektion? Verniedlichen Sie da nicht Praktiken, die andere als Betrug bezeichnen?«

»Bisher erkannten selbst Richter keinen Betrug darin!«

»Was sich schnell ändern kann!«

»Meine Herren!«, mischt sich erneut der Anwalt ein. »Sind wir deshalb hier? Wollen Sie eine Anzeige wegen Betrugs gegen Herrn Baron von Helfenstein erstatten?«

»Nein. Wir sind hier, weil vor zehn Jahren im Nachtzug von Hamburg nach Stuttgart ein Mensch ermordet wurde. Damals wurde ein Phantombild erstellt, das Herr Breitner in seinen Besitz brachte. Er veränderte das Bild, weil er darin jemanden erkannte, nämlich Sie Herr Baron.«

Ich lege eine Kopie des Phantombilds vor den beiden ab. Der Anwalt wirft einen kurzen Blick drauf. Sein Mandant streift das Bild flüchtig, zeigt dabei aber keinerlei Reaktion.

»Ich erkenne keine Ähnlichkeit mit meinem Mandanten. Was haben Sie noch?«

»Wir haben weiterhin Hinweise, dass bei diesem Mord ein echter Giacometti eine entscheidende Rolle spielte. Ein echter Giacometti, der sich in der Villa des Barons befand, bis er beim zweiten Einbruch gestohlen wurde!«

»Das ist …«

»Immer mit der Ruhe!«, stoppt der Anwalt seinen Klienten. »Was für Hinweise?«

Auch als ich die Umstände des Mordes im Nachtzug schildere, zeigt der Baron keinerlei Reaktion.

»Herr Breitner interessierte sich schon lange für die aus der Hamburger Kunsthalle gestohlene Skulptur Giacomettis. In seinen Unterlagen fand sich ein Zeitungsartikel mit einem Bild der Skulptur. Daneben notierte er, dass er die Figur endlich gefunden hat. Und ...«

»Hat er auch notiert, wo er sie entdeckt hat?«

»Seiner Frau gegenüber äußerte er, unter dem Ramsch des Barons echte Perlen entdeckt zu haben. Da liegt es nahe, zwischen beidem einen Zusammenhang herzustellen.«

»Das mag sein, aber beweisen tut es rein gar nichts!«

»Berücksichtigt man die ominösen Einbrüche in der Villa ihres Mandanten, sieht das ein Richter möglicherweise anders. Herr Breitner beauftragte jemanden in die Villa des Barons einzubrechen, um den Giacometti zu stehlen.«

»Beim letzten Einbruch in mein Haus lebte Robert gar nicht mehr!«

»Der geht aufs Konto eines Trittbrettfahrers. Der Gin-König war, als er ermordet wurde, im Besitz der Skulptur.«

»Sind Sie sicher?«

»Ja. Seine Putzfrau sah den Giacometti in seinem Büro stehen. Jetzt ist das Kunstwerk verschwunden. Vermutlich nahm es sein Mörder an sich.«

»In Roberts Büro? Das war kein Giacometti!«

»Woher wollen Sie das wissen?«

»Weil ich Robert eine Skulptur des niederländischen

Künstlers Riessen schenkte, die zugegebenermaßen einem Werk Giacomettis sehr ähnelt und die er in seinem Büro aufstellte. Übrigens interessierte sich Robert gar nicht wirklich für Giacometti, sondern einzig für eine dreist aus der Kunsthalle Hamburg gestohlene Skulptur des Künstlers. Wir sprachen mehrfach darüber. Einzig aus diesem Grund schenkte ich ihm eine entfernt ähnliche Skulptur!

Aber mal rein theoretisch angenommen der gestohlene Giacometti befand sich tatsächlich in meinem Besitz und Robert ließ diesen aus meiner Villa stehlen. Das hätte ich sportlich genommen, wie es übrigens auch die meisten Reichen taten, denen ich eine Skulptur verkaufte. So etwas ist doch kein Grund, einen Menschen umbringen zu lassen!«

Der Baron wirkt teuflisch überzeugend auf mich. Das Kartenhaus meiner Theorie stürzt in sich zusammen. Ich war gegen diese Befragung. Der Comisionado hatte gehofft, den Deutschen damit unter Druck zu setzen und zu einem Fehler zu verleiten. So etwas funktioniert meiner Erfahrung nach nur in Fernsehkrimis. Hier funktioniert es nicht. Falls der Baron hinter den Morden steckt, ist er zu clever und zu abgebrüht, um sich von uns überführen zu lassen. Er wusste, was auf ihn zukommen würde und bereitete sich gründlich vor. Jetzt schlägt er einen Pflock nach dem anderen ein, der es dem Staatsanwalt unmöglich machen würde, eine Verurteilung zu erwirken. Seine Behauptung, dem toten GinKönig eine Figur ähnlich dem gestohlenen Giacometti geschenkt zu haben, lässt sich kaum widerlegen und entwertet jegliche Aussage, dass Zeugen die verschwundene Skulptur in Breitners Finca gesehen haben. In der Kunsthalle Hamburg war es erst nach Tagen aufgefallen, dass dort eine billige Holzkopie mit entfernter Ähnlichkeit statt des Giacomettis stand. Wie sollte da jemand, der kein ausgewiesener Experte ist, aus dem Gedächtnis geringe Abweichungen erkennen?

»Der gestohlene Giacometti war mit Sicherheit nie auf Mallorca«, schiebt der Baron selbstgefällig nach.

»Oh doch, war er!«, entgegnet der Comisionado selbstsicher.

Für einen winzigen Augenblick blitzt Panik im Gesicht meines Gegenübers auf. Sofort schöpfe ich neue Hoffnung. Sein Anwalt erhebt sich in eine aufrechte Sitzposition.

»Hierzu liegt uns eine Zeugenaussage vor«, legt der Comisionado nach.

»Was für ein Zeuge und was für eine Aussage!«, fragt der Anwalt empört.

»Gemach, meine Herren! Noch betrifft die Sache nicht direkt Ihren Klienten. Daher müssen wir Ihnen auch noch nichts davon sagen. Ich bat Señor von Helfenstein hierher, um ihm die Chance zu geben, eine freiwillige Aussage zu machen, die uns bei den Ermittlungen hilft und entsprechend vom Gericht berücksichtigt wird. Wenn sich das Ganze erst erhärtet, ist es dafür zu spät.«

»Ich möchte mich kurz mit meinem Mandanten besprechen!«

»Tun Sie das.«

Die beiden begeben sich in einen hierfür vorgesehenen Nebenraum. Der Blick, den der Anwalt dem Baron beim Verlassen des Raumes zuwirft, spricht Bände.

»Was für eine Aussage und warum haben Sie mir vorab nichts davon gesagt?«, frage ich, sobald die beiden fort sind.

»Weil ich selbst nicht weiß, was ich von der Sache halten soll. Eigentlich wollte ich sie gar nicht zur Sprache bringen.«

»Nun erzählen Sie schon!«

Der Spanier seufzt.

»Diego Almodovar ist ein Mann, dessen beste Jahre lange vorüber sind. Mittlerweile ist er ein Säufer. Abend für Abend säuselte er in der gleichen Bar dem Wirt und seinen Kumpels die Ohren voll. Permanent schwelgte er von seiner glorreichen Vergangenheit. Keiner wollte es mehr hören und jeder hoffte, dass Diego mit seinen Ergüssen aufhörte. Aber wie so oft war es ihnen auch wiederrum nicht recht, als ihre Wünsche erfüllt wurden. Vorgestern Abend kam Diego tatsächlich nicht. Seine Kumpane waren zunächst erleichtert, gaben ihre Kommentare ab, endlich von ihm verschont zu sein. Aber bald machten sich die ersten Sorgen, wo er denn war und was ihn vom gemeinsamen Trinken abhielt. Einer rief auf Señor Almodovars Handy an, es ging jedoch keiner ran. Daraufhin machten sie sich ernste Sorgen und riefen seine Nichte Roslyn an, die sich um ihn kümmert.

Roslyn fuhr voller Angst, dort seine Leiche vorzufinden, in seine Wohnung. Sie klingelte, nichts rührte sich. Daraufhin schloss sie mit ihrem Schlüssel seine Wohnung auf. Diego saß im Dunklen auf dem Sofa und zitterte. Vor ihm stand ein Glas Wasser. Erstmals seit Jahren war er um diese Uhrzeit vollständig nüchtern. Roslyn fragte ihn, was los ist. Er meinte, es sei nichts und forderte sie auf, zu gehen. So leicht lässt sich die junge Frau jedoch nicht einschüchtern. Schließlich rückte er damit raus. Sie war so schockiert, dass sie ihn zur Polizei schleppte und ...«

Die Tür öffnet sich. Der Anwalt tritt wieder ein. Er ist alleine.

»Mein Mandant hat Ihnen nichts weiter zu sagen. Er ist sehr verärgert über Ihr Vorgehen und wird vorläufig keine weiteren Fragen mehr beantworten. Da er nicht verhaftet ist, befindet er sich bereits auf dem Weg nach draußen!«

Der Comisionado nickt, beide verabschieden sich voneinander.

»Und? Was ist diesem Diego nun passiert?«

»Nach seinem letzten Abend in der Bar wurde er auf dem Weg zu seinem Auto brutal überfallen und bedroht.«

»Was hat das mit dem Baron zu tun?«

»Der Täter sprach Deutsch.«

Erneut schweigt er.

»Nun lassen Sie sich doch nicht jeden Satz einzeln aus der Nase ziehen!«

»Er bot Señor Almodovar ein aus einem Museum gestohlenes Kunstwerk eines berühmten Künstlers zum Kauf an.«

»Den Giacometti?«

»So genau hat er das wohl nicht gesagt. Deshalb zögerte ich auch, die Sache anzusprechen. Señor Almodovar konnte den Mann, der ihn überfiel, nicht beschreiben. Außerdem traue ich ihm zu, für ein bisschen Aufmerksamkeit fast alles zu tun, beispielsweise sich einen Überfall auszudenken.«

»Warum haben Sie es dann doch getan?«

»Wegen der Angst.«

»Wessen Angst?«

»Señor Almodovars Angst. Die Kollegen, die seine Aussage aufnahmen, wissen, dass wir nach einem gestohlenen

Kunstwerk fahnden, und holten mich dazu. Als ich heute Morgen, also über zwei Tage nach dem Überfall, mit ihm sprach, war er noch immer von seiner Angst beherrscht. Er war fest davon überzeugt, der Typ werde ihm die Kehle durchschneiden, weil seine Nichte alles ausplauderte. Señor Almodovar hat das Gefühl, der Typ labte sich beim Überfall förmlich an seiner Angst und stand kurz davor, ihn aus purer Lust zu töten. Verstehen Sie? Da musste ich an unseren im Blutrausch handelnden Dreifachmörder denken. Andererseits sind unsere Nachforschungen nach dem Giacometti vielleicht auf verschlungenen Wegen Diego zu Ohren gekommen. Señor Almodovar erscheint mir extrem labil und nach Aufmerksamkeit zu lechzen.«

»Wieso sollte unser Mörder ausgerechnet ihm den Giacometti anbieten?«

»Oh, Señor Almodovar besaß früher die erfolgreichste Galerie Mallorcas. Als der Laden nicht mehr gut lief, ließ er aus den Fincas reicher Ausländer Kunstwerke stehlen und verkaufte diese unter der Hand weiter. Er saß deswegen im Gefängnis. Wenn sich jemand umhört, stößt er vermutlich bald auf Señor Almodovar.«

»Ein Amateur vielleicht, aber der Baron?«

Der Comisionado wiegt seinen Kopf.

»Der Baron handelte mit Sicherheit nicht allein. Spätestens nach dem dritten Einbruch entfernte er die Skulptur aus seiner Villa. Vielleicht hat sein Helfer jetzt den Giacometti. Der Baron wird beschattet, seine Villa, sein Auto und alle uns bekannten Kommunikationskanäle werden abgehört. Wenn er mit seinem Helfer Kontakt aufnimmt, bekommen wir es mit!«

Dem Baron kommt es vor, als sitze er im Führerstand eines Güterzugs, der mit Vollgas auf eine zerstörte Brücke zurast. Er kennt sich mit den Hebeln und Schaltern ringsum nicht aus. Aber selbst wenn er zufällig den Bremshebel findet, kommt der schwere Zug nicht mehr rechtzeitig zum Stehen, um einen Absturz zu verhindern. Etwas läuft gründlich schief und er hat keine Ahnung, was. Natürlich kann er versuchen abzuspringen, aber dies wäre vermutlich sinnlos. Über den Flughafen abzuhauen kommt nicht in Frage. Das Risiko dort festgenommen zu werden, oder zumindest Pass und Ausweis abgenommen zu bekommen, ist viel zu groß.

Er blickt in den Rückspiegel. Folgt der kleine, weiße Seat ihm nicht schon seit dem Polizeipräsidium? Er muss ihn abschütteln, bevor er ernsthaft an Flucht denken kann. Für diese bleibt ihm nur der Seeweg. Er selbst besitzt keine Jacht, aber Zugang zu einer solchen kann er sich verschaffen. Nur hat er sich nie für Seefahrt interessiert. Wenigstens fuhr er bei Robert oft genug mit, um zu wissen, wie man den Motor anlässt und steuert. Die Navigation stellt im Zeitalter des GPS auch kein Problem dar, hofft er zumindest. Bleibt nur die Frage, wo sie ihn nicht finden werden.

An der letzten Kreuzung ist der Seat abgebogen. Oder wurde er nur durch den silbernen Renault, der ihm seither mit etwas Abstand folgt, abgelöst? Der Tote im Nachtzug von Hamburg nach Stuttgart war ein Unfall. Er wollte den Mann nur betäuben. Liest man nicht ständig, dass Touristen in Wohnmobilen oder in Hotelzimmern mit Gas betäubt und ausgeraubt werden? Wieso ging es bei ihm so gründlich schief? Weil die Realität komplizierter als seine Träume ist, weswegen er diese hasst!

Der Renault ist nicht mehr hinter ihm, dafür wieder der weiße Seat. Oder ist es ein anderer? Es gibt so verdammt viele weiße Seats hier! Zehn Jahre war wegen der Sache im Nachtzug nicht der kleinste Verdacht auf ihn gefallen. Er war schlau und vorsichtig genug vorgegangen, um keine Spuren zu hinterlassen. Offensichtlich ist die Polizei jetzt auf welche gestoßen, die zu ihm führen. Allerdings sind diese noch sehr vage, der Comisionado ist kein guter Pokerspieler. Lässt sich da noch etwas machen? Schafft er es, rechtzeitig alle Spuren zu vernichten?

Erneut blickt er in den Rückspiegel. Beschatten sie ihn? Auf der schmalen Straße in Richtung seiner Villa folgt ihm kein Wagen.

Der Baron kann nicht wissen, dass Raul und seine Kollegen ihm dank eines an seinem Jaguar angebrachten Peilsenders mit großem Abstand folgen.

Die Lösung liegt, wie so oft, bei einer Frau. Zumindest bei den kleinen, alltäglichen Problemen wissen Frauen uns meist zu helfen. Die großen, entscheidenden Dinge müssen wir hingegen selbst in die Hand nehmen. Ich entscheide, dass vier Morde hier nicht dazugehören und rufe die Königswitwe an. Zu meiner Überraschung erklärt sie sich anstandslos zu einem Treffen im Abaco bereit.

Bei einem altmodischen Caipirinha warte ich in dem barocken Patio auf sie. Müßig lasse ich meine Gedanken vorbeiziehen, während meine Augen herumschweifen. Eine attraktive Blondine meines Alters betritt die Bar und sieht sich suchend um. Sie gefällt mir. Vor Enttäuschungen davonzulaufen ist auf Dauer auch keine Lösung. Soll ich es riskieren, sie anzusprechen? Da sehe ich ungläubig, dass sie direkt auf mich zukommt. Vor Schreck verschlucke ich mich an meinem Cocktail. Wie ist das möglich? Hat sie meine Gedanken gelesen? Sind wir Seelenverwandte?

Sie zieht einen Stuhl zurück und nimmt mir gegenüber Platz. Erst da erkenne ich sie.

»Frau Breitner!«

»Hallo Herr Hurlebaus.«

»Ich habe Sie gar nicht erkannt. Sie sehen gut aus.«

»Danke.«

»Sind Sie nachher noch verabredet?«

Sie lächelt.

»Haben Sie mich angerufen, um mit mir über meine Dates zu reden?«

»Äh, nein, entschuldigen Sie bitte. Ich wollte mit Ihnen über Ihre Doggen reden. Wer könnte an denen vorbei ins Haus gelangt sein.«

Ein düsterer, schmerzhafter Ausdruck legt sich auf ihr Gesicht. Sie mustert mich lange.

»Genau darüber habe ich mir auch schon den Kopf zerbrochen. Gehört haben sie eigentlich nur auf Robert, mich, Frau Janssen und ...«

Sie stockt, holt tief Luft.

»... vielleicht auch Edmund. Er war oft genug bei uns und interessierte sich für die Tiere, sodass sie vertraut mit ihm wurden. Manchmal sind auch Robert und er mit ihnen spazieren gegangen. Trotzdem hätte ich nicht gedacht, dass sie auf ihn hören würden. Als ich jedoch mit ihm ins Tierheim kam, freuten die sich mehr ihn zu sehen, als mich.«

»Warum hat er die Hunde zu sich genommen?«

Sie zuckt mit den Schultern.

»Da müssen Sie ihn fragen.«

Ich mustere sie lange. Sie erwidert meinen Blick. Bei unserer ersten Begegnung war sie ungeschminkt, von Trauer und Zorn überwältigt. Jetzt ist sie sorgfältig hergerichtet, Lippen und Nägel in Rot. Sie ist keine von den Schönheiten, die in Hochglanzmagazinen zu finden sind. Aber eine vibrierende Energie geht von ihr aus und sie erweckt den Eindruck einer Frau, die bekommt, was sie will.

»Auf Frau Janssen hörten die Doggen also ebenfalls? Ich dachte, sie war für die Vögel zuständig?«

»Sie hat auch öfter die Hunde gefüttert und sie gelegentlich ausgeführt.«

»War das bei Ihren Tierpflegern üblich? Ich meine, bei denen, die vor ihr bei Ihnen arbeiteten.«

»Nein.« Ihre Lippen werden schmal. »Vermutlich wissen Sie bereits, dass Frau Janssen nicht nur eine einfache Tierpflegerin bei uns war.«

Ich nicke. Sie schluckt.

»Julia ähnelte mir selbst in der Zeit meiner Ankunft hier. Sie hatte etwas drauf und wollte es unbedingt schaffen.«

»Bereitete Ihnen das keine Sorge?«

»Wie meinen Sie das?«

»In Bezug auf Ihre Ehe.«

»Die war schon am Ende, ehe Julia auftauchte. Ja, sie war vorübergehend für Robert mehr als nur ein Betthäschen. Und ja, ich habe einen Geliebten. Er lebt in Schorndorf und wir sehen uns nur wenige Male im Jahr. Aber Robert servierte sie schon Wochen zuvor ab. Er begeht selten den gleichen Fehler zweimal. Eine ehrgeizige, junge Frau zu heiraten gehörte aus seiner Sicht dazu.«

Nachdenklich sehe ich sie an. Hat sie sich so hübsch

hergerichtet, um mich zu Ihren Gunsten zu beeinflussen? War doch Sie es, die sich auf brutalem Wege Ihres Mannes und seiner Geliebten entledigte? Aber Bianca hat ihr Alibi überprüft. Sie war am Tag der Morde in Schorndorf und zwischen ihren beiden offiziellen Flügen nicht am Flughafen in Palma registriert worden.

»Wo waren Sie eigentlich die letzten Tage?«

»Eine Freundin fragte, ob ich Lust auf einen Trip nach Barcelona habe. Ich brauchte Abstand und sagte zu.«

»Mit der Fähre?«

»Ja.«

Die Fähre! Dort werden die Passagiere nicht registriert. Flog sie am Tag der Morde nach Barcelona und zurück und gelangte von dort mit dem Boot auf die Insel? Womöglich besitzen die Breitners eine schnelle Motorjacht. Nur passt dann noch immer der Tod ihrer Mutter nicht ins Bild. Selbst wenn sie nicht selbst schoss, sondern nur den Killer an den Hunden vorbeischleuste …

»Macht mich dies verdächtig?«, unterbricht sie meine Gedanken.

Ich antworte nicht gleich.

»Halten Sie mich ernsthaft für ein Monster, das die eigene Mutter umbringt?«

Sie bebt vor unterdrücktem Zorn.

»Halten Sie den Baron für ein Monster?«

»Ja!«

Am nächsten Morgen suche ich als erstes Comisionado Amengual auf. Er wirkt übernächtig.

»Brachte die Überwachung des Barons was?«

»Meine Leute haben ihn verloren.«

Der Comisionado schaut grimmig drein.

»Wie?«

»Spielt das eine Rolle?«

»Nein, eigentlich nicht. Glauben Sie immer noch, dass er es war?«

»Wer sonst?«

»Wir haben diesen Lukas Leyen, den Ex von Frau Janssen, aus dem Blick verloren.«

»Was wäre sein Motiv?«

»Frau Janssen wurde vom GinKönig schon vor Wochen abserviert. Sowohl von ihm als auch dem alternden Torwart wurde sie schwer enttäuscht. Sie saß nach wie vor auf einem Berg Schulden, den sie durch ihre Arbeit nie loswerden würde. Sie war eine der wenigen, die einen Eindringling an den Doggen vorbeischleusen konnte. Nur so macht es auch Sinn, dass der Killer früh genug kam, sie noch anzutreffen. Der Baron wusste als regelmäßiger Gast über die Abläufe im Haus Bescheid. Warum hätte er nicht abwarten sollen, bis die Tierpflegerin gegangen war, ehe er seine Pistole zückte und Herrn Breitner erschoss? Wenn Frau Janssen wusste, dass viel Bargeld im Haus war, ließ sie Leyen ein, damit er es raubte. Um ihr ein Alibi zu verschaffen, fesselte er als Erstes sie. Dann ging die Sache im Büro des Hausherrn schief. Der GinKönig verriet das Geldversteck nicht, verhöhnte möglicherweise den Eindringling oder drohte ihm sogar. Daraufhin verlor Leyen die Nerven, drückte zweimal ab und geriet in einen Blutrausch.«

Lange sieht mich der Comisionado tief in Gedanken versunken an.

»Vom zeitlichen Ablauf passt dieses Szenario perfekt zu den kriminaltechnischen Befunden. Einige Dinge stören mich aber. Wie kam Señor Leyen an die Waffe des Barons?«

Er sieht mich fragend an. Ich weiß keine Antwort.

»Und woher wusste er von dem gestohlenen Giacometti?«

»Damit könnte der GinKönig im Bett bei Frau Janssen geprahlt haben. Die nächtliche Begegnung Herrn Almodovars würde doch zu Leyen passen.«

»Im Bett mit einem gestohlenen Giacometti zu prahlen wäre ziemlich dumm von Señor Breitner gewesen.«

»Sind wir in der Liebe nicht alle manchmal dumm?«

»Okay, nehmen wir auch dieses an. Was mich am meisten stört: Wir haben trotz aller Bemühungen nicht die kleinste Spur von diesem Señor Leyen gefunden. Ich weiß, dass viele Deutsche sich nie hier anmelden. Aber jemand, der so spurlos bleibt?«

»Kannten Frau Janssen und der Baron sich eigentlich?«

»Bisher haben wir nichts davon gehört. Warum fragen Sie?«

»Der Baron verkehrte regelmäßig bei den Breitners, aber nur in wenigen Räumen. Wir wissen, dass der GinKönig niemanden, auch nicht den Baron, in sein Büro ließ. Was würden Sie tun, wenn Ihnen der Giacometti gestohlen worden wäre und Sie den GinKönig im Verdacht hätten?«

Der Comisionado braucht nicht lange zu überlegen.

»Ich würde versuchen die Putzfrau zu bestechen.«

»Warum nicht das frustrierte Betthäschen, nachdem der GinKönig es verstoßen hatte?«

»Sie meinen, die Tierpflegerin und der Baron steckten unter einer Decke?«

»Warum nicht? Frau Janssen konnte sich relativ frei in der Finca bewegen, war manchmal sogar dort, wenn die Eheleute außer Haus waren. Nachdem Herr Breitner sie als Geliebte abservierte, war sie vielleicht für ein Angebot des Barons empfänglich. Vielleicht hat sie ihm sogar ihren Ex für den Einbruch organisiert?«

»Und der Baron ist so dämlich, eine auf ihn registrierte Waffe einem Typen wie Leyen in die Hand zu drücken?«

Ich seufze. Immer passt ein Teilchen nicht ins Puzzle. Plötzlich kommt mir eine weitere Idee.

»Vielleicht kam der Leyen noch viel früher nach Mallorca, als wir bisher annahmen! Vor etwa einem halben Jahr malte sich Frau Janssen aus, die künftige Frau Breitner zu werden. Der GinKönig erzählte ihr von der Skulptur und dem Misserfolg des ersten Diebstahlversuchs. Da vermittelt sie ihm ihren Ex. Der stiehlt tatsächlich die Figur, schaut dabei auch in den Waffenschrank und nimmt die Pistole mit. Der GinKönig zahlt Leyen den vereinbarten Lohn und Frau Janssen hofft, bei ihm Pluspunkte gesammelt zu haben. Dann verstößt Herr Breitner sie. Um sich zu rächen, erzählt sie ihrem Ex, ihr Chef habe riesige Summen Bargeld im Haus. Gemeinsam wollen sie ihn ausrauben. Im Büro des GinKönigs findet Leyen zwar nicht das Geld, sieht aber den Giacometti, um dessen Wert er weiß. Um nicht leer auszugehen, nimmt er ihn mit. Im Blutrausch oder aus Ärger, nicht das versprochene Bargeld gefunden zu haben, bringt er im Papageienhaus seine Komplizin kurzerhand um.«

»Und der Hinweis in Frau Stöckles Tagebuch?«

»Frau Stöckle und die junge Frau waren mit Sicherheit oft alleine in der Villa. Wenn die alte Frau der jungen Tierpflegerin von Herbert Schneider und ihrem Tagebuch erzählte, könnte auch Frau Janssen die Idee mit dem gefälschten Eintrag bekommen haben. Herr Leyen ist ein routinierter Dieb und Einbrecher. Für ihn wäre es ein Leichtes, das Tagebuch zu stehlen und die Pistole in Herrn Schneiders Keller zu deponieren. Als Herr Schneider überraschend wieder freigelassen wird, inszeniert er dessen Mord als Suizid.«

Wir sehen uns an.

»Verdammt! Wir müssen diesen Señor Leyen finden!«

Lukas erkennt sofort, dass die Scheiße ihm gilt. Jeder verdammte Bulle auf dieser Insel scheint im Einsatz zu sein. Überall werden arbeitende Deutsche kontrolliert, ebenso die Bars, in denen sie sich treffen und die Häuser, in denen sie wohnen. Er fühlt die Pistole in seiner Jackentasche. Noch bevor er die Ceska des Barons im Keller des alten Schneiders deponierte, besorgte er sich eine neue. So eine Waffe fühlt sich einfach zu geil an. Sie gibt ihm ein Gefühl von Macht und Sicherheit. Zurück in seine Bude kann er nicht. Jason oder ein anderer würde quatschen. Er muss schleunigst runter von der Insel. Fragt sich nur wie. Den Flughafen kann er gleich vergessen. Vielleicht klappt es mit der Fähre?

Die spanischen Kollegen haben alle Kräfte aktiviert, um eine Art riesige Treibjagd zu veranstalten. Gemeinsam mit dem Comisionado warte ich im Zentrum des Geschehens darauf, dass uns die Beamten den Fuchs in die Arme treiben. Genau genommen wird ein Einsatzkommando den Fuchs zur Strecke bringen. Wenn er denn kommt.

Erregung breitet sich aus. Die Beamten haben die Wohnung aufgespürt, in der er seit Monaten zur Untermiete lebt, ohne sich anzumelden.

»Fahren wir hin?«

»Nein. Unsere Leute zeigen überall Bilder von ihm herum. Der weiß längst, dass wir auf der Jagd nach ihm sind. So blöd dort aufzutauchen wird selbst er nicht sein.«

»Vielleicht ist er schon längst abgehauen?«

Der Comisionado schüttelt den Kopf.

»Er war noch im GinKönig für die Nachtschicht. Leider roch er den Braten und setzte sich ab, ehe wir alle Schlupflöcher abriegeln konnten.«

»Im GinKönig?«

»Dort arbeitet er schon seit Monaten als Abräumer, natürlich ohne gemeldet zu sein.«

»Mist, das ist irgendwie naheliegend. Den Job verschaffte ihm bestimmt seine Ex!«

»Egal, er ist noch hier und wir werden ihn jetzt bekommen!«

Die letzte Fähre ans Festland legt ab, ohne dass Leyen uns in die Fänge geht. Enttäuschung breitet sich aus. Wir legen uns für ein paar Stunden aufs Ohr und hoffen, dass er am nächsten Tag kommt.

Nach wenigen Stunden Schlaf sind alle wieder auf. Rechtzeitig vor Abfahrt der ersten Fähre starren wir wieder auf die Monitore. Auch sie legt ohne ihn ab.

»So ein Mist, Leyen riecht den Braten! Was, wenn er mit einem kleinen Segel- oder Motorboot abhaut?«

»Leute wie Señor Leyen besitzen keine geeigneten Boote.«

»Er nicht, aber was ist mit den Breitners oder dem Baron? Besitzt einer von denen ein geeignetes Boot? Leyen weiß vielleicht, wie er sich Zugang verschafft?«

Der Comisionado blickt alarmiert drein, während Raul auf die Tastatur eines Computers einhackt.

»Auf Señor Breitner ist eine Motorjacht mit dem Namen GlücksKönigin gemeldet. Sie liegt hier in Palma im Hafen.«

»Informiert die Küstenwache, sie sollen an der Hafenausfahrt die Augen offen halten und das Boot stoppen, falls es auftaucht! Eine Zivilstreife soll die Jacht überprüfen, aber vorsichtig!«

Ich würde lieber persönlich losstürmen, aber so ist es vermutlich klüger.

»Moment, was ist mit der Finca des GinKönigs?«

»Was soll mit ihr sein?«

»Der Schlüssel zur Jacht wird doch sicher dort aufbewahrt. Wenn Leyen wirklich mit dem Boot des GinKönigs fliehen will, muss er zuvor dort einbrechen. Das Haus steht leer, die Witwe will keinen Fuß mehr reinsetzen. Wenn Leyen dies bemerkt, entscheidet er sich vielleicht dort abzuwarten, bis sich die Aufregung um ihn legt.«

Der Comisionado seufzt.

»Das erscheint mir äußerst unwahrscheinlich. Außerdem haben wir für die Aktion alle verfügbaren Männer eingesetzt und keine Reserven mehr. Ich kann nicht auch noch eine Streife in die Berge schicken!«

»Ich könnte selbst nachsehen!«

»Allein und unbewaffnet? Kommt nicht in Frage!«

»Ich könnte ihn begleiten!«, bietet Raul an.

Sein Chef öffnet mit gerunzelter Stirn den Mund,

schließt ihn dann aber wieder. Skeptisch sieht er uns beide an. Dann wendet er sich an den Chef der Einsatztruppe:

»Geben Sie Señor Hurlebaus eine Pistole und eine Schutzweste. Beim geringsten Anzeichen, dass Leyen dort ist, sichert ihr nur das Gelände und ruft uns, verstanden?«

Wir nicken.

Raul parkt den Wagen ein Stück oberhalb an der Straße. Durch den Pinienwald folge ich ihm zur Finca. Alles wirkt ruhig und verlassen.

Uns gegenseitig Deckung gebend arbeiten wir uns bis zum Haus vor. Ich bin leicht angespannt, habe aber nicht wirklich Angst. Selbst wenn Leyen drinnen ist, kann er uns kaum gefährlich werden, da er kein geübter Schütze ist. Es dürfte ihm auch nicht gelungen sein, sich so schnell eine neue Waffe zu besorgen.

Auf der Terrasse erwartet uns eine Überraschung. Auf Höhe des Türgriffs ist eine der kleinen Scheiben zwischen den Sprossen komplett herausgeschlagen. Jemand drang gewaltsam ins Haus ein. Mein Puls beschleunigt. Raul langt durch die fehlende Scheibe und öffnet die Tür.

»Was machst du?«, zische ich.

»Nachsehen, ob noch jemand da ist.«

»Der Comi ...«

Ohne auf mich zu achten betritt er das luxuriöse Gebäude. Still fluchend folge ich ihm. Totenstille umfängt uns. Ich bekomme eine Gänsehaut. Raul durchkämmt systematisch die Räume im Erdgeschoss des Altbaus. Als er die Tür zum Büro des ermordeten Hausherrn aufstößt, hält er abrupt inne.

»Mierda!«

Aus dem Dreifachmord in der Finca ist ein Vierfachmord

geworden. Keiner von uns bezweifelt, dass es sich um denselben Täter handelt. Auch das vierte Opfer wurde kniend mit zwei Schüssen in den Kopf hingerichtet. Es muss Leyen gelungen sein sich eine neue Pistole zu besorgen, eine mit größerem Kaliber.

Raul sieht nachdenklich auf die Leiche hinab.

»Was hat der Baron hier wohl gesucht?«

»Vermutlich die Schlüssel zur Motorjacht.«

»Glaubst du, er stieß hier zufällig auf seinen Mörder?«

Ich seufze.

»Ich wäre froh, wenn wir den Mörder finden und endlich stoppen. Zu erfahren, ob der Baron mit seinem Mörder verabredet war oder zufällig auf ihn stieß, ist mir hingegen ziemlich egal.«

Die Kriminaltechniker treffen ein. Raul scheint erleichtert, dass der Comisionado nicht selbst auftaucht.

»Bekommst du noch ein Donnerwetter von ihm ab?«

»Wenn ich Glück habe, passiert vorher etwas und er vergisst es!«

Raul ringt sich ein gequältes Lächeln ab. Schweigend fahren wir zurück ins Präsidium.

Heute ist einer von Estebans freien Tagen. Er arbeitet als Koch in einem der besten Lokale der Stadt. So sind seine freien Tage rar, zumindest in der Saison. Wie immer an seinen freien Tagen schlief er lange aus und frühstückte anschließend ausgiebig. Dann packte er seine Harpune, seine Flossen und den restlichen Krempel zum Speerfischen ins Auto und fuhr zum Hafen. Soeben lädt er dort die Sachen in sein Motorboot, ehe er den Wagen parkt.

Auf dem Parkplatz hält er noch ein kleines Schwätzchen. An einem Tage wie heute ist es wichtig, möglichst langsam zu machen. Hektik hat er bei der Arbeit mehr als genug. So schlendert er pfeifend zurück zu seinem Boot, einer gebrauchten GLOBE 35 Offshore von 1999. Die kleine, schnittige Jacht verfügt über zwei V8-Motoren von Mercruiser mit je 216 Kilowatt und eine kleine Kajüte. Er nennt sie noch nicht lange sein eigen und so betrachtet er sie beim Näherkommen voller Stolz.

Esteban löst die Leinen, springt an Bord und startet die Motoren. Das satte Blubbern der beiden Achtzylinder bildet den perfekten Klangteppich für einen lässigen Tag auf dem Meer. Langsam tuckert er rückwärts vom Anlegeplatz weg. Der Himmel über der Baleareninsel gleißt in hellem Blau. Aus dem Süden weht eine leichte Brise, die einen schönen Tag verspricht. Esteban freut sich auf einen Tag ohne nervige Touristen, die ihn mit ihren überzogenen Ansprüchen schikanieren. Der Tag wird ihm einen guten Fang bescheren, den er ganz für sich alleine zubereiten wird.

Nach dem Passieren der Hafenausfahrt gibt er Vollgas. Über fünfhundert Pferdestärken röhren los, die Nase des Bootes hebt sich aus dem Wasser, der Fahrtwind braust ihm um die Ohren. Esteban ist glücklich, wie schon lange nicht mehr, leider nur kurz. Die Kajütentür öffnet sich. Ein junger Mann krabbelt heraus. Esteban schreckt zusammen, will den Fremden anbrüllen. Der irre Ausdruck in dessen Augen und die riesige, silbern glänzende Pistole in seiner Hand halten ihn davon ab.

»Bring mich nach Barcelona!«

Esteban kann kein Deutsch, er hasst die Sprache. Trotzdem versteht er, was der Fremde von ihm will und korrigiert seinen Kurs Richtung Westen. Der Typ drückt ihm die Pistole an den Hals. Der Lauf der Waffe zeigt durch sein Kinn hindurch Richtung Hirn.

»Wenn du Scheiß machst, stirbst du!«, zischt der Typ.

Esteban sinkt das Herz in die Hose. Die Medien berichteten ausgiebig über den Dreifachmord in der Finca eines reichen Deutschen. Drei Menschen, darunter sogar eine alte Frau, wurden mit Kopfschüssen aus nächster Nähe getötet. Esteban ist sich sicher den Mörder an Bord zu haben, dessen Pistole an seinem Hals zu spüren.

»Quédate tranquilo, te llevaré al continente!«

»Was laberst du?«

Lukas presst die Pistole stärker in den Hals des Spaniers.

»No! Señor please, no! I will bring you to Barcelona!«

»Ja genau, nach Barcelona will ich! Endlich hast du's kapiert!«

»Yes! I bring you to Barcelona!«

Der Spanier nickt eifrig, ehe er das Gas zurücknimmt.

»Was soll das? Was machst du da?«

»For the gasolina! I have to drive slowly! If not, we were running out of gasolina!«

»Du verarschst mich!«

»No Señor!«

Esteban will auf keinem Fall mit diesem durchgeknallten Deutschen ohne Treibstoff auf dem Meer treiben. Laut schnaufend atmet der Eindringling an seiner Seite. Vorsichtig dreht Esteban leicht den Kopf, um seinem blinden Passagier einen flehenden Blick zuzuwerfen. Was er sieht, lässt ihm das Blut gefrieren. In den Augen des Deutschen liegt pure Mordlust. Diesen Tag wird er nicht überleben.

Wie erwartet staucht der Comisionado Raul zusammen. Raul fühlt sich als willkommenes Ziel des gesamten Frusts seines Vorgesetzten und übt sich darin, dies möglichst stoisch hinzunehmen. Señor Leyen ist spurlos verschwunden, die größte Polizeiaktion des letzten Jahres droht in einem Fiasko zu enden.

»Informiert die Küstenwache und alle Häfen zwischen Barcelona und Valencia. Sendet Ihnen ein Foto von Señor Leyen. Die Kollegen sollen äußerst wachsam sein und alle in Mallorca registrierten Boote genauestens kontrollieren. Dabei müssen sie aber äußerste Vorsicht walten lassen. Wenn Señor Leyen auch noch den neuen Mord in der Finca begangen hat, ist er bewaffnet und äußerst gefährlich. Kontrollen sind daher mit gezogenen und entsicherten Waffen durchzuführen! Señor Hurlebaus, kommen Sie bitte mit!«

Gespannt, was er unter vier Augen von mir will, folge ich Amengual in sein Büro.

»Können Sie möglichst rasch herausfinden, ob Señor Leyen ein Motorboot fahren kann?«

»Tut mir leid, aber das wird nicht möglich sein. Meine deutschen Kollegen haben niemanden gefunden, der ihn wirklich kennt. Wir werden Ihnen keine verlässlichen Informationen liefern können.«

»Mierda!«

»Sie hoffen, dass er ein Boot gestohlen hat und es selbst steuert?«

Er nickt.

»Lassen Sie uns lieber das Schlimmste annehmen, nämlich dass er ein Boot mit mehreren Personen an Bord gekapert hat.«

»Señor Leyen ist völlig außer Kontrolle! Ist Ihnen denn

bewusst, dass er ohne Not vermutlich alle an Bord befindlichen Personen töten wird?«

Diesmal nicke ich.

»Wir müssen ihn schnellstens stoppen, sonst wird es weitere Tote geben. Ein Team Ihrer bester Zielfahnder sollte schnellst möglichst die Arbeit aufnehmen.«

»Ich gebe Ihnen recht und werde mein Bestes tun, meine Vorgesetzten davon zu überzeugen!«

Esteban spielte kurz mit dem Gedanken, einen der kleinen Häfen südlich Barcelonas anzusteuern, hatte sich dann aber dagegen entschieden. Im Haupthafen der katalanischen Metropole erscheint ihm die Chance am größten, auf ein Boot der Küstenwache zu stoßen und deren Aufmerksamkeit zu erregen. Mit gedrosseltem Tempo hält er auf die Hafeneinfahrt zu. Als er das davor lauernde Boot der Küstenwache erkennt, würde er vor Erleichterung am liebsten weinen, reißt sich jedoch zusammen. Hat der Deutsche das Boot ebenfalls schon erkannt? Weiß er, dass diese vermutlich vor dem Hafen liegen, um Ausschau nach verdächtigen Fahrzeugen zu halten?

Von der Brücke des Wachbootes sieht er einen Beamten mit Fernglas in ihre Richtung schauen. Der Polizist setzt das Fernglas ab, dreht seinen Kopf nach links.

»Scheiße!«, flucht Estebans blinder Passagier und rammt ihm seine Pistole in die Seite. »Dreh um und gib Gas!«

»Son más rápidos que nosotros y casi no tenemos más gasolina!«

»Was faselst du da? Ich brauche dich eigentlich nicht mehr…«

In diesem Augenblick öffnet sich auf dem Wachboot eine Türe. Nacheinander treten drei mit Schnellfeuergewehren bewaffnete Männer heraus.

»Arschlöcher!«, brüllt Leyen.

Er nimmt die Pistole von Estebans Seite, zielt in Richtung der Beamten. Dies ist die Chance, auf die der Koch lauerte. Er reißt den Gashebel zurück. Fünfhundert Pferde brüllen auf, das Boot beschleunigt, seine Nase schießt in die Höhe und Leyen, der sich soeben in einer Drehbewegung befindet, stürzt. Ohne lange nachzudenken, springt Esteban über Bord. Kopfüber taucht er in die blauen Fluten des Mittelmeeres. Als er wieder auftaucht, sieht er den Deutschen am Steuer seines Bootes stehen. Soeben fährt der Irre eine scharfe Kurve. Die Küstenwache hat ebenfalls Fahrt aufgenommen. Das größere Patrouillenboot kann jedoch keine so enge Kurve fahren wie die flinke GLOBE 35. Mit einem gehässigen Grinsen im Gesicht rast der Deutsche genau auf Esteban zu. Der will ihn überfahren!

Zur Urteilsverkündung fliege ich nach Mallorca. Wehrte ich mich ursprünglich dagegen, dorthin zu müssen, ist mir die Insel mittlerweile ans Herz gewachsen. Cora und ich telefonieren oft, manchmal mehrere Stunden lang. Ich freue mich auf unser Wiedersehen. Sonja wehrt sich zwar dagegen, aber ich halte mehr Abstand zu ihr, sehe sie so gut wie nicht mehr und telefoniere auch kaum noch mit ihr. Vielleicht schaffe ich es ja, mit Cora eine richtige Beziehung zu leben.

Raul besteht darauf, dass ich die Nacht vor der Urteilsverkündung sein Gast bin. Er bekocht mich persönlich. Sollte er im Falle einer Heirat nicht in Machoallüren verfallen, kann sich seine Zukünftige auf seine Kochkünste freuen.

Nebeneinander sitzend hören wir uns schweigend die Schlussplädoyers und die Verkündung des Urteils an.

»Zufrieden?«, fragt Raul.

»Nein. Du?«

»Letztendlich konnten wir Señor Leyens Behauptung nicht widerlegen, die drei ersten Morde habe Señor von Helfenstein begangen. Der bezahlte seine Verwicklung in die Sache mit dem Leben. Señor Leyen wurde wegen des Mordes am Baron und des versuchten Mordes am Bootsbesitzer zu lebenslänglich mit anschließender Sicherungsverwahrung verurteilt. Mehr war ohnehin nicht möglich.«

»Trotzdem stört es mich, dass offen bleibt, wer die drei anderen Morde beging.«

»Mich stört mehr, dass die Skulptur von Giacometti verschwunden bleibt. In diesem Punkt schwieg Señor Leyen eisern.«

»Wahrscheinlich hat er ihn irgendwo auf Mallorca vergraben. Du kannst dich in deiner Freizeit ja auf Schatzsuche begeben.«

Raul wirft mir einen schrägen Seitenblick zu, spart sich aber jeden Kommentar. Ich muss los, schließlich erwartet mich die reizvollste Frau Mallorcas.

Jochen Bender

Als Jugendlicher konnte Jochen Bender ein gutes Buch kaum aus der Hand legen. Manch eine Lesenacht endete erst mit dem morgendlichen Gesang der Vögel. Schreiben wurde zu seinem Weg der kreativen Auseinandersetzung mit der Welt. In Landau und Tübingen studierte er Psychologie und schrieb zugleich seinen ersten Roman. Er arbeitete in der Kriminologie und im Frauenknast. Seine Erfahrungen als Psychologe fließen in seine Bücher ein.
Bisher bei Oertel+Spörer erschienen: »An der Kante«, »Die Millionen von Neresheim«, »Ein feiges Attentat« und »Tödlicher Handel«.

Zum Inhalt:

Fast alle kriminalistischen Aspekte dieses Romans sind realen Kriminalfällen entnommen. Hauptsächlich inspirierte mich ein grausamer und sinnloser Dreifachmord auf Mallorca am »Bierkönig«, seinem achtjährigen Sohn und der Pflegerin seiner zweitausend Papageien. Der Fall beschäftigte lange die Polizei Mallorcas sowie zwei zur Unterstützung dorthin entsandte deutsche Polizisten. Mir diente die Tat als Vorlage für einen rein fiktiven Krimi. Wichtig ist mir zu betonen, dass ich mich in den kriminellen Aspekten in mancher Hinsicht sehr eng an die Vorlage hielt, alle geschilderten Personen jedoch rein fiktiv sind und eventuelle Ähnlichkeiten mit den tatsächlichen Mordopfern rein zufällig wären. Aus dem Bierkönig wurde ein GinKönig, aus dem achtjährigen Sohn eine Schwiegermutter, da mir Kindsmorde zu brutal sind.

Gleiches gilt für den im Buch geschilderten Kunstdiebstahl, die Kunstfälscher und den Polizistenmord.

Postfach 16 42 · 72706 Reutlingen

Titelbild: © fotolia, Hanker
Gestaltung: PMP Agentur für Kommunikation, Reutlingen
Satz: Uhl + Massopust, Aalen
Druck und Bindung: CPI books GmbH, Leck
Printed in Germany
ISBN 978-3-88627-793-3